PEÇAS EM FUGA

ANNE MICHAELS

PEÇAS EM FUGA

Romance

Tradução:
JOSÉ RUBENS SIQUEIRA

COMPANHIA DAS LETRAS

Publicado em acordo com McClelland & Stewart,
Toronto, Canadá

Título original:
Fugitive pieces

Capa:
João Baptista da Costa Aguiar

Preparação:
Maria Suzete Casellato

Revisão:
Isabel Jorge Cury
Carmen S. da Costa

Dados Internacionais de Catalogação na Publicação (CIP)
(Câmara Brasileira do Livro, SP, Brasil)

Michaels, Anne, 1958-

Peças em fuga : romance / Anne Michaels ; tradução José Rubens Siqueira. — São Paulo : Companhia das Letras, 1997.

Título original: Fugitive pieces.
ISBN 85-7164-642-2

1. Romance canadense I. Título.

97-0596 CDD-813.5

Índices para catálogo sistemático:
1. Romances : Século 20 : Literatura canadense em inglês 813.5
2. Século 20 : Romances : Literatura canadense em inglês 813.5

1997

EDITORA SCHWARCZ LTDA.
Rua Bandeira Paulista, 702, cj. 72
04532-002 — São Paulo — SP
Telefone: (011) 866-0801
Fax: (011) 866-0814

para J

Durante a Segunda Guerra Mundial, incontáveis manuscritos — diários, memórias, relatos de testemunhas oculares — perderam-se ou foram destruídos. Algumas dessas narrativas foram deliberadamente escondidas — enterradas em quintais, guardadas em paredes e sob assoalhos — por aqueles que não sobreviveram para recuperá-las.

Outras histórias foram ocultas na memória, nem escritas, nem contadas; outras, ainda, recuperadas pelo acaso apenas.

O poeta Jakob Beer, que era também tradutor de escritos póstumos à guerra, foi atropelado e morto em Atenas na primavera de 1993, aos sessenta anos. A esposa estava a seu lado na calçada; sobreviveu ao marido por dois dias. Não tinham filhos.

Pouco antes de morrer, Beer começara a registrar as suas memórias. "A experiência que um homem tem da guerra", escreveu ele uma vez, "jamais termina com a guerra. O trabalho do homem, assim como a sua vida, jamais se completa..."

1

A CIDADE SUBMERSA

O tempo é um guia cego.

Menino dos pântanos, emergi nas ruas lamacentas da cidade submersa. Por mais de mil anos, só peixes vagavam pelas calçadas de madeira de Biskupin. As casas, construídas para ficar de frente para o sol, estavam inundadas pelo melancólico limo do rio Gasawka. Jardins cresciam, luxuriantes no silêncio subaquático; lírios, juncos, figueiras-bravas.

Ninguém nasce uma vez só. Se tiver sorte, você torna a emergir nos braços de alguém; se não tiver, você desperta quando a longa cauda do terror roça o seu crânio por dentro.

Coleando pelo charco como o Homem de Tollund, o Homem de Grauballe, como o menino que desenterraram no meio da rua Franz Josef ao consertarem o calçamento, seiscentas conchas em volta do pescoço, um capacete de lama. Pingando os sucos cor de ameixa da turfa que o pântano exsudava. Placenta de terra.

Vi um homem ajoelhado no chão encharcado de ácido. Estava cavando. Minha súbita aparição o perturbou. Por um momento, pensou que eu fosse uma das almas perdidas de Biskupin, ou talvez aquele menino da história, que cava um buraco tão fundo que sai do outro lado do mundo.

Biskupin vinha sendo cuidadosamente escavada havia quase uma década. Os arqueólogos continuavam retirando com carinho relíquias da Idade da Pedra e do Bronze dos bolsões maciços de turfa marrom. O passadiço de carvalho puro que antes ligava Biskupin à terra fora reconstruído, assim como as engenhosas casas de madeira sem pregos, os muros e os altos portões da cidade. Ruas de madeira, havia vinte e cinco séculos lotadas de comerciantes e artesãos, eram alçadas do fundo pantanoso do lago. Quando os soldados chegaram, examinaram as tigelas de cerâmica perfeitamente conservadas; pegaram as contas de vidro, os braceletes de bronze e de âmbar e os estilhaçaram no chão. Com passos prazerosos, vagaram pela magnífica cidade de madeira, lar de cem famílias. Depois os soldados enterraram Biskupin com areia.

~

Minha irmã estava muito grande para o esconderijo. Bella já tinha quinze anos e até eu admitia que era bonita, com sobrancelhas grossas e magníficos cabelos como um xarope negro, grossos e fartos, um músculo caindo pelas costas. "Uma obra de arte", dizia nossa mãe, escovando-os, Bella sentada numa cadeira. Eu ainda era pequeno a ponto de sumir por trás do papel de forro do armário, apertando a cabeça de lado, sufocando entre o gesso e as traves, os cílios roçando.

Desde aqueles momentos dentro da parede, sempre imaginei que os mortos perdem todos os sentidos, menos a audição.

A porta arrombada. Lascas de madeira saltando das dobradiças, estalando como gelo sob os gritos. Ruídos nunca ouvidos antes, arrancados da boca de meu pai. Depois, silêncio. Minha mãe estava pregando um botão em minha blusa. Ela guardava os botões num pires lascado. Ouvi a borda do pires em círculos no chão. Ouvi a chuva de botões, como dentinhos brancos.

O escuro dominou-me, vindo do fundo da minha cabeça para os olhos, como se meu cérebro tivesse sido perfurado. Espalhou-se do estômago para as pernas. Engoli e engoli, até tragar tudo. A parede cheia de fumaça. Saí e olhei o ar pegando fogo.

Queria correr para os meus pais, tocá-los. Mas não podia, a menos que pisasse no sangue deles.

A alma deixa o corpo instantaneamente, como se mal pudesse esperar para se livrar: o rosto de minha mãe não era o dela. Meu pai estava torcido pela queda. Duas formas no amontoado de carne, suas mãos.

Corri e caí, corri e caí. Aí, o rio: tão frio que parecia cortante.

O rio tinha o mesmo escuro que havia dentro de mim; só a fina membrana de minha pele fazia-me flutuar.

Da outra margem, fiquei olhando o escuro transformar-se em luz roxo-alaranjada sobre a cidade; cor da carne se transformando em espírito. Eles subiram. Os mortos passaram sobre mim, estranhos halos e arcos abafando as estrelas. As árvores curvaram-se sob o seu peso. Nunca estivera sozinho na floresta noturna, os rústicos ramos nus como serpentes congeladas. O chão oscilou e não me segurei. Lutei para ir com eles, subir com eles, desgrudar-me do chão como papel com as beiradas descolando. Entendo por que enterramos nossos mortos e marcamos o lugar com pedra, a coisa mais pesada e mais permanente que conhecemos: porque os mortos ficam por toda parte, menos no chão. Fiquei onde estava. Viscoso de frio, grudado no chão. Implorei: se não posso subir, então me deixe afundar, afundar no chão da floresta como um sinete na cera.

Aí — como se ela puxasse os cabelos de minha testa, como se eu ouvisse a sua voz — senti de repente que minha mãe estava dentro de mim. Deslizando por nervos, por debaixo de minha pele como antes costumava andar pela casa de noite, jogando fora coisas, arrumando coisas. Ela havia parado para se despedir e ficou presa, com tanta dor, querendo subir, querendo ficar. Dependia de mim permitir que se fosse, um pecado impedir que subisse. Rasguei minhas roupas, puxei meus cabelos. Ela se foi. Minha respiração agitada em torno de minha cabeça.

Fugi do ruído do rio para dentro da floresta, escura como uma caixa fechada. Corri até a primeira luz espremer o último cinzento das estrelas, pingando uma luz suja entre as árvores. Sabia o que tinha de fazer. Peguei um galho e cavei. Plantei-me como se fosse um nabo e cobri o rosto com folhas.

Minha cabeça entre os ramos que espetavam como a barba de meu pai. Estava enterrado e seguro, as roupas molhadas frias como uma armadura. Ofegando como um cão. O braço direito apertado no peito, o pescoço esticado para trás, lágrimas engatinhando como insetos para dentro de minhas orelhas. Não tinha escolha, só podia olhar para cima. O céu do amanhecer leitoso de novos espíritos. Logo não podia mais evitar o absurdo da luz do dia, mesmo fechando os olhos. Picando, cutucando como os galhos partidos, como a barba de meu pai.

Senti então a maior vergonha da minha vida: estava varado de fome. E de repente ouvi minha garganta doendo sem som — Bella.

Eu tinha os meus deveres. Caminhar de noite. De manhã, cavar a minha cama. Comer alguma coisa.

Meus dias no solo eram um delírio de sono e atenção. Sonhava que alguém encontrava um botão meu perdido e procurava por mim. Numa alameda de vagens que vazavam seu recheio branco, sonhei com pão; quando acordei doía-me a mandíbula de mastigar o nada. Acordei aterrado com bichos, mais aterrado com homens.

No sono desse dia, lembrei-me de minha irmã chorando com o final dos romances que adorava; única indulgência de meu pai — Romain Rolland ou Jack London. As letras estampadas em seu rosto enquanto lia, um dedo esfregando a borda da página. Antes de aprender a ler, furioso de ficar à parte, eu a estrangulava com os braços, curvando-me sobre ela, o rosto contra o dela, como se pudesse de alguma forma enxergar nas letrinhas pretas a palavra que Bella enxergava. Ela me empurrava ou, de coração aberto, parava, deitava o livro no colo e me explicava a história... o pai bêbado abandonando o lar... o amante traído esperando em vão debaixo da escada... o terror dos lobos uivando no escuro ártico, fazendo meus ossos tremerem dentro da roupa. Às vezes, à noite, eu me sentava na beirada da cama de Bella e ela testava a minha leitura, escrevendo em minhas costas com a ponta do dedo e, depois que eu aprendia a palavra, apagando suavemente os traços com sua mão macia.

Não conseguia evitar os sons: a porta arrombada, o cuspir de botões. Minha mãe, meu pai. Mas pior do que aqueles ruídos era eu não conseguir absolutamente me lembrar de Bella. Tomado por seu silêncio, não tinha outro jeito senão imaginar o rosto dela.

A floresta noturna é incompreensível: repulsiva e sem fim, ossos saltados e cabelos grudentos, limo e cheiros gelatinosos, raízes rasas como veias em cordões.

Lesmas como gotas de piche nas samambaias; negros pingentes de carne.

Durante o dia tenho tempo de observar o líquen como uma poeira dourada sobre as rochas.

Um coelho, sentindo minha presença, se detém perto da minha cabeça e tenta esconder-se atrás de uma touceira de grama.

O sol está recortado entre as árvores, de tão brilhantes as lantejoulas escurecem e flutuam, papéis queimados, em meus olhos.

As pontinhas brancas de grama ficam presas entre os dentes como pequenas espinhas de peixe flexíveis. Mastigo as folhas numa pasta amarga, fibrosa, que deixa-me a saliva verde.

Uma vez, arrisco cavar a minha cama perto do pasto, em busca da brisa, em busca de alívio à densa umidade da floresta. Enterrado, sinto as trêmulas formas escuras do gado pisando em sons graves o campo. À distância, as cabeças oscilantes dando a impressão de nadar. Galopam até perto da cerca, depois chegam perto de mim, as cabeças balançando como lentos sinos de igreja a cada passo glorioso de seus pesados flancos. Os bezerros esguios tremem atrás, orelhas espetadas de medo. Também eu tenho medo — de que o rebanho atraia todo mundo que mora a quilômetros daqui até o ponto onde estou escondido — e os animais descansam as cabeças maciças na cerca e me observam rolando os olhos.

Encho os bolsos e as mãos com pedras e entro no rio até só a minha boca e nariz ficarem de fora, lírios rosados, boiando no ar. Dissolve-se o muco de minha pele, de meu cabelo, e é gostoso ver flutuar na superfície a espuma gorda dos piolhos de minhas roupas. Piso no fundo, as botas coladas na lama, a corrente fluindo em volta de mim, uma capa num vento líquido. Não fico muito ali dentro. Não só por causa do frio, mas porque com as orelhas debaixo d'água não posso escutar. Isso para mim é mais assustador que o escuro, e quando não posso mais agüentar o silêncio, deslizo para fora da minha pele molhada, para o som.

Alguém está olhando de trás de uma árvore. Observo do meu esconderijo, sem me mexer, até os olhos doerem, até não ter mais certeza se ele me viu. O que é que está esperando? No último momento possível antes de ter de fugir, a luz chegando rápido, descubro que passei metade da noite prisioneiro de uma árvore, seu tronco morto, denso, esculpido pelo luar.

Mesmo à luz do dia, na garoa fina, a vaga expressão da árvore é familiar. O rosto acima de um uniforme.

O chão da floresta manchado de bronze, açúcar caramelado nas folhas. Os galhos parecem pintados contra o céu branco-cebola. Uma manhã, fico olhando um dedo de luz avançando decididamente pelo chão até mim.

Entendo, de repente, que minha irmã morreu. Naquele preciso instante, Bella transforma-se em solo inundado. Um corpo de água afundando sob a lua.

~

Cinzento dia de outono. No fim das forças, no ponto em que a fé mais parece desespero, saltei das ruas de Biskupin; do subsolo para o ar.

Andei até ele, duro como um *golem*, barro grudado atrás dos joelhos. Parei uns passos antes do lugar onde estava cavando — depois ele me disse que eu parecia ter batido contra uma porta de vidro, uma indiscutível superfície de ar puro — "e a sua máscara de lama rachou com as lágrimas e vi que era humano, só uma criança. Chorando com o abandono da sua idade".

Ele diz que falou comigo. Mas eu estava louco de surdez. Orelhas entupidas de turfa.

Tanta fome. Gritei no silêncio a única frase que sabia em mais de uma língua, gritei em polonês, em alemão, em iídiche, batendo os punhos no peito: judeu sujo, judeu sujo, judeu sujo.

~

O homem que cavava a lama em Biskupin, o homem que vim a conhecer como Athos, vestiu-me sob as próprias roupas. Meus membros sombras ossudas das suas pernas e braços fortes, minha cabeça pousada em seu pescoço, nós dois debaixo de um casaco pesado. Estava sufocando, mas não conseguia me aquecer. Dentro do casaco de Athos, ar frio entrando pela fresta da porta do carro. O ronco de motor e rodas, de vez em quando o ruído de um caminhão passando. Em nosso estranho acasalamento, a voz de Athos perfurava meu cérebro. Eu não entendia, então inventei eu mesmo: "Está certo, é preciso fugir...".

Por quilômetros de escuridão no banco de trás do carro, eu não fazia idéia de onde estávamos, para onde íamos. Outro homem guiava e quando faziam sinal para parar, Athos puxava um cobertor sobre nós. Em alemão competente, ainda que manchado de grego, Athos queixava-se de estar doente. Não só queixava-se. Gemia, choramingava. Insistia em descrever os sintomas e o tratamento em detalhes. Até que, enjoados e incomodados, acenavam que prosseguíssemos. Cada vez que parávamos, eu ficava entorpecido de medo contra o seu corpo sólido, uma bolha rígida de medo.

Minha cabeça doía de febre, o ar cheirava a queimado. Dias e noites me afastando de meu pai e minha mãe. Das longas tardes com meu melhor amigo, Mones, à beira do rio. Arrancados pelos meus cabelos.

Mas Bella ficava. Éramos bonecas russas. Eu dentro de Athos, Bella dentro de mim.

Não sei quanto tempo viajamos assim. Uma vez, acordei e vi placas numa escrita fluida que, de longe, parecia hebraico. Athos disse então que estávamos em casa, na Grécia. Quando chegamos perto, vi que as palavras eram estranhas; nunca tinha visto letras gregas antes. Era de noite, mas as casas quadradas eram brancas mesmo na escuridão, e o ar macio. Eu estava tonto de fome e de ficar tanto tempo no carro.

Athos disse: "Eu vou ser seu *koumbaros*, seu padrinho, padrinho de casamento para você e seus filhos...".

Athos disse: "A gente tem de se ajudar. Se não, o que é que somos?...".

Na ilha de Zakynthos, Athos — cientista, estudioso, poliglota medíocre — realizou seu feito mais surpreendente. De dentro das calças retirou o refugiado de sete anos, Jakob Beer.

OS CARREGADORES DE PEDRA

O passado é uma sombra moldada por tudo o que nunca aconteceu. Invisível, ela dissolve o presente como a chuva ao carste. Uma biografia de anseios. Ela nos dirige como o magnetismo, uma força-espírito. É assim que uma pessoa pode se desmanchar com um cheiro, um lugar, a foto de uma montanha de sapatos. Pelo amor que cala a boca antes de chamar um nome.

Eu não testemunhei os acontecimentos mais importantes de minha vida. Minha história mais profunda tem de ser contada por um cego, um prisioneiro do som. De trás da parede, do subsolo. Do canto de uma casinha numa ilhota que se projeta como um osso na pele do mar.

Em Zakynthos, vivíamos perto do céu. Lá embaixo, as ondas inquietas nos cercavam. Segundo o mito, o mar Jônio é assombrado por um erro de amor.

Havia dois quartos em cima e duas vistas. A janela do quarto pequeno abria-se, vazia, para o mar. O outro quarto, o escritório de Athos, debruçava-se da nossa montanha pedregosa sobre a cidade distante e sobre o porto. Nas noites de inverno, quando o vento era impiedoso e úmido, parecia que estávamos na ponte de um navio, as venezianas rangendo como mastros e cordame; a cidade de Zakynthos tremulava, luminescente, como que sob as ondas. Durante a parte mais escura das noites de verão, eu saía pela janela do quarto e escalava até o telhado. De dia ficava no quarto menor, desejando que a minha pele adquirisse a textura do assoalho de madeira, o padrão do tapete ou da colcha da cama, para que eu pudesse desaparecer pela simples imobilidade.

Na primeira Páscoa na clandestinidade, no clímax da Missa Anastasimi à meia-noite, olhei da janela do escritório de Athos. A procissão de velas, uma tênue linha serpenteante piscando pelas ruas, seguindo a rota dos epitáfios, dispersando-se depois pelas montanhas nuas. Nos limites da cidade, quando cada crente seguia para sua casa, a linha se quebrava em fagulhas. Com a testa contra o vidro, eu olhava e estava em minha cidade, noites de inverno, meu professor acendendo os pavios de nossas lanternas e soltando-nos para a rua, onde barcos de papel desciam oscilando por um esgoto inundado. As alças de arame tilintando contra os globos quentes. Os cheiros que subiam de nossos casacos molhados. Mones balançando os braços, sua lanterna roçando o chão, seu hálito branco reverberando embaixo. Olhei a procissão de Páscoa e pus essa imagem paralela, como outras duplas exposições fantasmagóricas, cuidadosamente em órbita. Numa prateleira interior alta demais para se alcançar. Ainda agora, meio século depois, escrevendo isto em uma outra ilha grega, olho as luzes remotas da cidade lá embaixo e ainda sinto o calor da lanterna subindo-me pela manga.

Ficava assistindo Athos a ler em sua mesa à noite, e via minha mãe costurando na mesa, meu pai olhando os jornais do dia, Bella estudando música. Qualquer momento — por mais casual, por mais ordinário — é equilibrado, cheio de vida. Não consigo mais me lembrar de seus rostos, mas imagino expressões que tentam esgotar uma vida inteira de amor no último segundo. Independente da idade do rosto, no momento da morte uma vida inteira de emoções ainda não usadas faz o rosto jovem outra vez.

Eu era como os homens das histórias de Athos, que, antes da invenção da longitude, determinavam seus cursos e nunca sabiam bem onde estavam. Olhavam as estrelas e sabiam que lhes faltava informação, *terra nullius* arrepiando-lhes a espinha.

Em Zakynthos, vivíamos na rocha sólida, num lugar alto e ventoso, cheio de luz. Aprendia a tolerar imagens que brotavam em mim como marcas roxas. Mas em minha contínua espera pela porta arrombada, pelo gosto de sangue que me enchia a boca de repente, muitas vezes por dia, não podia conceber nenhum sentimento mais forte que o medo. O que é mais forte que o medo; Athos, quem é mais forte que o medo?

Em Zakynthos, eu cuidava de um jardim de erva-cidreira e manjericão num quadrado de luz no chão. Imaginava os pensamentos do mar. Passava o dia escrevendo minha carta aos mortos e a resposta vinha à noite, no sono.

~

Athos — Athanasios Roussos — era um geólogo dedicado a uma trindade pessoal de turfa, calcário e madeira arqueológica. Como a maioria dos gregos, surgiu do mar. Seu pai fora o último dos Roussos marinheiros, encerrando o negócio de navegação da família que vinha desde os anos 1700, quando naves russas singravam o estreito turco entre o mar Negro e o Egeu. Athos sabia que nenhum navio era um objeto, que um espírito animava as cordas e a madeira, que um navio afundado se transformava em fantasma. Ele sabia que mastigar peixe cru matava a sede. Sabia que havia quarenta e dois elementos na água do mar. Descrevia as antigas galeras gregas de cedro, impermeabilizadas com betume e dotadas de velas de seda ou linho claro. Falou-me das jangadas peruanas de madeira balsa e dos barcos de palha polinésios. Explicou-me como as imensas jangadas siberianas, feitas de abetos da taiga, eram construídas em rios congelados e liberadas quando o gelo derretia na primavera. Às vezes duas jangadas eram amarradas uma na outra, formando um barco tão grande que era capaz de levar em cima uma casa com lareira de pedra. Do pai, Athos havia herdado os mapas marítimos passados de capitães para mestres hidrógrafos, ampliados ao longo de gerações. Com um pedaço de giz, ele traçava para mim, sobre um globo de ardósia para aprendizes, as rotas comerciais de seu avô. Mesmo em criança, mesmo com meu passado de sangue sugado de mim, eu compreendia que se fosse forte para aceitar aquilo, estava ganhando a chance de uma segunda história.

Partilhar um esconderijo, físico ou psicológico, é tão íntimo quanto amar. Eu seguia Athos de um cômodo para outro. Tinha medo, como tem de ter medo alguém que só possui uma pessoa em quem confiar, uma ansiedade que eu só podia resolver pela devoção. Sentado perto dele enquanto escrevia em sua escrivaninha, contemplando as forças que transformam mares em pedra, pedra em líquido. Ele desistia de mandar-me para a cama. Muitas vezes ficava a seus pés, como um gato, cercado de uma pilha de livros cada vez mais alta ao lado de sua cadeira. Tarde da noite, enquanto ele trabalhava — em sólida concentração que me fazia adormecer — seu braço pendia como um fio de prumo. Acalmavam-me os cheiros das encadernações e de fumo do cachimbo e a pressão de sua mão segura, pesada, em minha cabeça. Seu braço direito voltado para a terra, o braço direito para cima, a palma para o céu.

Durante os meses longos, eu ouvia Athos contar não só a história da navegação — dramaticamente enfatizada por anedotas ancestrais, figuras de livros e mapas — mas a história da própria terra. Ele empilhava diante da minha imaginação a grande e pulsante *terra mobilis*: "Imagine a rocha sólida borbulhando como um ensopado; uma montanha inteira explodindo em chamas ou lentamente devorada pela chuva, como mordidas numa maçã...". Ele ia da geologia para a paleontologia para a poesia: "Pense na primeira planta fototrópica, no primeiro alento respirado por um animal, nas primeiras células que se juntaram e não se dividiram para se reproduzir, no primeiro nascimento humano...". Citava Lucrécio: "As primeiras armas eram mãos, unhas e dentes. Depois vieram as pedras e paus arrancados das árvores, o fogo, a chama...".

Gradualmente, Athos e eu íamos aprendendo um a língua do outro. Um pouco do meu iídiche, com um pouquinho do polonês de nós dois. O grego e o inglês dele. Púnhamos palavras novas na boca como comidas típicas; gostos suspeitos, adquiridos.

Athos não queria que eu esquecesse. Fazia-me revisar meu alfabeto hebraico. Dizia a mesma coisa todo dia: "É o seu futuro que você está lembrando". Ensinou-me a ornamentada escrita grega, como uma gêmea torta do hebraico. Tanto o hebraico como o grego, Athos gostava de dizer, têm a solidão antiga das ruínas, "como uma flauta ouvida à distância numa encosta de oliveiras, ou como uma voz chamando um barco da terra".

Lentamente, a minha língua aprendia seus tristes novos poderes. Eu queria limpar minha boca de lembranças. Ansiava por sentir que a boca era minha ao falar aquele belo e estranho grego, as suas consoantes grossas, suas muitas sílabas difíceis e graciosas como água correndo pela rocha. Comi comida grega, bebi dos poços de Zakynthos até também eu ser capaz de distinguir as diferentes fontes da ilha.

Penetramos um território de crescente ternura, duas almas perdidas sozinhas no convés num oceano negro e sem limites, o vento uivando pelos cantos da casa, sem luz para nos guiar, nenhum de nós revelando a sua posição.

De manhã cedo, Athos muitas vezes quase chorava de admiração pela sua valente linhagem, ou pelo futuro: "Vou ser o seu *koumbaros*, seu padrinho, do seu casamento e do de seus filhos... Temos de nos ajudar. Se não temos isso, o que é que somos? O espírito no corpo é como o vinho num copo; quando derrama, é absorvido pelo ar, pela terra, pela luz... É um erro pensar que são as pequenas coisas que controlamos e não as grandes, é o contrário! Não se podem evitar os pequenos acidentes, os detalhes miúdos que conspiram com o destino: o momento extra em que você corre de volta porque esqueceu alguma coisa, um momento que nos salva de um acidente — ou provoca um acidente. Mas podemos afirmar diariamente a ordem maior, os grandes valores humanos, a única ordem que é grande a ponto de se ver".

Athos tinha cinqüenta anos quando nos encontramos em Biskupin. Tinha uma beleza rústica, era grandalhão mas não pesado, e os cabelos eram meio grisalhos, cor do bom minério de prata. Eu ficava olhando enquanto ele penteava os cabelos molhados em sulcos profundos contra a cabeça. E continuava a observar, como se fosse uma demonstração científica, seus cabelos irem engrossando como espuma enquanto secavam, a cabeça expandindo devagar.

Seu escritório vivia abarrotado de amostras de rocha, fósseis, fotos soltas de coisas que me pareciam paisagens indistinguíveis. Eu fuçava tudo, pegava uma peça ou uma lasca que não parecia nada especial. "Ah, Jakob, o que você tem na mão é um pedaço de osso do maxilar de um mastodonte... isso aí é a casca de uma árvore de trinta e cinco milhões de anos..."

Eu imediatamente devolvia o que tinha pegado; escaldado pelo tempo. Athos ria de mim. "Não tem importância, uma pedra que sobreviveu tanto tempo não vai se abalar com a curiosidade de um menino."

Ele tinha sempre uma xícara de café em cima da mesa — *schetos* — preto e forte. Durante a guerra, quando acabava o café, ele reutilizava o mesmo pó até dizer que não restava nele nem mais um átomo de sabor. Depois, tentava inutilmente disfarçar uma mistura fraca de chicória, dente-de-leão e sementes de lótus, continuando a prepará-la no seu *briki* de latão, uma xícara de cada vez, numa experiência química com as proporções.

Bella teria dito que Athos era igualzinho a Beethoven, que contava exatos sessenta grãos de café para cada xícara. Bella sabia tudo sobre o seu maestro. Às vezes, prendia os cabelos no alto da cabeça, vestia um casaco de meu pai (em Bella ficava como um casaco de palhaço, as mangas cobrindo os dedos), e emprestava o seu cachimbo apagado. Minha mãe colaborava com a receita predileta do compositor: macarrão com queijo (se bem que não parmesão) ou peixe com batatas (se bem que não do Danúbio). Bella bebia água da fonte, que ao que parece Ludwig bebia aos galões — predileção agradável a meu pai que, durante esses teatros fantasiados, reprovava a cerveja que Beethoven bebia.

Depois do jantar, Bella puxava a cadeira da mesa e corria para o piano. Quando despia o casaco de meu pai, acabava a comédia. Sentava-se, concentrada, esculpida como um camafeu no âmbar da lâmpada do piano. Durante o jantar, ela escolhia em segredo a música, geralmente lenta, romântica, cheia de tristeza; às vezes, se estava de bem comigo, a *Sonata ao luar*. Então minha irmã tocava, bêbada e precisa, tentando manter a reta desequilibrada da paixão, e minha mãe enrolava o pano de prato nas mãos com orgulho e emoção, e meus pais e eu nos sentávamos, mais uma vez deslumbrados com a transformação de nossa tola Bella.

~

Eles esperavam até que eu dormisse, depois se levantavam, exaustos como nadadores, cinzentos entre as árvores vazias. Os cabelos em tufos, feridas abertas onde antes ficavam as orelhas, larvas se retorcendo em seus peitos. Os restos grotescos das vidas incompletas, a complexidade de desejos incorporada e eternamente negada. Flutuavam até ficarem mais pesados, e começavam a caminhar, erguendo-se até a forma humana; até que ficavam mais humanos que fantasmas e começavam a suar por causa do esforço. Esse esforço brotava de minha pele, até eu acordar gotejando com as suas mortes. Sonho acordado de enjoativa repetição — um gesto trivial relembrado infinitamente. Minha mãe, depois dos decretos, expulsa pela dona de uma loja, deixando cair o cachecol à porta, abaixando-se para pegá-lo. Na minha cabeça, a vida dela inteira fechava-se naquele momento único, curvando-se sempre e sempre com o casaco azul-marinho. Meu pai parado à porta, esperando que eu amarrasse os cadarços dos sapatos, olhando o relógio. Atirando pedras no rio com Mones, limpando a lama dos nossos sapatos na grama alta. Bella virando as páginas de um livro.

Eu tentava lembrar os detalhes ordinários, a partitura ao lado da cama de Bella, os seus vestidos. Como era a oficina de meu pai. Mas em pesadelos, a imagem real não se detinha tempo suficiente para eu olhar, tudo derretia. Ou me lembrava o nome de um colega, mas não a cara dele. Uma peça de roupa, mas não a cor.

Quando acordava, minha angústia era específica: a possibilidade de ser para eles tão penoso serem lembrados quanto para mim era lembrar; que eu estava assombrando meus pais e Bella com meu chamado, despertando-os num susto de suas camas negras.

Ouvia as histórias de Athos em inglês, em grego, e outra vez em inglês. Primeiro ouvia de longe, um murmúrio incompreensível enquanto estava de bruços no tapete, ansioso ou desanimado nas tardes longas. Mas logo reconhecia as mesmas palavras e comecei a reconhecer a mesma emoção na voz de Athos quando ele falava de seu irmão. Rolava sobre o peito para poder ver a cara dele, e acabava me sentando para aprender.

Athos contou-me do pai, um homem que a vida inteira desdenhou a tradição, que criou os filhos mais europeus do que gregos. Os parentes maternos de seu pai haviam sido importantes na grande comunidade grega de Odessa, e seus tios freqüentavam os círculos sociais de Viena e Marselha. Odessa: não muito longe da aldeia em que meu pai nasceu; Odessa, onde, enquanto Athos contava essas histórias, trinta mil judeus estavam sendo encharcados com gasolina e queimados vivos. A família despachava as valiosas tinturas vermelhas para sapatos e tecidos de monte Ossa para a Áustria e fizera fortuna. De seu pai, Athos aprendeu que todo rio é uma língua de comércio, encontrando primeiro a sua fraqueza geológica, depois econômica e se insinuando em continentes. O próprio Mediterrâneo, ele me relembrava, tinha seduzido o seu caminho pela rocha — o "mar interior", útero da Europa. O irmão mais velho de Athos, Nikolais, morreu aos dezoito anos em um acidente de trânsito em Le Havre. Pouco depois, sua mãe adoeceu e morreu. O pai de Athos achou que a família estava sendo punida pelo pecado de negligência com as origens dos Roussos. Voltou, então, à aldeia onde nasceu, ao lugar onde seu pai também tinha nascido. Ali, pavimentou uma praça e construiu uma fonte pública em nome de Nikos. E foi para esse lugar que Athos me levou: a ilha de Zakynthos, marcada por terremotos. Com seu Oeste árido e seu Leste fértil. Seus bosques de oliveiras, figos, laranjas e limões. Acantos, amarantos, ciclamens. Essas eram as coisas que eu não via. Dos meus dois quartinhos, a ilha era tão inacessível quanto uma outra dimensão.

Zakynthos: mencionada com afeição por Homero, Estrabão, Plínio. Quarenta quilômetros de comprimento por vinte quilômetros de largura, os montes mais altos atingindo quinhentos metros acima do nível do mar. Porto da rota marítima entre Veneza e Constantinopla. Zakynthos era terra natal de nada menos que três poetas amados — Foscolo, Kalvos e Solomos, que escreveu na ilha, aos vinte e cinco anos de idade, a letra do hino nacional. A estátua de Solomos domina a praça. Nikos tinha uma ligeira semelhança com o poeta, e quando Athos era criança achava que a estátua fora levantada em memória de seu irmão. Talvez tenha começado aí o amor de Athos pelas pedras.

Quando Athos e seu pai voltaram a Zakynthos depois das mortes de Nikos e de sua mãe, foram passar uma noite no cabo Gerakas, para ver as tartarugas-do-mar botarem seus ovos na praia. "Visitamos as poças de sal de Alykes, os vinhedos de passas à sombra das montanhas Vrachionas. Só eu e meu pai. Os dois inconsoláveis. Os dois em silêncio na gruta azul, nos bosques de pinheiros." Durante dois anos, até Athos não poder mais deixar de ir para a escola, os dois foram inseparáveis.

"Meu pai me levava com ele quando ia negociar com os construtores de barcos da baía Keri. Eu ficava olhando enquanto eles impermeabilizavam as vigas nas fontes de piche borbulhando na praia negra. Vimos um homem na doca que conhecia meu pai. Os músculos do braço dele eram grandes como um número 8 maciço, o cabelo licoroso dissolvendo de suor, manchado de piche. Mas ele falava *katharevousa*, o alto grego, como um rei. Depois, meu pai se zangou comigo porque fui malcriado: fiquei olhando para ele. Mas é que a voz dele parecia sair de algum ventríloquo! Quando eu disse isso, meu pai ficou muito bravo. Essa lição eu nunca esqueci. Uma vez, em Salonica, meu pai me deixou a cargo de um *hamal*, um estivador, enquanto foi tratar de um negócio com o mestre do porto. Sentei numa pilastra e fiquei ouvindo as histórias fantásticas do *hamal*. Ele contou que um navio tinha afundado completamente e depois voltado à tona. Ele viu com os próprios olhos. O navio estava carregado de sal e quando o sal se dissolveu nos porões, o navio flutuou de novo. Foi o meu primeiro contato com a magia do sal. Quando meu pai me apanhou, ofereceu algum dinheiro ao *hamal* por ter cuidado de mim. O homem recusou. Meu pai disse: 'Esse homem é um hebreu e tem o orgulho do seu povo'. Depois aprendi que a maioria dos homens que trabalhava nas docas de Salonica era de judeus e que o *yehudi mahallari*, o bairro hebraico, ficava ao longo do porto.

"Sabe o que mais aquele *hamal* me contou, Jakob? 'O grande mistério da madeira não é ela queimar, mas ela flutuar.' "

~

As histórias de Athos aos poucos foram me desviando do meu passado. Noite após noite, o seu vívido alucinógeno gotejava em minha imaginação, diluindo a memória. O iídiche também, melodia gradualmente devorada pelo silêncio.

Athos tirava livros das estantes e lia para mim. Eu mergulhava nas ricas ilustrações. A biblioteca dele era antiga, madura, e ali a seriedade cedera espaço para o capricho juvenil. Havia livros sobre navegação animal e camuflagem animal, sobre a história do vidro, sobre gibões, sobre a pintura caligráfica japonesa. Havia livros sobre ícones, sobre insetos, sobre a independência grega. Botânica, paleontologia, madeira submersa. Poesia, com capas hipnóticas. Solomos, Seferis, Palamas, Keats. A *Salt water ballads*, de John Masefield, presente do pai para Athos.

Ele lia para mim a biografia do botânico flamengo do século XVI, Clusius, que saiu em expedições à caça de plantas na Espanha e em Portugal, onde quebrou a perna, depois caiu de um despenhadeiro com seu cavalo, quebrando o braço, aterrissando em cima de um arbusto de espinheiro que batizou de Erinácea, vassoura de ouriço. De maneira semelhante tropeçou em duzentas novas espécies. E lia a biografia do botânico do século XVIII John Sibthorpe, que foi à Grécia à caça das seiscentas plantas descritas por Dioscórides. Em sua primeira viagem, ele encontrou a praga, a guerra e a rebelião. Na segunda, viajou com um colega italiano, Francesco Boroni (imortalizado no arbusto *boronia*). Eles caíram com febre em Constantinopla, botanizaram o seu caminho até o topo do monte Olimpo, e escaparam de ser capturados por piratas bárbaros. Depois, em Atenas, Boroni adormeceu perto de uma janela aberta, caiu e quebrou o pescoço. Sibthorpe continuou o seu trabalho sozinho até adoecer nas ruínas de Nicopolis. Arrastou-se de volta à sua terra para morrer em Oxford. Sua obra foi publicada postumamente, exceto as cartas, que acabaram queimadas acidentalmente como lixo.

Durante quatro anos fiquei preso nos quartinhos. Mas Athos me dava um reino para habitar, grande como o globo e expansivo como o tempo.

Graças a Athos, eu passava horas em outros mundos, depois emergia gotejante, como que saído do mar. Graças a Athos, nossa casinha virava um ninho de corvo, uma casa de turfa de Vinland. Na caverna do meu crânio, oceanos se agitavam com monstruosos icebergs, navegados em canoas de couro. Marinheiros dependuravam-se de mastros de ré e cordas feitas de pêlo de morsa. Vikings remavam pelos tormentosos rios da Rússia. Geleiras sulcavam suas horrendas trilhas ao longo de centenas de quilômetros. Visitei a "cidade celestial" de Marco Polo com suas doze mil pontes, e velejei com ele pelo cabo dos Perfumes. Em Timbuctu, trocamos ouro por sal. Aprendi sobre as bactérias de três bilhões de anos atrás, e sobre o musgo esfagno, colhido nos pântanos e usado como curativo cirúrgico em soldados feridos porque não contém bactérias. Aprendi que Teofrasto acreditava que peixes fósseis viajavam até o topo das montanhas por rios subterrâneos. Aprendi que fósseis de elefantes foram encontrados no Ártico, fósseis de samambaias na Antártica, fósseis de renas na França, fósseis de bois almiscarados em NovaYork. Aprendi com Athos a sua versão para a origem das ilhas, de como a terra-mãe pode ir se esticando até quebrar nos pontos mais fracos, e essas fraquezas eram chamadas falhas. Cada ilha representava uma vitória e uma derrota: tinha puxado até se libertar ou puxado com força demais e se visto isolada. Depois, quando essas ilhas ficavam mais velhas, transformavam seu infortúnio em virtude, aprendiam a aceitar os seus penhascos, os seus litorais disformes, dilacerados onde ela havia se partido. Elas adquiriam graça — alguma vegetação, uma praia nivelada pelas ondas.

Eu ficava fascinado pela maneira como o tempo é circular, debruçando-se sobre si mesmo em pregas e dobras; ficava olhando no livro a figura de um alfinete de segurança da Idade do Bronze — um desenho simples que não mudara em milhares de anos. Olhava as plantas fósseis chamadas crinóides que pareciam o céu da noite gravado em pedra. Athos dizia: "Às vezes, não consigo olhá-lo nos olhos; você parece um prédio que queimou por dentro e ficou com as paredes de fora ainda de pé". Eu olhava as figuras de tigelas, colheres, pentes pré-históricos. Voltar um ano ou dois era impossível, absurdo. Voltar milênios — ah! Isso... não era nada.

Athos não entendia que quando eu hesitava à porta estava deixando Bella entrar antes de mim, certificando-me de que não ficasse para trás. Fazia uma pausa quando estava comendo, cantando uma encantação silenciosa: um para mim, um para você, um a mais para Bella. "Jakob, você come tão devagar; tem maneiras de aristocrata." Acordado de noite, ouvia Bella respirando ou cantando perto de mim, no escuro, meio confortado, meio aterrado por minha orelha estar colada na fina parede que fica entre os vivos e os mortos, por ser frágil demais a membrana entre ambos. Sentia a presença dela em toda parte, à luz do dia, nos quartos que eu sabia não estarem vazios. Sentia o seu toque em minhas costas, em meus ombros, em meu cabelo. Virava-me para ver se estava ali, para ver se ela estava olhando, para ver se estava vigiando, embora ela não pudesse impedir nada que viesse a me acontecer. Olhando com curiosidade e simpatia do seu lado da parede de gaze.

A casa de Athos era isolada, uma subida íngreme. Podíamos ver qualquer um que se aproximasse de longe, mas podíamos também ser vistos. Era uma caminhada de duas horas até a cidade. Athos fazia a viagem diversas vezes por mês. Enquanto ele estava fora, eu mal me mexia, congelado a ouvir. Se alguém subia a encosta, escondia-me no baú, uma arca de tampa curva; e cada vez um pouco menos de mim emergia.

Dependíamos de um comerciante, o velho Martin, para suprimentos e notícias. Ele conhecera o pai de Athos e Athos desde criança. O filho do velho Martin, Ioannis, tinha uma esposa judia. Uma noite, ele, Allegra e o filho deles apareceram na nossa porta, os braços cheios dos seus pertences. Escondemos Avramakis — abreviado para Match — numa gaveta. Enquanto soldados alemães esticavam as pernas por baixo das mesas no Hotel Zakynthos.

Como o amor de Athos era a paleontobotânica, como os seus heróis eram pedra e madeira além dos humanos, aprendi não só a história dos homens, mas a história da terra. Aprendi o poder que atribuímos às pedras de reter o tempo humano. As tábuas de pedra dos Mandamentos. Montes de pedras tumulares, as ruínas de templos. Lápides, obeliscos, a Roseta, Stonehenge, o Partenon. (Os blocos cortados e carregados por prisioneiros nas minas de calcário de Golleschau. As lápides partidas nos cemitérios hebraicos e roubadas para as calçadas polonesas; hoje cidadãos entediados, olhando a seus pés à espera do ônibus, ainda podem ler as inscrições.)

Quando jovem, Athos maravilhava-se com a invenção do contador Geiger, e me lembro dele explicando para mim, pouco depois do fim da guerra, os raios cósmicos e o novo método de Libby para datação por carbono. "É a partir do momento da morte que medimos."

Athos tinha um afeto especial pelo calcário — aquele veio esmagado de memória, aquela pedra viva, história orgânica espremida em maciças tumbas montanhosas. Quando estudante, ele fizera um trabalho sobre os campos de carste da Iugoslávia. Calcário que sob pressão vai se transformando lentamente em mármore — Athos descrevendo o processo fazia com que parecesse uma jornada espiritual. Era rapsódico sobre os Causses franceses e o Peninos na Grã-Bretanha; sobre "Strata" Smith e Abraham Werner que, dizia ele, como cirurgiões "desdobraram a pele do tempo" quando inspecionando minas e canais.

Quando Athos tinha sete anos, seu pai lhe trouxe de presente fósseis de Lyme Regis. Aos vinte e cinco, ficou em transe com a nova namorada da Europa, uma deusa da fertilidade de calcário que surgiu da terra plenamente formada, a "Vênus Willendorf".

Mas era a fascinação de Athos pela Antártica, iniciada quando ele era estudante em Cambridge, que viria a se tornar nosso azimute. Que viria a dirigir o curso de nossas vidas.

Athos admirava o cientista Edward Wilson, que havia estado com o capitão Scott no pólo sul. Entre outras coisas, Wilson, como Athos, era um aquarelista. Seus pigmentos — o gelo roxo-escuro, o céu da meia-noite verde-lima, estratos brancos contra lava negra — eram não só bonitos, mas cientificamente precisos. Suas pinturas de fenômenos atmosféricos — parélios, parasselênios, halos lunares — representavam os graus exatos do sol. Athos admirava-se de Wilson fazer suas aquarelas nas situações mais perigosas e depois, à noite, ler as aventuras de Sherlock Holmes e poesias na barraca. Eu fiquei intrigado ao saber que Wilson experimentou escrever poemas ocasionais — atividade, como notou Wilson modestamente, "que talvez seja um sintoma precoce de anemia polar".

Nós próprios sempre esfomeados, nos comiserávamos com os exploradores morrendo de fome. Em suas tendas uivantes, os homens exaustos comiam refeições alucinatórias. Sentiam o cheiro de rosbife na escuridão gelada e saboreavam cada bocado em suas imaginações, ao engolirem as suas rações desidratadas. À noite, rígidos em seus sacos de dormir, discutiam sobre chocolate. Silas Wright, o único canadense da expedição, sonhava com maçãs. Athos leu para mim o relato de Cherry-Garrard sobre os pesadelos alimentares que tinham: gritando com garçons surdos; sentados a mesas fartas com os braços amarrados; o prato que cai ao chão no momento em que é servido. E finalmente, ao experimentar o primeiro bocado, caem numa fenda.

Na base de cabo Evans, durante a longa noite de inverno, cada membro da expedição fazia uma palestra sobre a sua especialidade: vida marinha polar, coronas, parasitas... Era uma séria paixão pelo conhecimento; um biólogo trocou uma vez um par de meias grossas por lições extras de geologia.

Geologizar logo virou uma mania, mesmo entre os não-cientistas. Strongman Birdie Bowers transformou-se num caçador de pedras, e toda vez que trazia uma amostra para identificação fazia o mesmo anúncio: "Aqui temos um nódulo gabróide preso em basalto com manchas de feldspato e olivina".

Como as leituras de cabo Evans, essas histórias eram contadas por Athos à noite, o lampião no chão entre nós. A luz animava as litografias de poças do Carbonífero e vastidões polares, e refletia-se nas estantes envidraçadas de amostras minerais e de madeira, nos frascos de produtos químicos. Os detalhes gradualmente ficavam mais claros, à medida que eu aprendia as palavras. Tarde da noite, o chão estava coberto de volumes abertos em figuras e diagramas. Naquela luz de lampião, podíamos pertencer a qualquer século.

"Imagine", disse Athos, sua voz pálida como uma emanação na sala escura, "chegar ao pólo e descobrir que Amundsen havia chegado primeiro. O globo inteiro dependurado sob os pés dele. Não sabiam mais a própria aparência, nem a distante pele branca debaixo daquelas roupas, nem os rostos de couro. A visão de seus corpos nus estava tão distante deles quanto a Inglaterra. Haviam caminhado durante meses. Incessantemente esfaimados. A neve queimara seus olhos e seus rostos brilhavam, azuis de congelamento. Atravessando terrenos infindáveis cortados por falhas invisíveis prontas a devorá-los sem aviso prévio, sem um som. Quarenta graus negativos. Ficaram parados ao lado da única prova de existência humana em milhares de quilômetros — um mero quadrado de pano, a bandeira de Amundsen — e sabiam que teriam de enfrentar todos os passos da volta para casa. Porém, existe uma foto de Wilson no acampamento do fim do mundo, e a câmera o pegou com a cabeça jogada para trás. Rindo."

Na cabeceira da geleira Beardmore, na rara superfície exposta, Wilson coletou fósseis na borda de uma ilha marítima de três milhões de anos. Essas rochas depois ajudaram a provar que a Antártica fora tectonicamente separada de um imenso continente, do qual a Austrália, a Índia, a África, Madagáscar e a América do Sul fraturadas separaram-se, afastaram-se. A Índia bateu na Ásia, o ponto de colisão enrugando-se e formando o Himalaia. Tudo isso a terra conseguiu com incrível paciência — poucos centímetros por ano.

Os homens, mal capazes de se arrastar, prosseguiram, arrastando quase vinte quilos de fósseis de Beardmore. Irrecuperavelmente extenuado, Wilson continuava registrando suas observações: gelo que parecia, a seus olhos saudosos de casa, tojo ou ouriços-do-mar. O resto da expedição esperou pelos cinco que fariam a marcha final até o pólo. Quando chegou o inverno, já sabiam que seus companheiros jamais voltariam. Na primavera, um grupo de busca descobriu a barraca. Quando os corpos foram desenterrados da neve, o braço de Scott estava em volta de Wilson, e o saco de fósseis ao lado deles. Levaram-no com eles até o fim. Isso emocionava Athos, mas para mim um outro detalhe comprovava a nobreza de Wilson. Ele tinha tomado emprestado um livro com poesias de Tennyson para a marcha final até o pólo e mesmo quando cada grama pesava em suas pernas e ombros, insistiu em levá-lo de volta, para devolver ao dono. Eu podia facilmente me imaginar levando uma coisa significativa até os confins da terra, mesmo que fosse só para me ajudar a acreditar que tornaria a ver um ente querido.

Depois da Primeira Guerra Mundial, Athos retornara a Cambridge para visitar o novo Instituto de Pesquisa Polar Scott. Da Inglaterra ele nada contava de castelos ou cavaleiros. Em vez disso descrevia estalactites e estalagmites e outras maravilhosas formações de cavernas; espasmos no tempo. Cortinas de mármore inchadas por brisas petrificadas, flores de gipsita, cachos de uvas de pedra, peixes de calcário brilhando com um alento. Ele tinha trazido um pequeno postal do Instituto Scott, e me mostrou. E dependurada acima de sua mesa uma de suas possessões mais queridas: uma reprodução da pintura *Parasselênio no estreito McMurdo*, que me deu um choque quando vi pela primeira vez. Era como se Wilson tivesse pintado a minha lembrança do mundo dos espíritos. Em primeiro plano um círculo de esquis parecendo uma esparsa e fantasmagórica floresta e, acima, os estonteantes halos divinos do próprio parasselênio, girando, suspensos como fumaça.

Durante muitos meses tudo o que vi foram estrelas. Minha única experiência prolongada do mundo exterior era tarde da noite; Athos me deixava escalar pela janela do quarto para deitar no telhado. De costas, eu cavava um buraco no céu noturno. Inalava o mar até ficar com a cabeça leve, e flutuava acima da ilha.

Sozinho, no espaço, imaginava auroras antárticas, ondulando desenhos de caligrafia celestial, nossa pequena parte do céu como um canto de um manuscrito com iluminuras. Deitado num colchão de algodão, pensava em Wilson deitado no gelo na escuridão de um inverno polar, cantando para os pingüins imperadores. Olhando as estrelas, via as maciças ilhas de gelo flutuando no mar, abrindo e fechando uma passagem, o vento deslocando os icebergs por centenas de quilômetros; uma das lições de Athos sobre "causas remotas". Via os campos de gelo à pálida luz dourada do luar. Pensava em Scott e seus homens congelados morrendo de fome na barraca, sabendo que uma abundância de comida esperava, inacessível, a menos de quinze quilômetros. Imaginava suas últimas horas no espaço restrito.

~

Os alemães pilharam as colheitas dos pomares. O azeite de oliva era tão raro quanto se vivêssemos numa calota polar. Até mesmo na luxuriante Zakynthos sonhávamos com frutas cítricas. Athos cortava cuidadosamente um limão ao meio e chupávamos o amargor até a pele branca, comíamos a pele, depois ficávamos cheirando as mãos. Como eu ainda era pequeno, o racionamento e as restrições afetavam mais a mim do que a Athos. Minhas gengivas começaram a sangrar. Meus dentes ficaram frouxos. Athos me via caindo aos pedaços e esfregava as mãos, preocupado. Ele amolecia meu pão no leite ou na água, até virar um mingau esponjoso. Com o passar do tempo, ninguém tinha mais nada para vender. Cultivávamos o que podíamos, e Athos procurava no mar e no mato, mas nunca era o bastante.

Sobrevivíamos às custas das ervilhas e ervilhacas que escapavam dos outros, de sementes de jacinto e vagens de nastúrcio. Athos descrevia a sua caça às plantas enquanto preparava a nossa comida. Ele arrancava as alcaparras que cresciam nas fendas do calcário e fazia conserva; a teimosa resistência da planta, que crescia nas rochas e tinha marcada preferência por solo vulcânico, servia-nos de lição. Athos procurava receitas em Teofrasto e Dioscórides; usava a *História natural* de Plínio como livro de receitas. Ele desenterrava asfódelos e comíamos "tubérculos assados à Plínio". Fervia os caules, as sementes e raízes do asfódelo para tirar o amargor e misturava a massa cozida a uma batata, para fazer pão. Daria até para fazer licor com as flores, e depois do jantar consertávamos as solas dos sapatos e as encadernações dos livros com a cola feita das raízes. Athos estudava o *Theatre of plants* de Parkinson, livro muito útil que ensina não só o que fazer para o jantar, mas também como curar um ferimento ocorrido na cozinha. E se o jantar resulta num desastre total, Parkinson ensina até a melhor receita para mumificação. Athos gostava do livro de Parkinson porque fora publicado originalmente em 1640, que, conforme explicou, foi "o ano em que se abriu o primeiro café de Viena". Athos gostava de rimar longos nomes latinos enquanto tomava um prato de sinistra sopa verde. Assim que eu levantava a colher para tomar, ele comentava, malandro, que "esta sopa contém alcaparras, que não devem ser confundidas com a 'tricoca eufórbia', que é altamente venenosa". E esperava o efeito. Eu tirava a colher da boca enquanto ele especulava casualmente: "Erros podem acontecer, claro...".

Os soldados italianos que patrulhavam Zakynthos não tinham nada contra os judeus da *zudeccha* — o gueto. Não viam razão para perturbar a comunidade de trezentos anos, pacífica mistura de judeus de Constantinopla, Izmir, Creta, Corfu e Itália. Em Zakynthos ao menos, a miscelânea parecia ficar de fora da agenda alemã; eles relaxavam no calor da tarde e cantavam para o pôr-do-sol que brincava sobre as ondas. Mas quando os italianos se renderam, a vida na ilha mudou drasticamente.

A noite de 5 de junho de 1944. Na trêmula escuridão dos campos, vozes noturnas: uma esposa vira-se para o marido que já está dormindo e conta que terão mais um filho no Natal; uma mãe chama os filhos que estão no mar; promessas e ameaças bêbadas dos soldados alemães no *kafenio* da cidade de Zakynthos.

Na *zudeccha*, o livro de prata espanhola das *siddur*, com dobradiças na lombada, a estola *tallith* e as velas são enterrados debaixo do assoalho da cozinha. Cartas a filhos ausentes, fotos, são enterradas. Embora esses homens e mulheres que põem os seus valores no solo jamais tenham feito isso antes, realizam os gestos com séculos de prática a guiar as suas mãos, num ritual tão familiar quanto o sabá. Mesmo a criança que corre a trazer o seu brinquedo favorito, o cachorro com rodinhas de madeira para esconder no bojo do chão da cozinha, parece saber o que faz. Por toda a Europa existem esses tesouros enterrados. Um retalho de renda, uma tigela. Diários do gueto jamais encontrados.

Depois de enterrar os livros e pratos, a prata e as fotos, os judeus do gueto de Zakynthos desaparecem.

Deslizam pelas montanhas, onde esperam como coral: meio carne, meio pedra. Esperam em cavernas, em abrigos e cobertas de animais nas fazendas de amigos cristãos. Em seus amontoados esconderijos, pais contam aos filhos o que podem, malas de histórias familiares arrumadas às pressas, nomes de parentes. Pais dão aos filhos de cinco anos de idade conselhos sobre a vida de casado. Mães passam receitas não só do *hasoreth* da Seder (Páscoa), mas de *mezedhes* para *cholent* e *ahladhi sto fourno* — marmelo assado, bolo de sementes de papoula e *ladhera*.

Toda noite e dia e noite, no chão ao lado da arca de navio, espero pelo sinal de Athos. Espero para me fechar lá dentro. No quente silêncio não posso ler, nem pensar, apenas escutar. Escuto até dormir, até acordar de novo, escutando.

Foi na noite em que as famílias da *zudeccha* partiram para o esconderijo que o filho do velho Martin, Ioannis, e sua família vieram a nossa casa. Na noite seguinte, Ioannis levou-os para um esconderijo melhor, no outro lado da ilha. No fim da semana, veio de novo, com notícias. Estava abatido. Seu rosto estreito parecia ainda mais estreito, como se tivesse sido espremido por um cano. Sentamos no escritório de Athos. Athos serviu para Ioannis a última dose de *ouzo* e completou o copo com água.

"A Gestapo mandou o prefeito Karrer registrar o nome e a profissão de todos os judeus. Karrer levou a lista para o arcebispo Chrysostomos. O arcebispo disse: 'Queime a lista'. Foi aí que mandaram avisar a *zudeccha*. Quase todo mundo conseguiu escapar naquela noite que a gente veio até aqui. No dia seguinte, as ruas estavam vazias. Passei pelo gueto indo para a casa do meu pai. À luz do dia, parecia impossível que centenas de pessoas tivessem desaparecido tão depressa. Só se ouvia o movimento das árvores."

Ioannis esvaziou o copo com um movimento de cabeça.

"Athos, sabia que a família da minha mulher é de Corfu? Moravam na rua Velissariou, rua Velissariou, perto da Solomou..."

Athos e eu esperamos. As venezianas meio fechadas por causa do sol. A sala muito quente.

"O barco estava superlotado. Vi com meus próprios olhos. O barco estava tão cheio de judeus de Corfu que quando chegou no porto de Zakynthos os soldados não conseguiram enfiar mais ninguém. Os coitados que encontraram estavam esperando no sol do meio-dia. Dona Serenos, o velho Constantino Caro! Na *platia* Solomou, bem debaixo do nariz da Virgem, com as mãos para cima, na mira das armas. Mas o barco não parou. Meu pai e eu esperamos na beira da praça, para ver o que os alemães iam fazer. O velho Caro começou a chorar. Ele pensou que estava salvo, sabe, todo mundo pensou isso, mas a gente não estava pensando direito, nem pensava que se os nossos judeus estavam salvos, era porque os judeus de Corfu tinham sido levados no lugar deles."

Ioannis estava de pé, sentou-se. E tornou a se levantar.

"O barco passou o porto. O arcebispo Chrysostomos fez uma oração. Dona Serenos começou a gritar, foi indo embora gritando que ia morrer na casa dela, não na *platia* com todos os amigos olhando. E mataram ela. Ali mesmo. Bem na nossa frente. Na frente do Argyros onde ela fazia compras... às vezes trazia um brinquedinho para Avramakis... ela morava do outro lado da rua..."

Athos pôs as mãos nas orelhas.

"Empurraram os outros para dentro de um caminhão que ficou na *platia*, queimando o resto da tarde, com os ss todos em volta, bebendo limonada. A gente pensando no que fazer, tinha de fazer alguma coisa. Aí, de repente o caminhão foi embora, na direção de Keri."

"O que aconteceu com eles?"

"Ninguém sabe."

"E o pessoal do barco? Levaram para onde?"

"Meu pai acha que para a estação de trem de Larissa."

"E Karrer?"

"Ninguém sabe onde ele está, meu pai ouviu dizer que ele escapou de *kaiki* na mesma noite em que a gente veio aqui para a sua casa. O arcebispo ficou com os judeus, ele queria entrar no caminhão com eles, mas os soldados não deixaram. Ficou o dia inteiro do lado do caminhão, conversando com os coitados lá dentro..."

Ele fez uma pausa.

"Quem sabe era melhor Jakob não ouvir mais nada."

Athos pareceu hesitar.

"Ioannis, ele já ouviu demais."

Pensei que Ioannis ia chorar.

"Se quiser encontrar o gueto de Hania, o gueto de Creta de dois mil anos, procure a cento e cinqüenta quilômetros de Polegrandos, no fundo do mar..."

Enquanto ele falava, a sala encheu-se de gritos. A água subiu à nossa volta, balas cortando a superfície para aqueles que demoravam demais para morrer afogados. Depois, o pacífico brilho azul do Egeu tornou a se fechar.

Ioannis foi embora logo depois. Fiquei olhando Athos acompanhá-lo um pedaço do caminho. Quando voltou, Athos sentou-se à escrivaninha e escreveu tudo o que Ioannis tinha nos contado.

Athos não me deixava mais subir no telhado de noite.

Tivera tanto cuidado para manter a ordem. Refeições regulares, lições diárias. Mas agora os nossos dias não tinham mais forma. Ele ainda contava histórias, tentava nos alegrar, mas elas agora não tinham mais sentido. Como ele e Nikos haviam aprendido a fazer pipas chinesas e haviam empinado um dragão feito à mão sobre o cabo Spinari, com as crianças da cidade esperando para sentir o puxão da linha. Como haviam perdido a pipa nas ondas... Todas as suas histórias acabavam dando errado, e nos lembravam do mar.

A única coisa que acalmava Athos era desenhar. Quanto maior o seu desespero, mais obsessivamente desenhava. Pegou uma cópia desbeiçada do *Elementary forms* de Blossfeldt e copiou, a bico-de-pena, as fotografias das plantas ampliadas que transformavam caules em estanho brunido, botões em carnudas bocas de peixes, vagens em peludas dobras de acordeão. Athos colhia papoulas, lavátera, manjericão, giesta que espalhava sobre a mesa. Depois, com aquarelas, fazia desenhos precisos. Citava Wilson: "As harmonias da natureza não podem ser adivinhadas". Explicava enquanto pintava: "A giesta cresce na Bíblia. Agar deixou Ismael num monte de giesta, Elias deitou sobre a giesta quando pediu para morrer. Talvez a sarça ardente fosse de giesta; mesmo quando o fogo se apaga, seus galhos mais de dentro continuam queimando". Quando terminava, pegávamos o que era comestível e usávamos para o jantar. Lições importantes: olhar com cuidado; gravar o que se vê. Achar um jeito de tornar a beleza necessária; achar um jeito de fazer bela a necessidade.

Pelo fim do verão, Athos reanimou-se o bastante para insistir que retomássemos nossas lições. Mas os mortos nos rodeavam, uma aurora sobre a água azul.

De noite, solucei encostado ao rosto redondo de Bella, uma cara de boneca, imóvel, inanimada, os cabelos flutuando para trás. Esses pesadelos, nos quais meus pais e minha irmã morriam afogados junto com os judeus de Creta, continuaram durante anos, continuaram por muito tempo depois que nos mudamos para Toronto.

Muitas vezes em Zakynthos e depois no Canadá, por momentos eu me perdia. Parado ao lado da geladeira em nossa cozinha de Toronto, a luz da tarde caindo em diagonal no assoalho. Sobre alguma coisa que não me lembro, Athos me respondeu. Talvez mesmo então a resposta não tivesse nada a ver com a pergunta. "Se você se magoar, Jakob, vai ter de me magoar. Porque terá provado que meu amor por você foi inútil."

Athos disse: "Não posso salvar um menino de um prédio em chamas. Ao contrário, é ele que tem de me impedir de tentar; ele que tem de pular para o chão".

Enquanto eu me escondia na luz radiosa da ilha de Athos, milhares sufocavam na escuridão. Enquanto eu me escondia no luxo de um quarto, milhares se enfiavam em fornos, em esgotos, em latas de lixo. No espaço reduzido de tetos duplos, em estábulos, em pocilgas, em galinheiros. Um menino da minha idade escondeu-se num caixote; depois de dez meses estava cego e mudo, os membros atrofiados. Uma mulher ficou dentro de um armário durante um ano e meio, sem nunca se sentar, o sangue jorrando de suas veias. Enquanto eu vivia com Athos em Zakynthos, aprendendo grego e inglês, aprendendo geologia, geografia e poesia, judeus preenchiam os cantos e as frinchas da Europa, qualquer espaço disponível. Eles se enterravam em estranhos túmulos, qualquer espaço em que coubessem os seus corpos, usando mais espaço do que lhes era atribuído no mundo. Eu não sabia que enquanto estava em Zakynthos, um judeu podia ser comprado por um litro de conhaque, talvez por dois quilos de açúcar, por cigarros. Não sabia que, em Atenas, estavam sendo reunidos na "Praça da Liberdade". Que as freiras do convento de Vilna vestiam homens como freiras para transportar munição aos que estavam na clandestinidade. Em Varsóvia, uma freira escondeu uma criança debaixo da saia, passou pelos portões do gueto, até que uma noite — o suave entardecer pousando sobre as ruas infestadas de tifo, infestadas de piolhos — a freira foi pega, a criança atirada no ar e morta com um tiro como se fosse uma lata, e a freira recebeu a "pílula nazista": uma bala na garganta. Enquanto Athos me ensinava sobre os ventos anabáticos e catabáticos, sobre a fumaça do Ártico e o espectro de Bröcken, eu não sabia que judeus estavam sendo dependurados pelos polegares em praças públicas. Não sabia que quando havia corpos demais para os fornos, eles eram queimados em fossas abertas, as chamas alimentadas por gordura humana. Não sabia que enquanto ouvia as histórias dos exploradores dos lugares limpos do mundo (cobertos de neve, mordidos de sal) e dormia num lugar limpo, homens estavam desemaranhando membros, a carne de amigos e vizinhos, de esposas e filhas se descolando em suas mãos.

~

Em setembro de 1944, os alemães foram embora de Zakynthos. Pelas montanhas a música que vinha da cidade ressoou no ar, tênue como um rádio distante. Um homem cavalgou pela ilha, dando gritos agudos, a bandeira grega tatalando no vento acima de sua cabeça. Eu não saía durante o dia, mas desci e olhei o jardim. Na manhã seguinte, Athos me pediu para sentar com ele na porta de casa. Levou duas cadeiras para fora. O sol brilhava em todas as direções. Meus olhos estalavam nas órbitas. Sentei de costas para a casa e olhei o meu corpo. Minhas pernas não me pertenciam; finas como cordas com nós no lugar dos joelhos, a pele frouxa onde antes havia músculos, branda na luz forte. O calor oprimia. Um momento depois, Athos me levou, tonto, para dentro.

Fui ficando mais forte, subindo e descendo a montanha um pouco mais longe a cada dia. Finalmente, caminhei com Athos até a cidade de Zakynthos, que reluzia como se um ovo tivesse estalado sobre os nítidos detalhes venezianos e pingasse, brilhando, sobre o estuque branco e amarelo-pálido. Athos descrevera aquilo tantas vezes: as cercas de marmeleiros e romãs, os caminhos de ciprestes. As ruas estreitas, com roupas dependuradas dos balcões gradeados, a vista do monte Skopos, com o convento Panayia Skopotissa. A estátua de Solomos na praça, a fonte de Nikos.

Athos me apresentou ao velho Martin. Não havia agora quase nada para vender e a sua loja estava praticamente vazia. Lembro-me de uma estante com umas poucas cerejas espalhadas como rubis sobre um papel marfim. Durante as ocupações, o velho Martin tentava satisfazer os desejos de seus clientes. Foi a sua pequena resistência. Em segredo, ele fazia escambo com os capitães dos navios, por alguma guloseima que um cliente desejasse. Assim, astutamente, elevava os espíritos. Controlava as despensas da comunidade, como um fornecedor de algum grande hotel. Martin sabia quem estava comprando comida para os judeus escondidos depois que o gueto foi abandonado, e tentava guardar uma fruta extra e óleo a mais para as famílias que tinham filhos pequenos. O Santo Patrono da Quitanda. Os cabelos curtos do velho Martin espetavam-se em várias direções. Se os cabelos de Athos eram minério de prata, os de Martin eram irregulares e brancos como quartzo. Suas mãos nodosas, artríticas, tremiam quando ele escolhia um figo ou um limão, examinando um por um. Naqueles dias de escassez, o seu trêmulo cuidado parecia adequado, um reconhecimento do valor de uma única ameixa.

Athos e eu andamos pela cidade. Descansamos na *platia* onde os últimos judeus da *zudeccha* haviam esperado a morte. Uma mulher estava lavando os degraus do Hotel Zakynthos. No porto, cordas batiam nos mastros.

Durante quatro anos, eu imaginara que Athos e eu compartilhávamos linguagens secretas. Agora, ouvia grego por toda parte. Na rua, lendo as placas da *farmakio* e do *kafenio*, sentia-me profanamente exposto. Morria de vontade de voltar para a nossa casinha.

Na Índia, há borboletas cujas asas, fechadas, parecem folhas secas. Na América do Sul, existe uma planta que é indistinguível das pedras entre as quais viceja: uma planta que imita as pedras. Existem taturanas que parecem galhos, mariposas que parecem casca de árvore. Para ficar invisível, o linguado-americano muda de cor quando nada em água iluminada pelo sol. De que cor é um fantasma?

Sobreviver era escapar do destino. Mas se se escapa do próprio destino, de quem é a vida em que se entra?

O Zohar diz: "Todas as coisas visíveis nascerão de novo invisíveis".

O presente, como uma paisagem, é só uma pequena parte de uma narrativa misteriosa. Uma narrativa de catástrofe e de lenta acumulação. Cada vida salva: traços genéticos para ressurgir em outra geração. "Causas remotas."

Athos confirmou que existia um mundo invisível, tão real quanto o mundo evidente. Florestas frondosas calmas e silentes, cidades inteiras, sob um céu de lama. O reino dos homens da turfa, preservados como estatuária. O lugar onde todos aqueles que pronunciaram a óssea senha e entraram na terra esperam para emergir. Do subterrâneo e do subaquático, das caixas de ferro e de trás das paredes de tijolos, das arcas e dos caixotes...

Quando Athos sentava-se à sua mesa, embebendo amostras de madeira em glicol polietileno, substituindo fibras que faltavam por uma pasta de cera, eu podia perceber — observando a sua cara enquanto trabalhava — que ele efetivamente vagava por desaparecidas e incrivelmente altas florestas do Carbonífero, com árvores cuja casca parecia um intrincado brocado: padrões mais bonitos que de qualquer tecido. A floresta oscilava trinta metros acima de sua cabeça num outono pré-histórico.

Athos era perito em lugares soterrados e abandonados. A sua cosmologia acabou sendo a minha. Cheguei a isso naturalmente. Assim, nossas tarefas passaram a ser as mesmas.

Athos e eu podíamos compartilhar nossos segredos com a terra. Ele descrevia os corpos do pântano. Estavam de molho havia séculos, a pele curtida como couro escuro, sucos sépia nas linhas das mãos e nas solas dos pés. No outono, com o cheiro da neve nas nuvens escuras, os homens haviam sido empurrados para o pântano como oferendas de sacrifícios. Ali, eram ancorados com bétulas e pedras para se afogarem devagar no solo ácido. O tempo parava. Por isso, Athos explicou, é que os homens do pântano são tão serenos. Há séculos adormecidos, são descobertos perfeitamente intactos; e assim sobrevivem aos seus assassinos, cujos corpos há muito dissolveram-se em pó.

Eu retribuí contando a ele sobre as sinagogas polonesas cujos santuários ficam abaixo do solo, como cavernas. O Estado proibia que as sinagogas fossem construídas da mesma altura que as igrejas, mas os judeus recusavam-se a ver a sua reverência diminuída por códigos de engenharia. Ainda faziam os seus tetos abobadados; a congregação simplesmente rezava no fundo da terra.

Contei a ele que grandes cavalos de madeira, agora profanados e enterrados, decoravam a sinagoga perto da casa de meus pais. Algum dia talvez ainda se levantem numa tropa, como se nada tivesse acontecido, para pastar num campo polonês.

Eu fantasiava sobre o poder da inversão. Depois, no Canadá, olhando as fotografias das montanhas de bens pessoais guardados nos campos de Kanada, eu imaginava que, se o dono de cada par de sapatos pudesse ser lembrado pelo nome, poderia então voltar à vida. Uma clonagem a partir de pertences íntimos, um *pangrama** místico.

Athos falou-me de Biskupin e de como fora descoberta por um professor local quando dava um passeio ao entardecer. O nível do rio Gasawka estava baixo e os imensos pilares de madeira perfuravam a superfície do lago como juncos maciços. Mais de dois mil anos antes, Biskupin fora uma comunidade rica, extremamente organizada. Ali se colhiam grãos e criava-se gado. A riqueza era bem distribuída. As casas confortáveis organizadas em alas nítidas; a fortificação da ilha semelhante a uma subdivisão moderna. Todas as casas de telhados inclinados eram amplas e bem iluminadas, tinham a sua privacidade: uma varanda, uma lareira, um sótão-dormitório. Os artesãos de Biskupin comerciavam com o Egito e com a costa do mar Vermelho. Mas houve então uma mudança no clima. A terra arável transformou-se em charneca, depois em pântano.

O nível da água subiu inexoravelmente até ficar evidente que Biskupin teria de ser abandonada. A cidade permaneceu sob a água até 1933, quando o nível do rio Gasawka baixou. Athos juntou-se à escavação em 1937. Seu trabalho era resolver os problemas de preservação das estruturas submersas. Logo depois de Athos ter decidido levar-me para casa com ele, Biskupin foi tomada pelos soldados. Eles demoliram as antigas fortificações e as casas que tinham sobrevivido milênios. Depois, mataram a tiros cinco colegas de Athos, nas florestas vizinhas. Os outros foram mandados para Dachau.

(*) Frase ou verso que inclui todas as letras do alfabeto. (Assim como esta nota, todas as outras no livro são notas do tradutor.)

E essa é uma das razões por que Athos achava que tínhamos salvado um ao outro.

~

As trilhas invisíveis das histórias de Athos: rios seguindo as inconsistências da terra como lágrimas seguindo as imperfeições da pele. Vento e correntes que agitam as criaturas subaquáticas, jardins bioluminescentes que guiam os pássaros à terra. As andorinhas-do-mar árticas, cavalgando os ventos oeste e alísios todo ano do Ártico para a Antártica, de ida e de volta. Em suas mentes, a rotação das constelações, a marca das saudades e da distância. A rota fixa do bisão nas planícies, tão marcada que a estrada de ferro foi construída sobre o seu traçado.

A geografia cortada por trilhos. A costura negra daquela migração lamentosa da vida para a morte, as linhas de ferro desenhadas no chão, penetrando cidades e vilas agora famosas pelo assassinato: de Berlim para Breslau; de Roma para Florença, Pádua e Viena; de Vilna para Grodno e Lodz; de Atenas para Salonica e Zagreb. Mesmo levados cegamente, mesmo com os sentidos confundidos pelo fedor, pelas preces, pelos gritos, pelo terror e pelas lembranças, esses passageiros acharam o seu caminho de volta para casa. Pelos rios, pelo ar.

Quando os prisioneiros foram forçados a cavar as valas comuns, os mortos penetraram neles pelos poros e foram levados pela corrente sanguínea para o cérebro e para os corações. E com seu sangue passaram para outra geração. Tinham os braços mergulhados na morte até os cotovelos, mas não só na morte — na música, numa lembrança de como um marido ou um filho se curvava sobre o jantar, na expressão de uma esposa que olhava o filho no banho; nas crenças, nas fórmulas matemáticas, nos sonhos. Quando sentiam outro homem e os cabelos empapados de sangue dos outros entre os dedos, esses cavadores imploravam perdão. E essas vidas perdidas abriam passagens moleculares em suas mãos.

Como pode um homem assumir as lembranças de um único homem que seja, quanto mais de cinco ou dez ou mil ou dez mil;

como pode cada um deles ser santificado? Ele pára de pensar. Ele se concentra no chicote, sente um rosto na mão, agarra os cabelos como numa paixão, o emaranhado entre os dedos, puxando, as mãos cheias de nomes. Suas mãos sagradas movem-se, autônomas.

Na pedreira de Golleschau, os carregadores de pedra eram forçados a levar infindavelmente imensos blocos de calcário de um monte para outro, e depois tudo de volta. Durante a tortura, eles carregavam suas vidas nas mãos. A tarefa insana só não era supérflua no sentido em que a fé não é supérflua.

Um interno do campo olhava as estrelas e de repente se lembrava de que uma vez lhe haviam parecido belas. Essa lembrança da beleza vinha acompanhada de uma bizarra pontada de gratidão. Quando li isso pela primeira vez, não podia imaginar do que se tratava. Mais tarde, porém, entendi. Às vezes, o corpo experimenta uma revelação porque abandonou qualquer outra possibilidade.

Sentir a influência dos mortos sobre o mundo não é uma metáfora, assim como não é metáfora ouvir um cronômetro de radiocarbono, o contador Geiger amplificando a tênue respiração da rocha de cinqüenta mil anos de idade (como uma tênue pancada através da parede do útero). Não é metáfora verificar a surpreendente fidelidade dos minerais magnetizados, depois de centenas de milhões de anos, apontando para o pólo magnético, minerais que jamais esqueceram o magma cujo esfriamento os deixou para sempre no desejo. Ansiamos pelo lugar; mas o lugar em si também anseia. A memória humana está codificada em correntes de ar e sedimentos de rio. Acúmulos de cinzas esperam para ser escavados, vidas reconstituídas.

Quantos séculos até o espírito esquecer o corpo? Quanto tempo ficaremos sentindo a nossa pele amarrada à face da rocha, nossa pulsação em linhas de força magnética? Quantos anos passarão até erodir-se a diferença entre assassinato e morte?

A dor exige tempo. Se uma lasca de pedra irradia a si mesma, irradia o seu hálito, por tanto tempo, quão teimosa pode ser a alma. Se as ondas de som prosseguem ao infinito, onde estão agora os seus gritos? Eu os imagino em algum lugar da galáxia, para sempre deslizando para os salmos.

Sozinho no telhado naquelas noites, não é de surpreender que de todos os personagens geólogos e exploradores, cartógrafos e navegadores das histórias de Athos, eu sentisse compaixão era pelas próprias estrelas. Brilhando doloridas para nós há milênios, embora sejamos cegos aos seus sinais até ser tarde demais, e a luz das estrelas ser apenas um hálito branco de um grito antigo. Enviando as suas brancas mensagens por milhões de anos, só para serem amarrotadas pelas ondas.

TEMPO VERTICAL

"Conheci Athos na universidade", disse Kostas Mitsialis. "Ele usava o mesmo escritório que eu. Sempre que eu entrava, fosse cedo ou tarde, ele estava sempre lá, lendo sob a janela. Os livros e artigos empilhados no peitoril! Poesia inglesa. Como preservar o esqueleto das folhas. O sentido dos totens esculpidos. Ele tinha um belo relógio do pai. Com uma bela incrustação de um monstro marinho no estojo e no mostruário, a cauda curvada em torno do número 11. Athos, você ainda tem esse relógio?"

Athos sorriu, abriu o paletó e balançou o relógio na corrente.

"Falei dele para Daphne, do sujeito tímido que roubou minha privacidade no escritório. Uma tarde, ela veio me buscar, me cumprimentou com um puxão de orelha, daquele jeito que gostava. Daphne devia ter uns vinte anos na época e estava sempre bem-humorada. 'Venha jantar com a gente', disse para Athos. E Athos perguntou: 'Você gosta de música?'.

"Naquele tempo, entre as guerras, as tavernas viviam cheias de tangos, mas a gente não precisava da música latina porque tínhamos a nossa: o *basapiko* lento e as canções cantadas com os *bozouki* que vinham dos marinheiros das docas e dos vendedores de *hamal* e suco de ameixa."

"E os antros de droga", piscou Athos.

"Ele nos levou a um lugarzinho perto da rua Adrianou. Foi lá que a gente ouviu Vito pela primeira vez. A voz dele era um rio. Era *glikos*, negra e doce. Você se lembra, Athos? Vito era o cozinheiro também. Quando acabava de fazer a comida, vinha da cozinha limpando no avental o óleo e o alecrim dos dedos, e parava no meio das mesas e cantava um *rembetiko* que inventava na hora. O *rembetiko*, Jakob, conta sempre uma história dolorida e cheia de erotismo."

"E de pobreza e haxixe", disse Athos.

"Depois de cantar, Vito tocava música *santouri* que de alguma forma repetia a história. Uma noite ele não cantou, mas tocou uma coisa tão misteriosa... uma história que eu parecia conhecer, parecia lembrar. Me deu uma sensação antiga, suspensa, como um pomar quando o sol aparece e desaparece entre as nuvens... e nessa noite, mais tarde, eu e Daphne resolvemos nos casar."

"E se não tivessem ouvido a música?", perguntei.

Eles riram.

"Aí, teria sido o luar, ou um filme, ou um poema", respondeu Kostas.

Athos esfregou meu cabelo. "Jakob escreve poemas", disse.

"Então você tem o poder de fazer as pessoas se casarem", disse Daphne.

"Como um rabino? Como um padre?", perguntei.

Eles riram de novo.

"Não", disse Athos. "Como um cozinheiro de café."

Em Atenas, ficamos na casa de Daphne e Kostas — o professor Mitsialis e sua esposa —, velhos amigos de Athos que viviam na encosta de Lykavettos numa casinha que tinha restos de pedra no lugar onde antes houvera uma escada. Daphne colocara uma jardineira com flores sobre a pilha. Um jardim de ervas e verduras nos fundos. Passando a praça Kolonaki, entre Kiphissia e Tatoi, passando as embaixadas estrangeiras, as palmeiras e ciprestes, passando os parques, passando os altos apartamentos brancos. Passando a estátua do revolucionário Mavrocordatos, onde um ateniense se ajoelhou em 1942, cantou o hino nacional de Solomo e foi fuzilado.

Athos e eu levamos quase duas semanas para viajar pela paisagem machucada de Zakynthos até Atenas. Estradas bloqueadas, pontes caídas, aldeias em ruínas. Terras aráveis e pomares devastados. Os que não tinham um pedaço de terra para cultivar nem dinheiro para o mercado negro estavam morrendo de fome. E assim seria durante anos. É claro que o fim da guerra não trouxe a paz à Grécia. Cerca de seis meses depois de terminada a luta em Atenas entre os comunistas e os ingleses, com um governo interino ainda a postos, Athos e eu fechamos a casa de Zakynthos e atravessamos o canal para Kyllini, no continente.

Em Atenas, Athos começaria a busca por notícias de Bella e o único outro membro de minha família de que eu tinha conhecimento, uma tia que jamais encontrara, irmã de minha mãe, Ida, que vivia em Varsóvia. Ambos entendíamos que Athos tinha de procurar para eu poder desistir. Achava intolerável a confiança dele.

No barco, Athos tirou o pão e a colherada de mel que trouxera para nosso café da manhã, mas não consegui comer. Olhando as ondas de Porthmos Zakinthou, pensei que nada jamais voltaria a ser familiar.

Pegamos caronas sempre que possível, em carroças e nas carrocerias de caminhões sacolejantes que levantavam poeira curvas acima e espiralavam para baixo de novo. Viajamos longas distâncias *me ta podhia* — a pé. Existem duas regras para se andar a pé na Grécia, e Athos me ensinou as duas enquanto subíamos uma montanha, deixando Kyllini para trás. Nunca seguir um cabrito, para não acabar na beira de um precipício. Sempre seguir uma mula, para chegar a alguma vila ao anoitecer. Parávamos muitas vezes para descansar, naqueles dias mais por minha causa do que por causa de Athos. Quando estávamos ambos cansados, esperávamos com nossas mochilas à beira da estrada, na esperança de aparecer alguém para nos levar até a próxima aldeia. Eu olhava Athos com seu paletó de tweed puído, o chapéu de feltro empoeirado, e via o quanto ele tinha envelhecido desde os poucos anos em que o conhecera. Quanto a mim, a criança que havia entrado para a vida de Athos desaparecera, eu tinha treze anos. Muitas vezes, enquanto caminhávamos, Athos pousava o braço em meus ombros. Sentia o seu toque, natural para mim, embora todo o resto parecesse um sonho. E fora o seu toque que me impedira de mergulhar demais em mim mesmo. Foi naquela viagem de Zakynthos para Atenas, naquelas estradas esburacadas, naquelas montanhas áridas que me dei conta do que sentia: não que eu tudo devia a Athos, mas que o amava.

A paisagem do Peloponeso fora ferida e cicatrizada tantas vezes que a tristeza sombreava o solo ensolarado. Toda tristeza parece antiga. Guerras, ocupações, terremotos; fogo e seca. Eu parava nos vales e imaginava a tristeza das montanhas. Sentia a minha própria expressa ali. Cinqüenta anos e um outro país haveriam de se passar antes que eu experimentasse de novo essa intensa empatia com uma paisagem.

Em Kyllini, vimos que aquele grande castelo medieval fora dinamitado pelos alemães. Passamos por escolas ao ar livre, crianças em farrapos usando lousas de pedra como carteiras. Uma vergonha pairava sobre o campo, a miséria de mulheres que não conseguiam enterrar os seus mortos, cujos corpos haviam sido queimados, atirados à água, ou simplesmente jogados fora.

Descemos o vale de Kalavrita, no sopé do monte Velia. Desde que desembarcáramos em Kyllini, todo mundo nos falara do massacre. Em Kalavrita, em dezembro de 1943, os alemães mataram todos os homens acima de quinze anos — eram mil e quatrocentos —, depois incendiaram a cidade. Os alemães alegavam que o povo da cidade escondia *andartes* — combatentes da resistência grega. No vale, ruínas carbonizadas, pedra enegrecida, um silêncio terrível. Um lugar tão vazio que não era nem assombrado.

Em Corinto, embarcamos num caminhão superlotado de outros viajantes. Finalmente, numa tarde quente do fim de julho, chegamos a Atenas.

Poeirentos e cansados, sentamo-nos na sala da casa de Daphne e Kostas, nas paredes as pinturas de Daphne mostrando a cidade — todas luz e ângulos, um cubismo radiante que na Grécia fica próximo do realismo. Uma mesinha de vidro. Almofadas de seda. Eu temia que se me levantasse minhas roupas fossem deixar um carimbo de pó no sofá claro. Um pratinho de caramelos embrulhados sobre a mesa me distraiu, produziu em mim um doloroso lampejo, como quando uma parte da gente adormece e aí o sangue volta a correr no lugar. Não entendi que podia me servir. Meus cotovelos roçavam nas mangas, as pernas nos shorts. Num grande espelho de moldura prateada, vi minha cabeça flutuando sobre o fino caule do pescoço.

Kostas levou-me para seu quarto, e ele e Athos pegaram roupas para mim. Levaram-me a um barbeiro para o meu primeiro corte de cabelo de verdade. Daphne me puxou para ela, as mãos sobre meus ombros. Não era muito mais alta que eu e era quase tão magra. Relembrando, era quase como uma menina muito envelhecida. Usava um vestido com estampa de pássaros. Os cabelos presos no alto da cabeça, uma pequena nuvem cinzenta. Serviu-me um *stifhado* de feijão e alho. Comi *karpouzi* ao ar livre, junto com Kostas, que me ensinou como cuspir as sementes de melão lá para o fundo do jardim.

A gentileza deles era misteriosa e bem-vinda para mim, assim como a própria cidade — suas árvores estranhas, paredes brancas cegantes.

Na manhã seguinte à nossa chegada, Daphne, Kostas e Athos começaram a conversar. Esfaimados, mergulharam na conversa, limpando os pratos como se fossem encontrar a verdade pintada no fundo. Falavam como se tivessem de dizer tudo num único dia. Falavam como se estivessem num *shivah*, num velório, em que toda conversa não é capaz de preencher a cadeira vazia. De vez em quando, Daphne levantava-se para encher os copos, trazer pão, pequenas tigelas de peixe frio, pimentões, cebolas, azeitonas. Eu não conseguia acompanhar aquilo tudo: os *andartes*, EAM, ELAS, comunistas, venizelistas e antivenizelistas... Mas havia também muita coisa que eu entendia — fome, fuzilamento, corpo na rua, como repentinamente tudo o que era familiar ficara inexprimível. Prestei tanta atenção que, conforme disse Kostas, a história me esgotou e por volta das quatro horas, quando passamos para o jardim, com a brisa e o sol batendo em meus cabelos recém-cortados, adormeci. Quando acordei, anoitecia. Eles estavam recostados nas cadeiras em silenciosa melancolia, como se o longo crepúsculo grego houvesse finalmente drenado todas as lembranças de seus corações.

Kostas sacudiu a cabeça.

"É como diz Theotokas: 'O tempo foi cortado por uma faca'. Os tanques desceram por Vasilissis Sofias. Um único alemão descendo uma rua grega é como uma barra de ferro tão fria que queima a mão. Ainda não era meio-dia. Ouvimos no rádio. A manhã inteira os veículos pretos fizeram uma trilha atravessando a cidade como um rastilho de pólvora."

"Fechamos as cortinas para o sol e Kostas e eu nos sentamos junto da mesa, no escuro. Ouvimos sirenes, armas antiaéreas, mas mesmo assim os sinos da igreja tocavam para a missa da manhã."

...Quando empurraram meu pai, ele ainda estava sentado na cadeira, dava para perceber depois, pelo jeito que ele caiu.

"Nosso vizinho Aleko veio até a porta dos fundos para nos contar que alguém tinha visto suásticas dependuradas dos balcões em Amalias. Disse que as bandeiras ondulavam no alto do palácio, no alto da capela em Lykavettos. Só à noite foi que vimos as bandeiras, e a bandeira sobre a Acrópole, essa nos fez chorar."

...dava para perceber pelo jeito que ele caiu.

"No começo, continuamos indo à taverna, só por causa da companhia e para ouvir alguma notícia. Não havia nada para comer nem beber. No começo, o garçom ainda fingia, trazia o menu; acabou virando uma piada ritual. As pessoas ainda faziam piadas, não faziam, Daphne? Chegamos a ouvir até aquela dos nossos tempos de estudantes, quando a gente era tão pobre que alguém gritava para o garçom: 'Um ovo cozido para nove aqui!'."

...Quando estava enterrado e minha cabeça picava, sonhava com minha mãe catando os piolhos do meu cabelo. Imaginava Mones e eu jogando pedras no rio. Mones um dia prendeu o dedo na porta e a unha caiu, mas ele ainda era capaz de fazer a pedra saltar mais vezes.

"O irmão de Daphne ouviu dizer que quando encontraram Korizis, ele estava com uma arma numa das mãos e um ícone na outra."

"Depois da confusão e antes dos alemães, havia ingleses e australianos por toda parte. Eles tomavam banho de sol sem camisa."

"Sentavam-se no Zonar e cantavam as músicas de *O mágico de Oz*. Começavam a cantar ao menor estímulo, o Floca e o Maxim pareciam de repente cenários de operetas... Eu fui procurar fumo no King George. Pensei que podiam ainda ter algum para vender, mas não tinham. E talvez comprar o *Kathemerini*, ou o *Proia*, qualquer jornal que encontrasse. Um soldado inglês no saguão me ofereceu um cigarro e ficamos discutindo um longo tempo sobre a diferença entre o tabaco grego, o inglês e o francês.

No dia seguinte, Daphne atendeu a porta e lá estava ele, nos trazendo carne enlatada."

"Foi a única vez em que um vício de Kostas serviu para alguma coisa", Daphne falou da cozinha aonde tinha ido buscar um copo de leite para mim.

...A sra. Alperstein, mãe de Mones, fazia perucas. Costumava esfregar loção nas mãos para ficarem macias ao trabalhar. Ela nos dava leite quando estávamos estudando e o copo tinha sempre cheiro de loção, deixava o leite com gosto de bonito. Quando meu pai voltava do trabalho, vinha com as mãos pretas, como se estivesse de luvas, e ficava esfregando até ficarem quase vermelhas, mas mesmo assim ainda dava para sentir o cheiro do couro de sapato — ele era o melhor fazedor de botas — e ainda dava para sentir o cheiro da graxa, que vinha em latas e era macia como manteiga preta.

"Nos forçaram a acomodar um oficial alemão. Ele nos roubava. Todo dia a gente via ele roubando alguma coisa — facas e garfos, agulhas e linha. Ele trazia manteiga, batata, leite — para ele. Ficava me olhando cozinhar e eu tinha de servir a comida para ele, enquanto eu e Kostas comíamos só cenouras fervidas sem azeite e muito menos sal. Às vezes, ele me fazia comer um pouco da comida dele na frente de Kostas, mas não deixava ele comer..."

Kostas acariciou o próprio rosto com a mão de Daphne.

"Meu bem, meu bem. Ele achou que ia me amolar, mas eu ficava contente de ver você comendo direito ao menos uma vez."

"À noite, depois do toque de recolher, eu e Kostas ficávamos acordados, ouvindo as sentinelas que subiam e desciam pelo Kolonaki, como se a cidade inteira fosse uma prisão."

"Athos, você se lembra que eles queriam o nosso cromo antes da guerra. Bom, quando eles não tinham mais de pagar por nada, tiraram o quanto quiseram das minas: pirita, minério, níquel, bauxita, manganês, ouro. Couro, algodão, tabaco. Trigo, gado, azeitona, azeite..."

"É. E os alemães ficavam na praça Syntagma, mascando azeitonas e cuspindo os caroços para ver as criancinhas catando do chão o que podiam e chupando os caroços até ficarem secos."

"Iam de caminhão para a Acrópole e tiravam fotos de turista na frente do Partenon."

"Athos, eles transformaram nossa Atenas numa cidade de mendigos. Em 41, nevou demais, ninguém tinha carvão nem lenha. As pessoas se enrolavam em cobertores e ficavam na praça Omonia, esperando ajuda. Mulheres com crianças..."

"Uma vez, depois que os alemães carregaram um trem em Larissa, um patriota resolveu liberar a carga. O trem explodiu quando estava partindo da estação. Voaram laranjas e limões, chovendo em cima das ruas. Um cheiro doce glorioso misturado com o cheiro da pólvora. Os balcões brilhavam, o suco de limão pingando ao sol! Muitos dias depois, tinha gente que ainda encontrava uma laranja numa fenda de uma estátua, no bolso de uma camisa dependurada para secar. Alguém encontrou uma dúzia de limões debaixo de um carro..."

"Como os ovos debaixo da galinha."

...Vi meu pai e a sra. Alperstein se cumprimentando e imaginei se eles podiam trocar cheiros e se todos os sapatos iam acabar com cheiro de flores e todas as perucas com cheiro de sapato.

"Nosso vizinho Aleko reanimou um homem no meio da Kolonaki com uma tigela de leite. Ele mesmo não tinha nem um pedaço de pão para comer. Logo depois, as pessoas caíam na rua e não levantavam mais, simplesmente morriam de fome."

"Kostas e eu ouvimos dizer que famílias inteiras foram mortas por uma caixa de passas, por um saco de farinha."

"Nos contaram que um homem estava, num começo da noite, parado na praça Omonia. Um outro homem veio correndo, com um embrulho. 'Depressa, depressa', ele disse, 'eu tenho aqui um pedaço de carneiro fresco, mas tenho de vender depressa para comprar a passagem de trem e voltar para a minha mulher.' A idéia de carneiro fresco... carneiro fresco!... foi demais para o homem parado na esquina. Ele pensou na mulher e no jantar de casamento e em todas as refeições que eram naturais antes da guerra. A lembrança do gosto bom varreu todos os pensamentos da cabeça dele. Pegou do bolso o dinheiro e pagou uma fortuna, tudo o que ele tinha. O carneiro valia a pena! O homem pegou e saiu correndo para a estação de trem. O homem da esquina correu na direção oposta, direto para casa. 'Surpresa!', ele gritou, entregando o pacote para a mulher. 'Abra na cozinha.' Excitado, ficou do lado da mulher enquanto ela cortava o barbante do embrulho de jornal. Dentro encontraram um cachorro morto."

"Athos, você é como um irmão para Kostas e para mim. A gente se conhece há tantos anos. Quem poderia imaginar que um dia estas palavras iam estar em nossas bocas?"

"Quando os ingleses ainda estavam aqui, a gente conseguia encontrar coisas. Um pouco de margarina, um pouco de café, açúcar, às vezes um pedaço de carne de vaca!... Mas quando vieram os alemães, eles até roubavam as vacas que estavam para parir e matavam a mãe e o filhote. Comiam a mãe e jogavam fora o filhote..."

Daphne tocou o braço de Kostas para que parasse de falar, inclinando a cabeça na minha direção.

"Kostas, é terrível demais."

"Daphne e eu festejamos. '*Englezakia*!', a gente gritava enquanto as bombas deles caíam nas nossas ruas, quando a fumaça deixava o céu preto em cima do Pireu e as sirenes gritavam e as casas tremiam."

"Até eu aprendi a reconhecer os aviões deles e os aviões ingleses. Os *Stuka* guincham. São prateados e mergulham igual uma andorinha..."

"E soltam as bombas como merda."

"Kostas", Daphne ralhou, "não diga isso na frente de Jakob."

"Ele está dormindo."

"Não, não estou!"

"Já que Daphne não me deixa falar palavrão na sua frente, Jakob, apesar de você ter visto coisas que lhe dão o direito de saber xingar, vou dizer a você é que a guerra pode transformar até um homem comum em poeta. Vou lhe contar o que eu pensei no dia em que eles desrespeitaram a cidade com as suásticas: 'À luz do sol do amanhecer o Partenon é de carne. Ao luar é de osso'."

"Eu e Jakob tínhamos lido Palamas juntos."

"Então, Jakob, *pedhi-mou*, você sabe que Palamas é o nosso poeta mais querido. Quando Palamas morreu, bem no meio da guerra, fomos atrás de um outro poeta, Sikelianos, com a sua longa capa preta por toda Atenas. Milhares de nós, a cidade inteira, acompanhando o corpo de Palamas da igreja até o túmulo. No cemitério, Sikelianos gritou que a gente precisava 'sacudir o país com um grito de liberdade, sacudir o país de ponta a ponta', e cantamos o hino nacional, cercados de soldados! Depois, Daphne me disse..."

"Só Palamas podia ser capaz de levantar e unir a gente desse jeito. Mesmo no túmulo."

"No primeiro fim de semana da ocupação, os alemães fizeram uma parada pela cidade. Carros blindados, bandeiras, filas de soldados que tomavam um quarteirão inteiro. Mas mandaram os gregos ficarem dentro de casa. A gente estava proibido de assistir. Os poucos que viram alguma coisa foi por algum buraquinho da janela enquanto aquela parada maluca marchava pelas ruas desertas."

"Nas esquinas, nos restaurantes, como se fosse um show de rua, os sujeitos do mercado negro tiravam peixes crus de dentro das malas, ovos dos bolsos, pêssegos de dentro do chapéu, batatas das mangas."

...Quando ficou difícil encontrar pedras chatas o suficiente para podermos pisar nelas saltando a água, nos sentamos na margem. Mones tinha uma barra de chocolate. A mãe dele nos deu no dia em que fomos ao cinema ver o caubói norte-americano Butski Jones com seu cavalo branco. Nós guardamos porque já estávamos planejando a nossa expedição ao rio. Dentro, debaixo da embalagem, tinha sempre um cartão com a figura de algum lugar famoso. Nós já tínhamos vários palácios e a torre Eiffel e alguns jardins famosos. Nesse dia, tiramos o Alhambra e dobramos e rasgamos no meio, jurando eterna fidelidade como sempre fazíamos, e Mones ficou com uma metade e eu fiquei com a outra para que quando a gente abrisse o nosso negócio pudesse juntar as duas partes e dependurar da parede, a metade do mundo que era dele e a minha metade, tudo repartido bem no meio.

"Na véspera dos alemães irem embora de Atenas: quarta-feira, 11 de outubro, Daphne e eu ouvimos um barulho estranho, não era bem um vento, muito suave. Eu saí. Havia um tremor no ar, como de milhares de asas. A rua estava deserta. Aí, olhei para cima. Acima da minha cabeça, de todos os telhados e balcões as pessoas debruçadas chamavam as outras bem baixinho, pela cidade inteira, espalhando a notícia. A cidade, que era que nem uma prisão um minuto antes, parecia agora um quarto cheio de sussurros, e também, no escuro, de tilintar de copos cheios de qualquer coisa que a gente pudesse encontrar e '*yiamas, yiamas*', à saúde, subindo como rajadas de vento na noite."

"Mais tarde, mas antes da *dekemvriana*, as batalhas de dezembro, começamos a saber mais sobre o que estava acontecendo em outros lugares..."

"A irmã de Daphne mandou uma carta de Hania: 'No meio de um campo de terra recém-arada, sem nada em volta, você descobre que alguém pôs uma placa: "Aqui era Kandanos." "Aqui era Skines." Tudo o que resta das aldeias'."

"Jakob e eu também vimos placas marcando o lugar onde ficavam as aldeias. Por todo o Peloponeso."

"Dizem que mais de mil aldeias desapareceram."

"Jakob e eu estivemos em Kalavrita. Mandam os turistas ver o *chorios* queimado. São esses os nossos pontos históricos agora. Que os turistas visitem as ruínas modernas."

"Aqui, as pessoas ficavam em longas filas, esperando para enterrar os seus mortos. Os varredores de rua recolhiam corpos. Todo mundo tinha medo da malária. A gente ouvia as crianças cantando a música dos soldados alemães: 'Quando canta uma cigarra, o remédio você agarra...'."

" 'Tantos funerais enchiam os portões dos templos.' "

"Athos, você ensinou Jakob muito bem. *Pedhi-mou*, lembra de quem é esse verso?"

"Ovídio?"

"Muito bem. Lembra do resto? Espere, eu vou procurar."

Kostas abriu um livro e leu em voz alta:

" 'Caídos estavam os mortos à minha volta,
nem eram mais enterrados segundo os ritos usuais:
tantos funerais enchiam os portões dos templos...
...e não restou ninguém
para chorar a sua perda: almas de matronas não choradas,
de noivas, de homens jovens e antigos — desfeitos todos
na selvagem cegueira do vento...' "

Houve um longo silêncio. Athos cruzou as pernas e deu um soco na mesa. Os pratos saltaram. Kostas passou as mãos por seus longos cabelos brancos. Inclinou-se sobre a mesa baixa na direção de Athos.

"No dia que os últimos alemães saíram da cidade, as ruas ficaram cheias, Syntagma lotada, os sinos tocavam. Aí, no meio da comemoração, os comunistas começaram a gritar slogans. Juro para você, Athos, a multidão fez silêncio. Por um segundo, todo mundo se controlou. No dia seguinte, Theotokas disse: 'Basta um fósforo aceso para Atenas pegar fogo como se fosse um tanque de petróleo'."

"Os meninos norte-americanos trouxeram comida e roupas, mas os comunistas roubaram os caixotes dos armazéns do Pireu. Tantos erros de ambos os lados. Basta ter o poder por um minuto para cometer um crime."

"Eles caçaram os burgueses em suas camas de dormir e mataram eles a tiros. Tiraram os sapatos dos democratas e fizeram eles marcharem descalços pelas montanhas até morrerem. Semanas antes os *andartes* e os *englezakia* tinham lutado lado a lado nas montanhas. Agora, um atirava no outro no meio da cidade. Como entender uma coisa dessas, os nossos bravos *andartiko* que explodiam pontes e atravessavam as montanhas por causa da resistência, que desapareciam de um lugar e reapareciam em outro, duzentos quilômetros adiante..."

"Como linha e agulha atravessando um pano."

"Em Zakynthos, um comunista entregou o próprio irmão, que já era velho, porque uma vez, dez anos antes, ele tinha brindado o rei! Os comunistas são nossos filhos, conhecem a vida de todo mundo do mesmo jeito que conhecem as passagens pelos vales, pelas montanhas, cada bosque, cada garganta."

"A violência é que nem malária."

"É um vírus."

"Que pegamos dos alemães."

...Quando Mones e eu começamos a andar de volta para casa havia nevoeiro, chuviscava e nossas meias de lã ficaram ensopadas, nossos pés frios como os peixes do Nemen. Nossas botas pesadas de lama. Todas as casas estavam ligadas ao céu por uma corda de fumaça. Podíamos ser melhores amigos para sempre. Íamos abrir uma livraria juntos e deixar a mãe de Mones cuidando da loja enquanto íamos ao cinema. Íamos ter encanamentos em nossas casas e eletricidade em todos os cômodos. Minhas mãos estavam frias e minhas costas frias por causa da chuva e porque era longe e eu estava suando também por baixo do casaco. Cercas quebradas, ruas esburacadas com profundos sulcos das rodas das carroças. Os punhos de nossas meias duros como moldes de gesso. Mas não queríamos chegar em casa depressa. Ficamos um longo tempo no portão de madeira de Mones. Seríamos religiosos como nossos pais. Íamos casar com as irmãs Gotkin e partilhar uma casa de verão em Lasosna. Íamos remar nos braços de mar e ensinar nossas esposas a nadar...

"Os primos de Daphne, Thanos e Yiorgios, e centenas de outros, todos que eles acharam que estavam bem de vida antes da guerra, foram reunidos pelos comunistas na praça Kolonai."

...No portão de Mones apertamos as mãos como homens. Debaixo do boné, o cabelo de Mones estava grudado na cabeça. Estávamos ensopados, mas teríamos conversado mais se não fosse hora do jantar. Juntos íamos visitar Crinik e Bialystok e até Varsóvia! Nossos primogênitos iam nascer no mesmo ano! Jamais esqueceríamos essas promessas recíprocas...

"Daphne saiu para ver se comprava um pouco de açúcar, para me agradar no meu aniversário. Em vez disso, encontrou Aleko e mais outros três enforcados nas acácias em Kyriakon..."

Na primeira manhã em casa de Daphne e Kostas fiquei envergonhado de tomar o café da manhã com estranhos. Todo mundo veio para a mesa já vestido. Mas, nos dias seguintes, Kostas passou a aparecer cada vez menos arrumado, primeiro sem gravata, depois de chinelos, finalmente vestindo a camisola de dormir com um cinto que tinha pingentes nas pontas. Athos e Kostas sentaram-se à mesa, cada um com metade do jornal, lendo alto um para o outro. Daphne preparou ovos com cebolinha e tomilho. Estava contente de cozinhar para dois homens e um menino, apesar da falta de alimentos exigir criatividade. Athos elogiava a comida de Daphne em todas as refeições. O luxo de seu afeto me devolveu o sentimento, meu cabelo acariciado pelo deslizar de sua mão, o aperto do abraço espontâneo de Daphne. Ela me ensinou a diferença de se utilizar uma tigela verde ou uma amarela para pôr ameixas antes de levar à mesa. Me levou para o seu estúdio de pintura e fez um retrato meu a lápis, em traços finos. De tarde, enquanto Athos cuidava da nossa mudança para o Canadá, eu ajudava Daphne a limpar os pincéis ou preparar o jantar, ou então praticava o meu inglês com Kostas no jardim quente e às vezes acabávamos ambos cochilando.

Ficava ouvindo as marés das discussões políticas de Athos e Kostas. Eles sempre procuravam me puxar para a conversa, primeiro solicitando minha opinião, depois debatendo com toda a seriedade as minhas idéias até eu me sentir sabido, igual a eles.

Quando tinha meus pesadelos, eles vinham me atender, os três, e sentavam na minha cama, Daphne coçando as minhas costas devagarinho. E ficavam conversando entre eles até que, com o conforto de suas vozes baixas, eu adormecia de novo. Depois iam para a cozinha. De manhã, eu via os pratos que ficavam das suas festas noturnas ainda em cima da mesa.

Uma vez, Daphne me mandou colher ervas enquanto preparava o jantar. Senti medo de sair sozinho, mesmo que só até o jardim. Fiquei parado à porta dos fundos. Kostas percebeu o meu problema e baixou o jornal. "Estou precisando esticar as pernas, Jakob, vamos ver como está o ar da noite." E saímos juntos.

Na noite de nossa partida para o Canadá, sentei-me na cama e fiquei olhando Daphne fazer a minha mala, Kostas procurando mais coisas para eu levar, um livro, mais um par de meias. Daphne arrumava cuidadosamente cada coisa em seu lugar. Nenhum dos dois tinha estado no Canadá. Eles especulavam sobre o clima, as pessoas, e cada dúvida resultava em alguma coisa mais — uma bússola, um prendedor de gravata.

Lembro-me de Daphne, naquela última noite, voltando da porta do meu quarto depois de dizer boa-noite e me dando mais um apertão forte. Me lembro de suas mãos frescas nas minhas costas por baixo do pijama de algodão, do seu coçar, de minha mãe, de Bella, me acalmando para dormir.

~

Antes de partirmos de Zakynthos, Athos disse: "Precisamos fazer uma cerimônia. Pelos seus pais, pelos judeus de Creta, por todos os que não têm ninguém para relembrar os seus nomes".

Atiramos camomila e papoulas no mar de cobalto. Athos derramou água doce nas ondas, para "os mortos beberem".

Athos leu um trecho de Seferis: " 'Aqui encerram as obras do mar as obras do amor. Tu que um dia viverás aqui... se acaso o sangue turvar a tua memória, não te esqueças de nós' ".

Pensei: "É a saudade que move o mar".

Em Zakynthos, o silêncio às vezes tremula com o zunir das abelhas. Seus corpos rolam no ar, empoados de peso dourado. O campo ficava pesado de margaridas, madressilvas e giestas. Athos disse: "O lamento grego queima a língua. As lágrimas gregas são tinta para o mortos escreverem suas vidas".

Ele estendeu um pano listrado na grama e sentamos para comer *koliva*, pão e mel perto do mar — para que "os mortos não sintam fome".

Athos disse: "Não esqueça. As suas boas ações ajudam o progresso moral dos mortos. Faça o bem por eles. Seus ossos suportarão o peso das ondas por toda a eternidade, assim como os ossos dos meus conterrâneos vão suportar o peso da terra. Não vai ser possível exumar todos eles conforme o costume; seus ossos não vão se juntar aos ossos de suas famílias no ossário da sua aldeia. As gerações não vão se juntar; eles vão se dissolver no mar, ou no solo, desolados...".

Ouvi seus gritos dentro da minha cabeça e imaginei sobre as ondas a sua pele brilhante, quase humana, seus cabelos brancos de sal. E, como nos meus pesadelos, pus meus pais sob as ondas, onde era claro e azul.

Athos acendeu uma lâmpada — um pote cheio de azeite de oliva — e usou uma torcida de marmeleiro seco como pavio.

Athos disse: "Os pastores não vão saber lamentar esses mortos, não se ouvirá nenhuma prece nos campos distantes entre os carneiros e cabras. Então vamos passar o *koliva* e acender a luz e cantar 'A morte devorou meus olhos'... Se as nossas obrigações — *kathikonda*— servirem de alívio — *anakoufisi*— para eles, então os mortos nos enviarão uma mensagem nas asas dos pássaros".

O ar estava mesmo cheio de cegonhas e andorinhas e pombos selvagens. O alecrim e o manjericão ondulavam como incensórios no calor da tarde.

Athos disse: "Jakob, procure ser enterrado em solo que se lembre de você".

Parados na alta encosta acima da cidade de Zakynthos, imagino pedaços de madeira à deriva aportando na praia de cascalho lá embaixo, só que não é madeira, mas seus longos ossos, seus curvos ossos que deram à praia trazidos pela maré. A areia áspera rebrilha com os restos polidos. Os pássaros não aparecem, não sobrou nada para eles. Só os crânios ficam no mar. Pesados demais, assentam-se no fundo; no fundo do oceano há uma cidade de cúpulas brancas. Elas brilham na profundeza. Gravados a fogo no osso, os últimos pensamentos sulcam os crânios. Silenciosamente peixes deslizam para suas casas através dos olhos, das bocas.

~

Durante anos, depois da guerra, até a menor das decisões era uma agonia. Eu analisava os meus passos previamente, até mesmo antes da mais trivial excursão. Se eu for até a loja agora e não mais tarde, o que é que vai acontecer? Eu extrapolava minuciosamente. "Jakob, dá para recitar metade do Homero cada vez que tenho de esperar por você..."

Nada é súbito. Nem uma explosão — planejada, marcada, armada cuidadosamente — nem o bater da porta. Assim como a terra prepara invisivelmente os seus cataclismos, também a história é o instante gradual.

Na semana anterior à nossa partida para o Canadá, saí com Kostas para um demorado passeio ao longo da Vasilissis Sofias, descendo Amalias até a Plaka. Ele levou uma bengala que não usava muito; às vezes, passava o braço, frágil como um galho de salgueiro, na curva do meu. Mostrou-me a Academia Pedagógica onde Daphne costumava ensinar inglês. Mostrou-me a universidade. Tomamos uma água mineral no pátio de um velho hotel.

"Athos contou a você que já foi casado? Não, estou vendo pela sua cara que não. Ele raramente fala de Helena até com a gente. Algumas pedras são tão pesadas de carregar que só o silêncio dá forças. Ela morreu durante a Primeira Guerra."

Senti vergonha, senti que tinha traído Athos, que de alguma forma eu não tinha merecido que ele me revelasse o seu segredo.

"Athos nos abandonou muitas vezes; viveu fora da Grécia por muitos anos. Mas agora é diferente. Ele quer ir embora. A Grécia nunca mais será a mesma. Talvez fique melhor. Mas ele está certo de levar você embora. Jakob, Athos é o meu melhor amigo. Nos conhecemos faz mais de quarenta anos — você ainda não entende o que isso significa. O que eu quero dizer a você é o seguinte: Athos às vezes fica muito triste, sabe, é capaz de ficar triste durante longos meses e pode ser que precise de você para tomar conta dele."

Meus olhos esquentaram.

"*Pedhi-mou*, não se preocupe. Athos é igual ao calcário de que tanto gosta. O mar pode abrir cavernas, cavar buracos nele, mas ele dura e dura."

A caminho de casa passamos por paredes rabiscadas com imensos *vv* — *Vinceremo*, venceremos — de tinta preta. Ou com *mm* — Mussolini Merda. Kostas me explicou por que ninguém queria apagar aqueles símbolos. Durante a ocupação, as grafites exigiam rapidez e coragem. Os grafiteiros pegos em flagrante eram executados no ato pelos alemães. Uma única letra era deslumbrante, como uma cuspida no olho do opressor. Uma única letra era questão de vida e morte.

Passamos por uma igreja e Kostas me contou que, bem ali onde estávamos, tinha havido uma revolta a primeira vez que o evangelho foi lido em demótico. "Eles achavam que Deus só entendia *katharevousa*?" "É, *pedhi-mou*, isso mesmo!" E quando a *Oresteia* foi representada em demótico pela primeira vez, Kostas contou que morreu gente na platéia durante a discussão que houve depois.

Em Zakynthos, havia a estátua de Solomos. Em Atenas, havia Palamas e as grafites, cujo heroísmo era linguagem. Eu já conhecia o poder da palavra para destruir, omitir, obliterar. Mas a poesia, o poder da linguagem de restaurar: isso era o que Athos e Kostas estavam tentando me ensinar.

~

Athos havia trabalhado na Inglaterra, na França, em Viena, na Iugoslávia, na Polônia; ia aonde uma tarefa interessante o levasse. Sua reputação profissional vinha tanto do ecletismo quanto da bem definida perícia na conservação de madeiras submersas. Mas a razão de sermos convidados para o Canadá foi o sal.

Eu ainda ia descobrir que o interesse de Athos pelas viagens de Scott pela Antártica não era inteiramente impessoal. Na verdade, o próprio Athos tinha considerado brevemente a possibilidade de se inscrever para a expedição, pois estava em Cambridge na época e, como muitos mediterrâneos, tinha uma paixão invertida pelas coisas do pólo. Mas Athos tinha acabado de se casar e acabou não indo até o escritório de recrutamento de Scott em Londres; e nunca lamentou isso, porque o que aconteceu foi que Helena e ele só tiveram cinco anos juntos, antes de Helena morrer. Havia dois geólogos na expedição, Frank Debenham e Griffith Taylor. Athos conheceu Debenham depois, durante a Primeira Guerra Mundial. Debenham estava aquartelado em Salonica e assistiu a uma palestra de Athos sobre sal. Debenham tinha viajado muito e visto muita coisa e conhecido os corações de homens reunidos em lugares perigosos. E de repente viu-se sentado debaixo de um ventilador de teto numa sala de aulas claustrofóbica, emocionado com as descrições que Athos fazia dos laços iônicos. Câmaras de sódio como uma neblina sólida na terra negra. Mineiros, amantes, o sal manchado com aquele gosto antigo. As altas colinas de sal de Thaikan, os bolos de sal torrado usados como dinheiro em Kain-du.

Entre as guerras, Debenham havia ajudado a fundar o Instituto Polar Scott. Ele e Athos se correspondiam ocasionalmente, e foi Debenham quem contou a Athos que Griffith Taylor estava iniciando um novo Departamento de Geografia na Universidade de Toronto.

Griffith Taylor conhecia um pouco de Toronto porque outro membro da equipe de Scott, Silas Wright, tinha nascido e crescido lá. Taylor e Wright tinham ido a pé de Cambridge até o escritório de recrutamento antártico em St. Paul, numa bravata bem-humorada para convencer Scott de que tinham valor. Levaram ovos cozidos e barras de chocolate para refazer as forças durante a caminhada de doze horas. Wright, acostumado à canoagem e às caminhadas pelos terrenos inexplorados do Norte de Ontário e da Colúmbia Britânica, era particularmente sensível à sugestão de que cientistas não deviam ter tantos músculos quanto marinheiros, e na viagem para o Sul fazia o trabalho braçal ao lado dos melhores deles. Na verdade, assim que voltou da dureza da Antártica, Wright levou Debenham para acampar no Noroeste do Canadá.

No meio da própria Antártica britânica, Wright afirmava as suas raízes canadenses, razão por que caçoaram vigorosamente dele. Taylor gostava de se referir a Wright como "o americano", comentário pelo qual Taylor teve de agüentar o devido castigo. Como escreveu Taylor em seu diário: "Wright caiu em cima de mim e conseguiu rasgar o meu bolso".

O diário antártico de Taylor é crivado de pontos de exclamação, pois ele se deslumbra continuamente com aquilo que escreve, como se toda aquela experiência gelada pudesse ser uma alucinação. Relata as excursões de um dia que fazia com Wright, inclusive uma marcha até o cabo Royds para encontrar a cabana abandonada de Shackelton. Os dois abriram a porta e encontraram uma cabine imaculada. Um almoço de dois anos de idade esperava por eles, a mesa posta e cheia de biscoitos e geléia, pãezinhos e bolachas e leite condensado preservados pelo frio. Taylor e Wright entraram na sala assombrada, sentaram-se e comeram, como se tivessem recebido dois anos antes um convite do dono havia muito ausente e houvessem chegado no horário.

Uma das coisas que Athos lamentava era nunca ter encontrado Wright, que visitara Taylor apenas uma semana antes de nossa chegada a Toronto. Os dois exploradores antárticos foram à Exposição Nacional Canadense, onde tomaram sorvete, passearam pelo parque de diversões e assistiram ao show eqüestre. Eram os mesmos homens que haviam sido os primeiros a atravessar o vale Seco da Antártica, uma zona misteriosa onde não cai uma gota de chuva há mais de dois milhões de anos. Wright agora estava de volta à sua cidade natal, mostrando a Taylor a feira que tinha visitado em criança.

Taylor gostava da idéia de contratar homens de Cambridge para ensinar em seu departamento, e tinha ouvido Debenham falar de Athos. Taylor e Athos combinaram em se encontrar brevemente em Atenas em 1938, quando Taylor estava visitando a Grécia, a caminho de Cambridge, onde faria a sua palestra "Correlações e cultura".

Caminhando pela cidade, descobriram que abraçavam as mesmas idéias sobre geografia e pacifismo, acreditando que a ciência devia ser usada como instrumento de paz, coisa que Taylor passou a chamar de seu "geopacifismo". Falaram especificamente do "fetiche nórdico" e do anti-semitismo do nazismo, e de como a geografia podia ser usada contra as perigosas maquinações da política. Ficaram impressionados um com o outro, como costumam ficar os homens que compartilham as mesmas convicções apaixonadas.

Taylor convidou Athos para ir ensinar em Toronto e Athos aceitou, embora não tivesse podido atender à oferta com a brevidade que desejava, por causa da guerra. Estávamos em Toronto havia poucos anos quando foi diagnosticado o câncer de Taylor. Logo depois ele se aposentou e retornou à sua Austrália nativa.

Por causa da ida do torontoniano Wright ao Sul, junto com Taylor e Debenham; por causa do aquartelamento de Debenham em Salonica; por causa do sal — Athos e eu nos vimos num barco para o Canadá.

Athos adorava as montanhas quebradas do seu país, remendadas por pomares e carneiros. Levava na carteira uma foto da vista que se descortinava de sua casa em Zakynthos.

"O amor o faz ver um lugar de outro jeito, igual quando a gente segura na mão uma coisa que pertence a alguém que amamos. Se você conhece bem uma paisagem, vai olhar todas as outras paisagens de jeito diferente. E se você aprende a amar um lugar, às vezes consegue aprender a amar também outro."

Antes de partirmos de Zakynthos, empacotamos a biblioteca de Athos e mandamos os caixotes para os Mitsialis em Atenas. Athos marcou as caixas de modo que Kostas soubesse quais mandar para o Canadá e quais mandar para a casa da família Roussos na ilha de Idhra. Idhra é muito mais próxima de Atenas, menos de um dia de viagem desde o Pireu. Athos não sabia quantos anos ficaríamos longe; mudar seus livros de lugar era uma precaução contra terremotos.

Zakynthos já tinha sofrido três terremotos nos últimos cem anos, o último próximo à virada do século. Em 1953, poucos anos depois de nos mudarmos para o Canadá, mais uma vez o chão levantou Zakynthos em espasmos como um macaco de automóvel. Depois atirou toda a cidade ao chão. Todas as construções, inclusive a casinha de Athos, foram destruídas. O velho Martin nos mandou uma foto que Ioannis tirou da *zudeccha*, mostrando uma palmeira solitária no meio das ruínas, macabra indicação do ponto em que ele estava parado na rua destruída. A cidade de Zakynthos acabou sendo reconstruída, a arquitetura veneziana de frente para o porto dolorosamente reproduzida. Mas Athos resolveu não reconstruir a fonte de Nikos e abandonar as pedras de sua casa no lugar onde haviam tombado.

"A maioria dos moradores conseguiu se salvar", disse Athos, "porque acreditaram na presciência dos seus animais. Centenas de terremotos ensinaram os zakynthianos a dar atenção aos avisos; ao longo de gerações foram colecionando um catálogo de indícios. Meio dia antes do chão tremer, cachorros e gatos correm pelas ruas uivando como loucos. Não se escuta nada por causa do barulho que fazem. As cabras em pânico dão coices nos currais, as minhocas saltam do chão, até as toupeiras têm medo de ficar debaixo da terra. Os gansos e as galinhas voam para as árvores, os porcos mordem os rabos dos outros, as vacas tentam se soltar das cordas e correr. Os peixes pulam fora da água. Os ratos tropeçam, igual bêbados..."

Ao me contar isso, Athos achava que estava me dando uma explicação razoável. Mas o que dizia só confirmava o que eu já acreditava: que os zakynthianos estavam sob a proteção de certa mão invisível. "Não", insistia Athos. "Não. Foi sorte as famílias escaparem da *zudeccha*, mas primeiro o prefeito Karrer teve de falar. Foi sorte os moradores da ilha irem para a segurança do continente, mas primeiro tiveram de prestar atenção nos sinais... Foi sorte o nosso encontro, Jakob, mas primeiro você teve de fugir."

Athos e eu fizemos a curta viagem até Idhra para ele se encontrar com a sra. Karouzos, que tinha um hotelzinho e uma taverna na cidade. Assim como a sua mãe antes dela, também ela cuidava da casa dos Roussos enquanto estava vazia, muitas vezes durante anos. Athos me explicou que isso não era nada estranho nas ilhas. Às vezes uma casa espera décadas pela volta de um filho seu. Como não havia automóveis em Idhra, os caixotes de Athos seriam levados em lombo de burro montanha acima, passando pelas velhas mansões à beira-mar pertencentes aos ricos armadores cujas frotas familiares haviam rompido o bloqueio britânico durante as guerras napoleônicas e que comerciavam até com a América.

A casa de Idhra, assim como a casa de Zakynthos, ficava suspensa como uma sacada acima do mar. "Neste terraço", disse Athos, "você vai sentir sempre uma brisa, por mais quente que esteja o dia. Quando Nikos era pequeno, ele fez um aviãozinho de papel e soltou da beirada. Foi cair no chapéu de um homem que estava bebendo *ouzo* num *kafenio* perto das docas. No papel, meu irmão tinha escrito um recado implorando que alguém viesse salvá-lo de um raptor e descreveu onde estava prisioneiro. A polícia veio até a casa e Nikos foi rindo de terror pelo castigo que meu pai havia de dar a ele, meu pai correndo atrás de Nikos até quase lá embaixo. E todo mundo que via achava que meu irmão estava mesmo sendo perseguido por um criminoso!"

Athos mostrou-me fotos de seus pais e de seu irmão. Ficamos sentados debaixo dos limoeiros do jardim da taverna da sra. Karouzos, as folhas manchando as paredes com sombras, e depois, no barco de volta a Atenas, eu dormi com o rosto queimado de sol apoiado no ombro de Athos.

Poucos dias depois que voltamos de Idhra, Daphne e Kostas foram nos levar até o Pireu. *Kalo taxidhi, kalo taxidhi* — boa viagem. Athos deu de presente para Kostas uma lata fechada de tabaco inglês, que Kostas disse que devia ser a última lata da Grécia, e eu dei um poeminha medíocre que tinha escrito sobre a noite da liberação de Atenas, chamado "A cidade sussurrante".

No porto, Daphne nos deu um cesto de comida; a dura *boutimata* que lhe quebra os dentes se não for molhada no leite ou no café, azeitonas e *domates* da sua horta para comermos com pão, galhinhos quebradiços de orégano e manjericão amarrados por um fio. Uma preciosa garrafa de *popolaro*. Kostas deu para Athos uma edição dos poemas de Sikelianos da época da guerra, *Akritika*, e para mim deu o seu exemplar querido de uma seleção encadernada em tamanho de bolso de poesia grega, plantando em mim alamedas de palavras que iriam crescer pelo resto de minha vida.

Daphne apertou meu rosto em despedida, e senti minha mãe tocando o meu queixo para me fazer uma barba com as suas mãos sujas de farinha.

Daphne enfiou uma laranja no bolso do meu casaco e lembrei-me de Mones, que guardava a casca preciosa no bolso por causa do cheiro, e meio dia depois abria a boca no pátio da escola e sobre a sua língua mostrava uma semente de laranja como uma pérola.

"*In xenetia* — no exílio", disse Athos na nossa última noite com Daphne e Kostas no jardim deles, "numa paisagem estrangeira, um homem descobre velhas canções. Ele deseja água do seu próprio poço, maçãs do seu próprio pomar, uvas moscatéis das suas próprias vinhas."

"O que é um homem", disse Athos, "que não tem paisagem? Nada, só espelhos e marés."

Athos e eu ficamos juntos no convés e olhamos lá do outro lado da água a cidade brilhando. Dessa distância ninguém era capaz de dizer o torvelinho que dilacerava a Grécia e que continuaria por muitos anos. Estava anoitecendo. De duas em duas, de três em três, depois como sal... as estrelas. Vestimos os suéteres que Daphne tinha empacotado para nós e ficamos no vento frio. Eu sentia o cheiro da lã da manga de Athos no meu ombro. Assim como as chamas brilham vermelhas e depois azuis, também a água purificava em azul-prateado. Aí, o mar começou a escurecer, e Atenas, refulgindo à distância, parecia flutuar no horizonte como um barco brilhante.

É o mistério da madeira, Bella sussurrou.

A ESTAÇÃO INTERMEDIÁRIA

Assim como Atenas, Toronto é um porto movimentado. É uma cidade de armazéns e docas em ruínas, de silos e pátios de carga à beira d'água, de depósitos de carvão, com uma refinaria de açúcar; de destilarias, o cheiro enjoativo do malte subindo do lago em noites úmidas de verão.

É uma cidade onde quase todo mundo vem de algum outro lugar — de um mercado, de um grande hotel de caravanas —, trazendo consigo suas diferentes maneiras de se casar e de morrer, suas culinárias e canções. Uma cidade de mundos abandonados; a língua uma espécie de adeus.

Uma cidade de ravinas. Restos de vida selvagem abandonados. Por esses grandes jardins fundos pode-se atravessar a cidade abaixo das ruas, vendo os bairros lá em cima, casas construídas em cima de árvores.

É uma cidade de vales cruzados por viadutos. Uma ferrovia atravessa quintais. Uma cidade de alamedas ocultas, de garagens de tábuas com telhados corrugados, de cercas de madeira quebradas nos pontos em que as crianças abriram atalhos. Em abril, as ruas fartamente arborizadas são invadidas de sâmara, uma maré verde. Rios esquecidos, minas abandonadas, os restos de uma fortaleza iroquesa. Parques públicos enevoados por uma memória subtropical, uma cidade construída na bacia de um lago pré-histórico.

Do grande saguão de calcário da Union Station, com seus muitos trilhos e túneis, passageiros dos trens das docas transatlânticas de Montreal despejavam-se para a rua de Toronto. Uma noite chuvosa no começo de setembro.

Havia uma pequena multidão nas portas da estação, mas além daquele ponto movimentado, a cidade espraiava-se, deserta, como a escuridão que se espalha para além da pequena lagoa da luz de um poste. Os viajantes dispersavam-se em táxis e em poucos minutos a ampla praça diante da estação estava vazia.

Athos e eu rumamos para o Norte atravessando o que parecia uma cidade abandonada, uma metrópole fantasmagórica na chuva. Passamos por chorosos edifícios de pedra: o correio, bancos, o majestoso Royal York Hotel, a prefeitura. Talvez meu pai tivesse sentido a mesma coisa quando menino ao chegar a Varsóvia pela primeira vez, com o pai dele. Bondes na rua desolada, a mesma garoa cinzenta, folhas brilhando como vidro. Athos e eu entramos em Toronto; torres, luzes, avenidas largas, grandes automóveis e a ousada intimidade da propaganda, resultante de tanta gente morando junta: pó dental, tônico capilar, instituições, mulheres em poses que me deixavam envergonhado.

Nosso táxi nos levou a um endereço na avenida St. Clair West, um apartamento semimobiliado que alguém da universidade subalugara para nós. Inspecionamos os cômodos, giramos as torneiras, abrimos os armários. Athos passou alguns minutos louvando a idéia de uma janela com tela. "Eletricidade, água corrente. Depois de Zakynthos", disse Athos, "isto vai ser como morar num hotel."

Não desfizemos as malas e atravessamos a rua até um restaurante que anunciava "aberto a noite inteira". Pedi a minha primeira refeição canadense: torradas com manteiga e uma sopa de vegetais. Athos comeu a sua primeira fatia de torta de abóbora. Athos, que até então só havia fumado cachimbo, comprou cigarros canadenses — Macdonald's, aquele que trazia a figura de uma garota escocesa na caixa — e o *Telegram* de Toronto. Uma garçonete com o nome de Aimée escrito no crachá ofereceu café para Athos, que eu esperei ansiosamente, preocupado com a expressão "xícara sem fundo". Ele fez uma careta por causa do gosto fraco. Havia lâmpadas baixas sobre cada mesa. Do nosso cubículo ao lado da janela envidraçada podíamos ver o prédio do nosso apartamento, que se chamava Heathside Gardens. Apesar do cálido tilintar de pratos e das garçonetes falantes em seus aventais engomados, o restaurante era triste. Era a primeira vez que eu via pessoas comendo sozinhas em público — visão que me perturbou e a que demoraria algum tempo para me acostumar.

Athos estava excitado, mas cansado. Ia encontrar Taylor na universidade no dia seguinte bem cedo. Voltamos para Heathside Gardens. Só havia uma cama; eu dormi no sofá. Usamos nossos casacos como cobertores. A luz da rua filtrava-se pelas cortinas finas. Na semi-escuridão da cidade, minha cabeça cheia de inglês, fiquei olhando o quarto, sem conseguir dormir, mesmo muito depois de cessarem os roncos e guinchos dos bondes noturnos.

Pouco depois, ouvi Athos tentando não me acordar, atravessando o hall na direção da cozinha, pisando as tábuas do soalho que rangiam. Ele olhou para mim. "Durma, Jakob, está tudo bem. Volto logo com o café da manhã." Eu mal consegui levantar a cabeça e abrir a boca para me despedir. Ali onde outros podiam correr a explorar esse mundo novo, eu estava tonto de desespero. Fiquei olhando o teto e contei as *kounoupia*, os mosquitos mortos no globo de luz, até finalmente adormecer e sonhar com a moça dos cigarros Macdonald's, com barbeadores elétricos e com pó dental Pepsodent.

Na universidade, as salas estavam cheias de homens que voltavam da guerra, a minúscula faculdade do departamento de geografia sobrecarregada ao máximo. Athos planejava as suas aulas, fazia a sua pesquisa, e conseguia sair do apartamento toda manhã praticamente sem dormir. Muitas vezes fiquei olhando enquanto ele embarcava no bonde, pontas de papel espetadas para fora da pasta e os óculos ainda presos no meio da testa. Enquanto Athos lecionava o dia inteiro no Edifício McMaster na rua Bloor, eu tinha aulas de grego e de inglês na Escola Athena. Fiquei contente de me encarregar das tarefas de fazer as compras e a limpeza. Era gostoso poder cuidar de Athos agora, sentir que ele contava comigo. E todos os domingos, a despeito do clima, saíamos para caminhar.

Na mesa da cozinha da avenida St. Clair, Athos me instruía nas sutilezas do inglês. A língua inglesa era um alimento. Eu enchia a boca, morto de fome. Uma onda de calor se espalhava pelo meu corpo, mas havia pânico também, pois a cada bocado silenciava-se ainda mais o passado. Em nossa cozinha, Athos esperava pacientemente enquanto eu mastigava e engolia.

Os fatos da guerra começaram a nos atingir pelas revistas e jornais. Em nosso pequeno apartamento, os meus pesadelos despertavam Athos. Depois de uma noite difícil, ele me segurava pelos ombros: "Jakob, eu queria poder roubar as suas lembranças de você enquanto está dormindo, sugar fora os seus sonhos".

Uma criança não sabe muito sobre o rosto de um homem, mas sente aquilo que a maioria de nós acredita a vida inteira: que se pode distinguir uma cara boa de uma ruim. Os soldados que cumpriam seu dever, devolvendo a mães as cabeças cortadas de suas filhas — com tranças e grampos de cabelos ainda no lugar —, não tinham nenhum mal estampado em seus rostos. Não havia perversão em sua fisionomia enquanto cumpriam suas missões. Onde estava o seu ódio, a sua aversão, se não estavam nem em seus olhos, rolando invisivelmente para trás nas órbitas, focalizando aquele fato irrespondível de terem ido longe demais? Existe uma possibilidade de que aquilo que não pode ser visto no rosto, não deixa consciência que possa ser relembrada. Mas essa explicação é evidentemente falsa, pois alguns riam ao arrancarem olhos com varetas, ao esmagarem crânios de crianças contra os bons tijolos de boas casas. Por longo tempo, acreditei que não se pode aprender nada do rosto de um homem. Quando Athos me segurava pelos ombros, quando dizia: "Olhe para mim, olhe para mim" para me convencer da sua bondade, não podia saber o quanto me aterrorizava, o quanto eram sem sentido as suas palavras. Se a verdade não está na cara, então onde está? Nas mãos! Nas mãos.

Eu tentava enterrar imagens, cobri-las com palavras gregas e inglesas, com as histórias de Athos, com todas as eras geológicas. Com os passeios que Athos e eu dávamos todos os domingos pelas ravinas. Anos depois, eu iria experimentar uma outra avalanche de fatos: horários de trens, registros de campos, estatísticas, métodos de execução. Mas, à noite, minha mãe, meu pai, Bella,

Mones, simplesmente levantavam-se, sacudiam a terra das roupas e esperavam.

Athos me ensinou a cozinhar *stifhados* cheios de peixe e vegetais, *yemista* — pimentões recheados —, e até *boutimata* — biscoitos de melado e canela, que ele comia em sua escrivaninha no meio da noite, enquanto planejava o seu curso. História do pensamento geográfico.

Para celebrar nossa primeira nevasca em Toronto, Athos resolveu que devíamos fazer um banquete. Mandou-me para a rua transformada pela neve para comprar peixe. Naqueles primeiros meses, quando saía sozinho, eu nunca me aventurava para além das poucas lojas próximas ao apartamento. Nesse dia, a rua estava tão excepcional que resolvi andar até um pouco mais longe. Entrei numa loja nova, limpei as botas no capacho e esperei. Dos fundos da loja veio um homem e me olhou de cima a baixo, as mãos grandes pousadas no balcão. Seu avental estava sujo. Com pesado sotaque rugiu: "O que é que você quer?". Fiquei paralisado pelo som do seu grito. Ele rugiu de novo: "O que quer aqui?".

"Peixe fresco", sussurrei.

"Não! Nós temos *suspicions.*" Ele levantou a voz. "Temos *suspicions.*"

Saí correndo pela porta.

Athos estava cortando os cogumelos em cima da pia. "Que peixe você comprou? *Barbounia*? *Glossa*? Queria que Daphne estivesse aqui para fazer aquela *kalamarakia* dela!" Fiquei parado à porta. Depois de um momento, ele levantou a cabeça e viu a minha cara. "Jakob, o que aconteceu?"

Eu contei. Athos limpou as mãos, chutou os chinelos e disse, sério: "Venha comigo".

Fiquei esperando do lado de fora da loja. Ouvi um alvoroço. Risadas. Athos saiu, sorrindo, aliviado. "Está tudo bem, tudo bem. Ele estava dizendo *chickens* não *suspicions.*"* Athos começou a rir. Ficou ali parado na rua, rindo. Fuzilei-o com os olhos, sentin-

(*) A semelhança de pronúncia entre *chickens*, "galinhas", e *suspicions*, "suspeitas", não é absoluta, mas suficiente para apavorar um principiante da língua inglesa.

do a cara esquentar. "Desculpe, Jakob, não dá para agüentar... Faz tanto tempo que não dou risada... Vamos, vamos..."

Eu nunca mais ia entrar naquela loja.

Sabia que estava sendo ridículo enquanto ia me afastando dele, voltando sozinho para o apartamento.

Linguagem. A língua amortecida se apega, órfã, a qualquer som que consegue: ela gruda, a língua, num metal frio. Depois, afinal, muitos anos depois, dolorosamente se liberta.

Existe um grosso contorno negro em volta das coisas, separado dos seus nomes. Meu pobre vocabulário consistia na variedade básica usual — pão, queijo, mesa, casaco, carne — além de uma coleção um pouco mais idiossincrática. Com Athos aprendia as palavras para "estratos rochosos", "infinidade", e "evolução" — mas não para "conta" ou "senhorio". Podia me sair bem numa discussão sobre vulcões, geleiras ou nuvens em grego e em inglês, mas não sabia o que queria dizer *cocktail* nem *Kleenex*.

Não tive de esperar muito para ouvir as histórias da Antártica da boca do próprio Griffith Taylor. Os Taylor sempre recebiam grupos de pessoas em sua mansão de Forest Hill, e em nosso primeiro Natal em Toronto o Departamento de Geografia foi convidado para comemorar. Imagino o que os colegas de Athos pensaram de nós. Não sei o quanto conheciam da nossa história. Com quase catorze anos eu era quase da mesma altura de Athos, e os meus ossos e lábios e sobrancelhas escuras pareciam saltar do rosto. Naquela época, Athos dava a impressão física de um aventureiro aposentado, alguém que podia passar as noites catalogando seus achados. A mulher de Taylor referia-se a nós como "os solteiros".

Fomos convidados para chás ao ar livre, festas de Ano-Novo, festas de fim de semestre. Cada ocasião dessas terminava com Griffith Taylor cantando "Waltzing Mathilda". Havia um clima romântico em torno dos Taylor — não só a casa e os criados, a luz de velas e o bufê repleto de iguarias. Acho que os Taylor se amavam muito. Nesse primeiro Natal, eles me deram um cachecol de lã. A mulher de Taylor apertava nossas mãos quando íamos embora e sorria calorosamente. Depois, eu e Athos acusávamos um ao outro de ter ficado vermelho.

Athos e eu também dávamos algumas festas. Éramos avulsos e reuníamos outros avulsos à nossa volta.

Athos descobriu uma padaria grega no centro da cidade e observou que o padeiro, Constantine, de Poros, estava lendo o *Fausto* de Goethe, em grego, entre uma venda e outra de pães de *olikis* e *oktasporo*. Constantine fora professor de literatura em Atenas. E logo Constantine estava aparecendo em casa, irregularmente, duas ou três noites por mês, sempre trazendo-nos um bolo ou *baklava* ou um saco de bisnaguinhas doces. Joseph, o homem que veio um dia consertar nosso fogão e que pintava retratos nas horas vagas, gostava de nos visitar nos sábados à tarde depois de atender seu último chamado. Gregor, que fora advogado em Bukovina antes da guerra e que agora vendia móveis, às vezes nos convidava para ir a um concerto com ele. Gregor estava interessado numa violinista e sentávamos numa lateral da platéia, de onde ele podia observá-la melhor.

Com os nossos visitantes aprendi os segredos de diversas profissões. Remoção de manchas, conserto de aparelhos, pintura de retratos (os olhos do retrato têm de seguir você por toda parte). Como trocar um fusível, arrumar uma torneira que pinga, fazer um bolo que cresce rápido. O que fazer num primeiro encontro (buscar a moça em casa, apertar a mão do pai dela, nunca levá-la de volta muito tarde). Athos parecia contente que eu aprendesse essas coisas práticas, ao mesmo tempo em que continuava cuidando de minha alma.

Mas a maior parte do tempo ficávamos sozinhos. Tínhamos poucas ligações com a *koinotita* — a comunidade grega — além da família de *restaurateurs* de Constantine, cujos balcões de almoço e salões de jantar costumávamos freqüentar, principalmente o Spotlight, o Majestic, o elegante Diana Doces, e o Bassel's, com suas banquetas de couro preto e vermelho e iluminação suave. Athos trabalhava duro, como se soubesse que lhe restava pouco tempo. Estava escrevendo um livro. Quanto a mim, não fiz nenhum amigo de verdade até a universidade. Meus olhos mal cruzavam com os dos meus colegas de classe. Porém, ao longo dos anos, acabei conhecendo a cidade.

Donald Tupper ensinava ciência do solo no Departamento de Geografia e era famoso por dormir nas suas próprias palestras. Costumava organizar expedições de campo a fim de observar traços geográficos. Athos e eu muitas vezes íamos com ele e seus alunos nessas expedições, até que Tupper rolou de carro fosso abaixo quando nos mostrava um exemplo de encosta. Felizmente, eu tinha o meu guia e companheiro particular, não só ao longo do tempo geológico, mas também ao longo da adolescência, entrando para a idade adulta.

Com poucas palavras (uma encantação em grego ou inglês) e um gesto da mão, Athos cortava em dois uma montanha, mergulhava abaixo da calçada, abatia uma floresta. Ele me mostrou um corte de Toronto; abria despenhadeiros como se fossem pão fresco, revelando o recortado passado geológico. Athos parava no meio de ruas movimentadas para apontar fósseis nas placas de calcário do Park Plaza Hotel ou nas paredes de uma subestação da rede de águas. "Ah, o calcário, sempre guardando meio metro precioso a cada vinte e cinco mil anos!" As ruas eram instantaneamente inundadas por um mar salgado subtropical. Eu imaginava terraços forrados de tesouros: crinóides, conchas, trilobitas.

Como pássaros mergulhadores, Athos e eu mergulhávamos cento e cinqüenta milhões de anos no escuro silêncio caduco das ravinas. Atrás da placa de anúncios vizinha à farmácia Tamblyn mergulhávamos no úmido anfiteatro de um pântano mesozóico, onde liquens e samambaias altos como casas ondulavam numa névoa de esporos. Abaixo de um estacionamento, detrás de uma escola; do rumor, da fumaça e do tráfego mergulhávamos nos salões urbanos mergulhados em luz de sol verde. Então, como *andartes* ressurgíamos metade da cidade mais adiante — debaixo de uma ponte perto das Variedades do Stan ou debaixo do restaurante Honey Dew.

Athos indicou-me amostras típicas de pedra de zumbro malhada nas paredes da estação de trens, explicando em que era diferente das rochas de Tobermory ou de Kingston ou do vale Credit. Apontou-me o único exemplo que havia em Toronto de labradorita negra e lustrosa, de Nain, faiscando azul ao sol na avenida Eglinton.

Um de nossos primeiros passeios foi uma caminhada pela lagoa Grenadier, para ver o lugar onde Silas Wright havia feito as suas primeiras experiências com gelo. Depois, fomos procurar a velha casa de Silas Wright em Crescent Drive. Eu tinha ouvido aquela história muitas vezes. Foi Wright quem avistou primeiro a barraca de Scott, enterrada pela fatal tempestade de neve até ficar com poucos centímetros do topo à mostra. Wright apontou com o bastão de esqui a distância imaculada e pronunciou as famosas palavras: "É a barraca". Numa manhã ventosa de novembro, senti uma grande satisfação de estar ao lado de Athos na rua e anunciar em inglês com impecável sotaque canadense: "É a casa".

~

Era uma fria noite de primavera, nossa primeira primavera em Toronto. Começou a chover. Uma tempestade de abril estalando, daquelas que deixam o céu verde-escuro e o mundo assume um fulgor fluorescente e gangrenoso. Athos e eu nos escondemos debaixo das grossas vigas da ponte Governors. Estávamos sozinhos. Dois meninos levando um vidro cheio de nebulosa água da lagoa e um adolescente com seu cachorro juntaramse a nós para se proteger. Ninguém disse nenhuma palavra enquanto ouvíamos incomodados os esgotos se enchendo, a água jorrando pelas calhas metálicas da ponte, o grande estalar de ossos do trovão. Então, um guincho cortou o ar, depois outro, como o grito de gaios gigantes e vimos os dois meninos soprando com força nas mãos, uma haste de grama esticada entre os polegares.

O menino mais velho juntou-se a eles, as flautas primitivas produzindo um miado silvante que ecoava debaixo da ponte. Então a chuva foi parando e um a um os nossos companheiros silenciaram e foram saindo para a névoa úmida como num transe. Não se disse nenhuma palavra.

Athos e eu inventávamos personagens e histórias em nossas caminhadas de domingo, para praticar meu vocabulário. Inventamos um seriado de suspense com dois detetives, Peter Moss e Peter Bogg. Num dos episódios, os dois perseguiam um vilão que "took things for granite" (meu melhor trocadilho); ele roubava museus e, como marca pessoal, deixava um bloco de pedra no lugar da peça roubada. Athos criou uma história complicada sobre uma gangue de marinheiros britânicos que pilhava armazéns do porto só como desculpa para usar o título: "The mistery of the Loch and Quay".*

Os trocadilhos eram uma espécie de amostra nuclear: eles penetravam no cerne da compreensão, constituindo um teste real de domínio de uma língua nova. Todos os meus terríveis trocadilhos representavam uma conquista considerável; eu os recitava ao jantar para os elogios de Athos. (O que disse o biólogo quando derrubou suas lâminas de microscópio no chão do laboratório? Não pise na *mitosis*.)**

A partir dos trocadilhos comecei a tentar a poesia, esperando que em meus sonetos o segredo do inglês se abrisse ao meu escrutínio. "Talvez um soneto", Athos sugeriu, "não seja muito diferente das investigações lingüísticas dos cabalistas." Eu copiava poemas bem conhecidos, deixando espaço entre as linhas para escrever a minha versão pessoal ou minha resposta aos versos. Escrevia sobre plantas, rochas, pássaros. Escrevia frases sem verbos. Escrevia usando apenas gíria. Até que de repente uma palavra se transformava em si mesma e penetrava-me um rápido clarão; a diferença entre um cachorro grego e um cachorro canadense, entre neve polonesa e neve canadense. Entre os pinheiros resinosos gregos e os pinheiros poloneses. Entre mares, o antigo encanto mítico do Mediterrâneo e o Atlântico nítido.

E depois, quando comecei a registrar os eventos da minha infância numa língua estrangeira aos fatos narrados, foi uma revelação. O inglês me protegia; um alfabeto sem memória.

(*) As brincadeiras com a língua nesta seqüência perdem o sentido se traduzidas: os sobrenomes dos dois detetives, *Moss* e *Bogg*, apesar de não muito usuais, existem como nomes de família em inglês e significam, respectivamente, "pântano" e "charco". "Took things for *granite*" é um trocadilho com a expressão "took things for *granted*", que significa "confiar excessivamente", "tomar as coisas por certas". *Loch* é "braço de mar", "fiorde", e *Quay* é "cais". "Loch and Quay", porém, soa muito parecido com *lock and key*, "fechadura e chave", título adequado para uma história de mistério.

(**) A pronúncia de *mitosis*, "mitose", o processo biológico de divisão celular, em inglês, assemelha-se bastante à de *my thesis*, "minha tese".

Como que determinados por acuidade histórica os bairros grego e judeu eram vizinhos. Quando descobri o mercado judeu, senti uma pontada de dor. Naturalmente, das bocas do vendedor de queijos e do padeiro saía a língua ardente da minha infância. Consoantes e vogais: medo e amor entremeados.

Eu escutava, magro e feio de tanta emoção. Olhava os velhos mergulharem os braços tatuados com números em barris de salmoura, cortando as cabeças dos peixes. Como devia parecer-lhes irreal estarem cercados de tanta comida.

Dos engradados de madeira, galinhas olhavam com um ar de esnobe incompreensão, como se fossem as únicas que entendiam inglês, sendo, portanto, incapazes de captar o sentido do vozerio à sua volta.

~

Quando Athos olhava em retrospecto, me dava uma esperança retrospectiva. A redenção por meio do cataclismo; o que fora transformado uma vez podia ser transformado de novo. Li a respeito dos rios secos e desviados de Toronto — hoje meros esgotos —, que um dia foram abundantes tributários onde se pescava à luz de lanternas. O salmão era pescado no rápido veio com lança e com pás; redes estendiam-se nas vivas correntes de prata. Nos mapas, Athos delineava as ricas trilhas das idades do gelo que dominavam a província e tornavam a se afastar, escalavrando e castigando a terra. "Arrastando a cauda de seus mantos, deixando uma trilha rochosa de argila glacial!" Athos gritava — como um *showman*, um camelô — que antes da cidade existira ali uma floresta de coníferas e faias, árvores antigas habitadas por castores gigantes do tamanho de ursos. Ao jantar, experimentávamos a cozinha nativa que era exótica para nós, coisas como manteiga de amendoim, e líamos um para o outro a respeito da nova cidade. Lemos que pontas de lança, machados e facas de pedra haviam sido descobertos no campo de um fazendeiro nos arredores da cidade; Athos explicou que o povo laurenciano era contemporâneo dos habitantes de Biskupin. Descobrimos que havia um assentamento indígena debaixo de uma escola. Sentíamos empatia pela perplexidade e mau humor da sra. Simcoe, a gentil esposa do governador pioneiro do século XVIII, transportada para o sertão do Norte do Canadá. Logo ela havia se transformado, injustamente, num símbolo de qualquer estado de mau humor. Inspirou uma piada particular nossa sempre que nos víamos perdidos, confusos com os sinais mudos que são a essência de toda cultura: "O que a senhora Simcoe iria pensar disso?".

Nos fins de tarde de domingo, subíamos do fundo do lago, coberto de limo pré-histórico, e íamos sair debaixo de um cartaz na avenida St. Clair; os trilhos dos bondes brilhando um pouco ao fraco sol de inverno, ou faiscando sob as luzes da rua, as formas escuras dos edifícios recortadas contra a banalidade dissolvente do pôr-do-sol. Enlameados, cheios de barbas de beladona (que se grudavam, clandestinas, nas nossas calças e mangas), íamos para casa comer um jantar quente. Essas expedições semanais às ruínas eram fugas para paisagens ideais; lagos e florestas primordiais desaparecidos havia tanto tempo que jamais poderiam ser tirados de nós.

Nesses passeios, eu conseguia afastar temporariamente a minha estranheza, porque, na visão de mundo de Athos, todo ser humano era um recém-chegado.

Athos e eu mantínhamos correspondência com Daphne e Kostas. Eu mandava a eles poemas em inglês e contava a Daphne que estava indo bem na escola, que estávamos comendo bem, e passava as receitas de doces de Constantine. As cartas de Kostas para Athos vinham cheias de política. Athos sentava-se à mesa, sacudindo a cabeça. "Como é que ele consegue escrever notícias tão feias com esta caligrafia tão bonita?" A letra de Kostas era fluida e refinada, como um riacho de fitas.

Conforme Kostas me prevenira, Athos caía em depressão, quase literalmente como alguém que pisa num buraco da rua. Ele tropeçava, se reequilibrava, seguia em frente. Era tragado pela escuridão. Trancava-se no quarto para trabalhar em seu livro, *Prestando falso testemunho*, o qual de alguma forma sabia que jamais iria terminar, um débito não pago com seus colegas de Biskupin. Não saía para comer. Para tentá-lo, eu trazia bolos de Constantine. Quando Constantine me via chegando em vez de Athos, já sabia que Athos estava mal. "É o mal do trabalho dele", dizia. "Pão amanhecido dá dor de barriga. Diga para Athos que Constantine mandou dizer assim: se vai continuar cozinhando a *historia*, não pode esquecer de abrir a tampa devagar para tirar a fumaça da panela."

Muitas vezes eu entrava na cozinha às duas ou três da manhã e encontrava Athos de camisola grossa, ou, no verão, de camiseta e calções largos, cochilando com os óculos na testa, a caneta abandonada entre os dedos. E retomando o hábito de alguém acostumado a comer sempre sozinho, um livro aberto sobre a mesa, um prato vazio ou um garfo sobre as páginas.

Prestando falso testemunho infernizava Athos. Era a consciência dele; o seu registro de como os nazistas violaram a arqueologia para distorcer o passado. Em 1939, Biskupin já era um sítio arqueológico famoso, apelidado "Pompéia polonesa". Era, porém, prova de uma avançada cultura não germânica; Himmler ordenou que fosse exterminada. A tarefa da SS-*Ahnenerbe* de Himmler — o Departamento de Herança Ancestral — era dominar a história. A política de expansão territorial — *lebensraum* — devorava o tempo além de devorar o espaço.

Numa manhã de verão extremamente quente, Athos e eu saímos para nossa caminhada dominical, vestindo as roupas mais frescas possíveis, quase formais em nossas camisas de algodão branco. Nosso destino era Baby Point, que fora antigamente sede de uma fortificação iroquesa. Embora saíssemos cedo, o ar já estava abafado e cheio de insetos.

"Descobri esta semana que um homem que foi meu colega de escola em Viena fazia parte da *Ahnenerbe*."

A camisa de Athos já se achava grudada nas costas. Seu rosto estava vermelho. As árvores ondulavam na brisa pesada, as folhas parecendo manchas de tinta molhada sobre o céu enevoado.

"Com Himmler pagando o seu salário ele, de repente, passou a encontrar suásticas em qualquer punhado de terra. Esse sujeito, que era o primeiro aluno da nossa classe de pré-história, chegou a dar a 'Vênus Willendorf' de presente para Himmler como prova de que os 'hotentotes' haviam sido dominados pelos antigos arianos! Ele falsificou escavações para provar que a civilização grega havia começado na... Alemanha neolítica! Só para o Reich sentir que tinha razão em copiar os nossos templos na sua gloriosa capital."

"*Koumbaros*, que calor!"

"Foi tudo destruído: as relíquias, a documentação cuidadosa. Esses homens ainda têm as suas carreiras, mesmo tendo sido funcionários de Himmler. Esses homens ainda estão dando aula!"

"*Koumbaros*, está tão quente hoje..."

"Desculpe, Jakob, tem razão."

Paramos para almoçar no Royal Diner, que era do irmão de Constantine, e chegamos a Baby Point no começo da tarde. O céu havia se nublado e o cheiro da chuva preenchia o calor. Ficamos na calçada e imaginamos o forte iroquês. Imaginamos um ataque iroquês àquele bairro rico, flechas de fogo voando sobre mobílias de jardim, atravessando as janelas panorâmicas para dentro das salas de estar, atingindo mesinhas de centro que se queimavam instantaneamente. Fiquei ali na calçada, ao entardecer, transformando os cheiros de cera de automóvel e gramados recém-cortados em cheiros de couro curtindo e peixe salgado. Athos, tomado pela imaginação, descreveu o assassinato do comerciante de peles Étienne Brûlé. Auto-de-fé.

O calor da tarde espesso com o cheiro de carne queimada. Vi a fumaça subindo em rolos para o céu escuro. A memória, encurralada, rachando e se abrindo. O resíduo amargo voando para o meu rosto como cinzas.

"Jakob, Jakob. Vamos voltar de táxi."

Quando chegamos ao apartamento, a chuva caía em cortinas, o cheiro de poeira subindo do calçamento. Meti a cabeça para fora da janela e aspirei. O cheiro de queimado havia sumido.

Koumbaros, somos como pára-raios do tempo.

Nessa noite, sonhei com o cabelo de Bella. Brilhando como verniz negro à luz da lâmpada, as tranças apertadas como cordas de navio.

Sentados à mesa, meus pais e Bella fingiam calma, eles que tantas vezes diziam não ter coragem nenhuma. Ficaram sentados em suas cadeiras como haviam planejado se chegasse o fim. E quando viram a beleza de Bella, sua calma aterrorizada — o que fizeram com os cabelos dela? Será que levantaram dos seus ombros aquela massa negra, avaliaram seu valor? Será que tocaram sua pele, suas sobrancelhas perfeitas? O que fizeram com o cabelo de Bella quando o cortaram — será que se sentiram humilhados ao passar os dedos por aquela magnificência, ao dependurá-los no varal para secar?

Um dos últimos passeios que eu e Athos fizemos juntos foi pela planície ao longo do rio Don, que fica além da mina e dos rochedos crivados de fósseis marinhos. Planejávamos sentar um pouco nos jardins em terraço de Chorley Park, o palácio do governo, construído espetacularmente na beira da escarpa. A mansão era enorme, um castelo do vale do Loire, feito do melhor calcário do vale Credit.

Pequenas torres e frontões, altas chaminés e cornijas: debruçado à beira do campo selvagem, ele resumia as contradições do Novo Mundo. Quando Athos e eu descobrimos a imensa propriedade, ela não mais funcionava como residência do governador. Políticos sustentados pelos sindicatos tinham feito reclamações sobre o custo da manutenção. Logo depois que os conselheiros da cidade discutiram se deviam ou não permitir a troca de uma lâmpada que havia queimado, o governador, decepcionado, abandonou Chorley Park. O lugar foi então usado como hospital militar e como abrigo para refugiados húngaros. Visitamos os jardins várias vezes. Athos dizia que para ele o Chorley Park lembrava um sanatório alpino.

Estávamos discutindo religião.

"Mas, Athos, acreditar ou não nada tem a ver com o fato de ser judeu. O que eu quero dizer é o seguinte: a verdade não se importa a mínima com o que pensamos dela."

Subimos o vale. As encostas incendiadas de sumagre e junça, nubladas de cardos desmanchando-se ao vento e de paineirinhas. Dava para ver as manchas de suor escurecendo a camisa de Athos.

"Acho que a gente devia descansar."

"Já estamos quase no topo. Jakob, quando Nikos morreu, perguntei para meu pai se acreditava em Deus. Ele disse: 'Sabe como se sabe que Deus existe? Porque Ele está sempre desaparecendo'."

Ouvi o seu esforço para respirar e enchi-me de tristeza.

"*Koumbaros*..."

"Eu estou muito bem, obrigado, senhora Simcoe."

Curvamo-nos para passar entre os arbustos da cerca viva da propriedade. Saímos do cascalho da ravina para o jardim e olhamos o vazio. Chorley Park, construído para sobreviver muitas gerações, havia desaparecido, como se uma borracha o tivesse apagado de seu lugar contra o céu.

Perplexo, Athos apoiou-se pesadamente em sua bengala.

"Por que demoliram um dos prédios mais bonitos da cidade? Jakob, tem certeza de que estamos no lugar certo?"

"Estamos no lugar certo, *koumbaros*... Como é que eu sei? Porque ele sumiu."

Athos estava ficando cansado em algum ponto profundo do seu corpo. Ele me preocupava; eu me agitava. Ele afastava a minha ansiedade: "Estou ótimo, senhora Simcoe". Embora ainda trabalhasse até tarde da noite, começou a tirar uns cochilos nas horas mais estranhas do dia. Recusava-se a diminuir seu ritmo. "Jakob, tem um velho ditado grego que diz: 'Acenda a vela antes da noite alcançá-lo'." Ele insistia em provar a sua resistência trazendo as compras de bonde. Não deixava de trazer coisa alguma porque era pesada, exatamente como não deixava nunca de colher amostras em um sítio.

Éramos como uma cerca e uma videira. Mas quem era a videira? Nós dois tínhamos respostas diferentes.

~

Acabei me matriculando na universidade, nos cursos de literatura, história e geografia, ganhando algum dinheiro como demonstrador de laboratório no Departamento de Geografia. Kostas pediu a um amigo dele em Londres que me mandasse obras de poetas banidos da Grécia. Foi o meu primeiro contato com a tradução. E desde então venho me mantendo com traduções de todo tipo. Serei sempre grato a Kostas por essa intuição. "Ler um poema em tradução", escreveu Bialik, "é como beijar uma mulher através de um véu"; e ler poemas gregos, com uma mistura de *katharevousa* e demótico, é como beijar duas mulheres. A tradução é uma espécie de transubstanciação; um poema transforma-se em outro. Você pode escolher a sua filosofia de tradução assim como escolhe a maneira de viver: a adaptação livre que sacrifica o detalhe pelo sentido, a versão literal que sacrifica o sentido pela exatidão. O poeta vai da vida para a língua, o tradutor vai da língua para a vida; ambos, como o imigrante, tentam identificar o invisível, o que está nas entrelinhas, as implicações misteriosas.

Um dia, eu subia a rua Grace, um túnel de longas sombras no verão, a brisa do lago como um dedo fresco deslizando suavemente por baixo de minha camisa molhada, o tumulto do mercado deixado para trás. No frescor novo e na calma nova, um fiapo de memória colou-se ao meu pensamento. De repente, uma palavra entreouvida colou-se a uma melodia; uma canção de minha mãe, sempre acompanhada do som das cerdas da escova nos cabelos de Bella, o braço de minha mãe obedecendo ao ritmo. As palavras jorraram de minha boca, em murmúrio, depois mais altas, até eu gaguejar os trechos de que me lembrava: " 'De que vale a mazurca, se o meu coração reclama; de que vale a moça de Vurka, se ela não me ama... A cereja madura é colhida, a verde fica na rama...' ". Lembrei-me de todos os versos de abertura de "Vem a mim, filósofo" e de "Como é que o czar toma o seu chá?".

Olhei em volta. As casas estavam às escuras, a rua vazia e segura. Levantei a voz: " 'Serás tão bobo quanto penso? Onde é que está o teu bom senso? Sobe a fumaça além da cabana, o gato corre mais que a ratazana...' ".

Subi a Grace, atravessei a Henderson, subi a Manning até a Harbord, sempre cantando; meu corpo espiritual vestindo afinal roupas conhecidas e, com abandono, atirando os braços na direção das estrelas.

Mas a rua não estava vazia como eu pensava. Surpreso, vi que dezenas de rostos perfuravam a escuridão. Uma floresta de olhos, de ouvidos italianos, portugueses, gregos; famílias inteiras sentadas silenciosamente em suas cadeiras nos gramados ou nos degraus da frente. Nas varandas escuras, uma enorme platéia invisível, refrescando-se diante de suas casas pequenas, quentes, as luzes apagadas para afastar os insetos.

Não havia nada a fazer senão cantar mais alto a minha canção estrangeira e sentir que era compreendido.

À noite, deitado na cama, sem conseguir dormir, meu corpo apontava dolorosamente para a sua grande ignorância.

Imaginei-me beijando a garota que tinha visto na biblioteca, a magrinha que estava sempre caindo dos saltos altos... Ela deitada ao meu lado. Nós dois abraçados, mas ela quer saber por que vivo com Athos, por que colecionei todos aqueles artigos sobre a guerra, arrumados em pilhas sobre o tapete, por que passo acordado metade da noite examinando cada rosto nas fotografias. Por que fico sempre sozinho, por que não sei dançar.

Quando Athos foi para o seu escritório depois do jantar, saí para a noite. Mas nós dois entramos na mesma convulsão de tempo; os eventos que vivemos sem saber quando estávamos em Zakynthos. Parei nos degraus da ladeira da rua Davenport e olhei a cidade iluminada, disposta como um circuito impresso. Passei pelas fábricas de lápis e de roupas de tricô, pelo parque industrial da General Electric, pelos depósitos das gráficas e pelas madeireiras, pelas lavanderias a seco e pelas lojas de carrocerias. Passei pelos cartazes anunciando Jerry Lewis no Imperial e Red Skelton no Shea's. Segui os trilhos do trem que vão até os silos de carvão da rua Mt. Pleasant e até os navios enferrujados que esperam junto aos silos de grãos dos Moinhos Victory.

Sorvi a fria beleza da Cimento Lakeshore, com seus pequenos jardins que alguém teve a idéia de plantar ao pé de cada silo gigantesco. E as delicadas escadarias de metal, uma fita rendada, circundando as cinturas dos reservatórios de petróleo. No escuro da noite, umas poucas luzes marcavam bombordo e estibordo dessas maciças formas industriais, e eu as preenchia de solidão. Ouvi essas formas escuras como se fossem espaços negros em música, um musicista aprendendo os silêncios de uma peça. Senti que aquela era a minha verdade. Que a minha vida não podia ser guardada em nenhuma linguagem, apenas no silêncio; o momento em que olhei para a sala e vi apenas o que era visível, não desaparecido. O momento em que não cheguei a perceber que Bella havia desaparecido. Mas eu não sabia como procurar por meio do silêncio. Então vivia um sopro à parte, um datilógrafo que mantêm as mãos acima das teclas, ligeiramente fora de lugar, as palavras saindo sem sentido, deturpadas. Bella e eu a centímetros um do outro, a parede entre nós. Pensei escrever poemas dessa maneira, em código, cada letra deslocada, de forma que a perda desfizesse a linguagem, se tornasse linguagem.

Se fosse possível isolar esse espaço, esse cromossomo danificado em palavras, numa imagem, então talvez fosse possível restaurar a ordem atribuindo nomes. Senão a história seria apenas um emaranhado de arames. Assim, em poemas retornei a Biskupin, à casa de Zakynthos, à floresta, ao rio, à porta arrombada, aos minutos passados dentro da parede.

O inglês era um sonar, um microscópio, com o qual eu ouvia e observava, esperando capturar os fugidios sentidos sepultados nos fatos. Eu queria que um verso em um poema fosse o *ney* oco da orquestra dervixe cujo gemido suplicante é um chamado a Deus. Mas tudo o que conseguia era um guincho desajeitado. Nem mesmo o guincho puro de uma haste de grama na chuva.

Fiz um amigo duradouro por meio da ligação de Athos com a universidade, um aluno dele chamado Maurice Salman. Maurice era ainda mais estranho do que nós naquela cidade, tendo acabado de vir de Montreal quando nos conhecemos. Athos convidou-o para jantar. Maurice era magro naquela época, os cabelos muito finos, uma boina empurrada para longe da testa. Começamos a caminhar juntos, a ir a concertos e galerias de arte. Às vezes, íamos ao cinema, onde desenvolvemos paixões conflitantes: Athos por Deborah Kerr (principalmente em *As minas do rei Salomão*), Maurice por Jean Arthur, e eu por Barbara Stanwyck. Já então Maurice e eu éramos antiquados e assim continuaríamos. Devíamos sonhar era com Audrey Hepburn. A caminho de casa, parávamos num restaurante, ou então Maurice vinha para a nossa cozinha de solteirões, onde discutíamos os méritos dos objetos de nossas paixões. Athos dizia que Kerr era sem dúvida o tipo de mulher com que se pode discutir a questão de Pascal no café da manhã, fosse no melhor hotel, fosse no campo. Maurice achava que Jean Arthur era uma mulher com quem era perfeitamente possível acampar ou dançar a noite inteira e ainda ser capaz de lembrar onde havia deixado as chaves ou as crianças. Eu gostava de

Barbara Stanwyck porque ela estava sempre metida em confusão, mas continuava fiel ao próprio coração e principalmente porque em *Bola de fogo* de sua boca jorrava gíria como se fosse uma canção. "Stop beating up with your gums and shove in your clutch!" "Clip the mooch!" "I'm no bungalow-apron!"* Ela vivia num mundo de *plenty gestanko* e *solid senders*. Ela era um *dish*, um *smooch*, e para estar com ela era preciso ter um monte de *smack*, *dough*, *moolah*, *smackeroos*, *a two-ply poke*. Eu era *wacky*** por ela. Nessas discussões nenhum de nós mencionava ombros nus, nem cetim sobre seios; e ninguém falava de pernas.

Mas não passamos juntos muitas noites porque logo depois que conhecemos Maurice, Athos morreu.

"Athos, de que tamanho é o coração de verdade?", perguntei a ele uma vez, quando ainda era criança. Ele respondeu: "Imagine o tamanho e o peso de um punhado de terra".

Em sua última noite, Athos voltou para casa depois de dar uma palestra sobre a conservação de madeira egípcia. Por volta das dez e meia. Ele sempre falava alguma coisa sobre a tarde, ou contava os detalhes principais da sua aula, mas como eu tinha datilografado aquele texto para ele antes não havia o que dizer, e ele estava cansado. Esquentei um pouco de vinho para ele e fui para a cama.

De manhã, encontrei-o na escrivaninha. Tinha a aparência de sempre, adormecido no meio do trabalho. Abracei-o com toda a força, muitas vezes, mas ele não voltou. É impossível atingir o vazio de cada célula. Sua morte foi tranqüila; chuva sobre o mar.

(*) Expressões de gíria norte-americana das décadas de 30 e 40. O equivalente brasileiro seria algo como: "Chega de blablablá e me abrace de uma vez!"; "Apague o bandido!"; "Não sou chofer de fogão!".

(**) *Solid senders*, "um adepto do swing", ritmo da moda então, sobretudo bonito e alegre. *Dish*, "gostosa", "um prato cheio"; *smooch*, "um beijo", "um doce"; *smack, dough, moolah, smackeroos* são todas gírias para dinheiro como "grana", "bufunfa", "uma nota preta"; *a two-ply pocket* seria "uma carteira recheada". *Wacky* por alguém, "louco por alguém".

Só sei fragmentos de tudo o que a morte de Athos continha: nada menos que todos os elementos e seus poderes, dez mil nomes de coisas, a humildade do líquen. Os instintos da migração: estrelas, magnetismo, ângulos da luz. A energia do tempo que altera a massa. O elemento que mais lhe recordava a sua terra, o sal: azeitonas, queijo, folhas de uva, espuma do mar, suor. Cinqüenta anos de intimidade com Kostas e Daphne, sua lembrança de seus corpos aos vinte anos; seu próprio corpo, quando criança, aos quinze anos, aos vinte e cinco e aos cinqüenta, seres que permanecem enquanto envelhecemos, da mesma forma que as palavras continuam na página quando a escuridão as apaga. Duas guerras, que são ambas a parte podre da fruta que não pode ser cortada fora e a fruta; que não há nada que um homem não seja capaz de fazer a outro, nada que um homem não seja capaz de fazer por outro. Mas quem foi a mulher que primeiro desabotoou para ele os dois pássaros de seus seios num jardim noturno? Ele se lembrava das mãos de Helen segurando as dele? Ou será que elas estavam nos cabelos dele? Ou estavam os seus braços estendidos quando a cabeça dele repousava em suas coxas? Pensavam em filhos? De que palavras ele se arrependia? Quem foi a primeira mulher a quem ele lavou os cabelos? Que canção de amor cantaria a sua voz quando ele ouviu falar disso pela primeira vez?

Quando um homem morre, os seus segredos se travam como cristais, como gelo numa vidraça. Seu último alento escurece o vidro.

Sentei à mesa de Athos. Num pequeno apartamento, numa cidade estrangeira, num país que eu ainda não amava.

~

Em Toronto, Athos havia recriado o seu escritório de Zakynthos. Era um lugar caótico de onde se podia escavar uma diversidade de objetos. Sobre a mesa de Athos, na noite em que ele morreu: uma caixa de madeira cheia de Meccano, o mesmo conjunto de rodas de metal e dobradiças que ele tinha em criança. Uma fotomicrografia das frágeis lamelas de carvalho encharcado de Biskupin. Uma foto dos totens de Kispiox presa com um clipe de papel a uma análise das condições do solo e do clima. Um peso de papel feito com uma amostra de lepidodendro. Uma canoa-miniatura feita de casca de bétula. Um artigo sobre os montes Vestfold na Antártica, sítio de artefatos de madeira congelados. Notas para uma futura conferência sobre madeira submersa em Ottawa. Um esboço a bico-de-pena das árvores fósseis de Joggins, na Nova Escócia. As traduções de Kazantzakis da *Origem das espécies* de Darwin e da *Divina comédia* de Dante. Uma xícara com pó de café desenhando a última inclinação da xícara até os seus lábios.

Na escrivaninha, encontrei um pacote de cartas... A intimidade a que a morte nos força. De início, não quis olhar para elas. Reconheci a elegante caligrafia grega de Athos. Eram cartas para Helena, escritas quando ela e Athos estudavam em Viena, um ano antes de ele ir para Cambridge. Toquei os envelopes e alisei o papel fino. O silêncio do apartamento vazio caiu sobre mim com o peso da autopiedade.

"Quando você está sozinho — no mar, num escuro polar — uma ausência pode mantê-lo vivo. O ser amado sustenta a sua mente. Mas quando ela só está do outro lado da cidade, essa ausência devora até os ossos."

"Meu pai aprova Viena, mas ainda espera me convencer a desistir da geologia. Eu continuo firme, apesar do seu argumento de que se eu fosse engenheiro ainda assim iria encontrar carste ao projetar ferrovias e reservatórios de água..."

Enquanto ele estava em Viena, explorando paisagens reais e intelectuais, repletas de cavernas e covas, túneis e tanques, Athos despencou também, através da superfície esfolada das coisas, em direção ao amor.

Em nosso apartamento, onde não se falava nenhuma palavra havia semanas, eu imaginava Athos caminhando sozinho, tarde da noite, passando na frente dos edifícios modernos da Ringstrasse e das pálidas igrejas barrocas, ruas que logo seriam transformadas pela guerra. Ao ler as suas cartas, escritas meio século antes para uma mulher de quem não sei quase nada, a sua "H", fico abalado por meu próprio desejo. Sinto vergonha de espionar a voz jovem de Athos, a voz do meu *koumbaros* quando tinha a minha idade.

"Sua família — sua mãe e sua irmã que você ama — quer saber tudo; mas um casamento de verdade deve ser sempre um segredo entre duas pessoas. Temos de guardá-lo debaixo da língua como uma prece. Nossos segredos serão a nossa coragem quando precisarmos."

"Quanto à infelicidade de seu irmão, sou ingênuo a ponto de achar que amor é sempre bom, não importa quando, não importam as circunstâncias. Ainda não tenho idade para imaginar os casos em que isso não é verdade e em que o arrependimento pesa mais do que tudo."

Suas artérias entupiram-se como um velho rio. O coração é um punhado de terra. *A terra é um lago...*

Tudo o que sei da Helena de Athos é o que descobri nas cartas. Há uma foto. Sua expressão é tão aberta e límpida que cativa através dos anos. Os cabelos escuros num penteado alto e elaborado como uma corbeille. O rosto é anguloso demais para ser bonito. Ela é bela.

Na mesma gaveta das cartas e da foto de Helena, há uma pasta grossa contendo cópias descoradas de carbono azul e recortes de jornal: a pesquisa de Athos sobre o destino de minha irmã, Bella.

Quando a gente se endureceu em certos pontos, chorar é doloroso, quase como se fosse contra a natureza.

"Sei que os registros são incompletos..." "Por favor, envie pelo correio o seguinte toda sexta-feira, durante um ano..." "Sei que já lhe escrevi antes..." "Por favor, verifique as suas listas... levando em conta as possíveis variações ortográficas... pelo período entre..." A última consulta de Athos era datada de dois meses antes de sua morte.

Eu achava que ele havia desistido anos antes. Mas entendia por que Athos havia mantido segredo disso. Fiquei deitado no tapete de seu escritório. "Amor sempre é bom, não importam as circunstâncias... nossos segredos serão a nossa coragem quando precisarmos." Tentei imaginar isso, mas ainda não havia aprendido que a verdadeira esperança é separada da expectativa, e as palavras dele, assim como a sua busca por Bella, pareciam dolorosamente inocentes. Mas eu segurava a pasta como uma criança segura uma boneca.

De vez em quando, passava um bonde guinchando. Nas tábuas do assoalho eu sentia as pesadas rodas de ferro rugindo em seus trilhos. O dedo de meu pai, molhado em tinta de sapatos, desenha um bonde num canto de jornal, ilustrando os fios em forma de Y que ligam os bondes de Varsóvia ao céu. "Em Varsóvia", diz meu pai, "tem máquinas correndo pelas ruas." "Elas rodam sozinhas?", pergunto. Meu pai assente com a cabeça: "Sem cavalos!". E acordei. Acendi a luz, deitei de novo e fechei os olhos.

Quando me sentei para escrever a notícia a Daphne e Kostas e dizer que algum dia eu levaria as cinzas de Athos para Zakynthos, mal conseguia mover a caneta sobre a página. "Levarei Athos de volta para casa, para uma terra que se lembra dele." *Koumbaros*, como é possível escrever uma notícia dessas com boa caligrafia?

~

Muitas noites depois da morte de Athos, continuei dormindo no chão do seu escritório entre as caixas de suas pesquisas. Sempre planejamos organizar tudo aquilo juntos. Mas o trabalho de Athos sobre a arqueologia nazista cresceu até dominar toda a sua força. Ele iniciou a documentação logo depois da guerra, assim que a informação começou a surgir. Nossos olhos logo se acostumaram com a escuridão. Athos podia falar sobre isso, precisava falar disso, mas eu não. Ele perguntava incessantemente para organizar seus pensamentos, deixando o "por quê" para o fim. Mas, no meu pensamento, eu começava pela última pergunta, pelo "por quê" que ele esperava fosse respondido por todas as outras perguntas. Conseqüentemente, eu começava pelo fracasso e não tinha para onde ir.

Mas nos primeiros meses vivendo sozinho, eu ainda dependia de uma droga familiar; para habitar o outro mundo que Athos e eu compartilhávamos: conhecimento ingênuo, a história da matéria. Durante a noite eu mergulhava nas caixas, rotuladas ao acaso em grupos de ensaios e notas: "as aventuras sexuais das coníferas... a poética do encadeamento covalente... um processo possível de secagem de grãos de café a frio". Forças fascinantes, mas inexplicáveis; ventos e correntes oceânicas, placas tectônicas. As transformações causadas pelo comércio e pela pirataria; como os minerais e a madeira mudaram o mapa. Só o ensaio de Athos sobre a turfa tinha tamanho suficiente para um pequeno livro, assim como o seu *Uma aliança do sal*. Em Viena, ele começara a coletar exemplos para um projeto sobre a paródia nas culturas que intitulou *Da relíquia à réplica*.

Muitas vezes, ele aplicava o geológico ao humano, analisando as mudanças sociais como se fossem uma paisagem; lenta persuasão e catástrofe. Explosões, conquistas, enchentes, glaciação. Ele construía a sua topografia histórica própria.

Durante essas noites entre as caixas, nos meses posteriores à morte de Athos, o pensamento dele passou a parecer, na minha imaginação, com uma gravura de Escher; paredes que são janelas, peixes que são pássaros, e o brilhante salto da ciência moderna: a mão que desenha a si mesma.

Durante os três anos seguintes, compilei o melhor que pude as notas de Athos sobre a SS-*Ahnenerbe*. Trabalhando em seu escritório, agora sozinho em nosso apartamento, a presença de Athos era tão forte que eu parecia sentir o cheiro de seu cachimbo, o toque de sua mão em meu ombro. Às vezes, tarde da noite, uma sensação de alerta tomava conta de mim e eu o via com o rabo dos olhos, olhando para mim do corredor. Em sua pesquisa, Athos mergulha tão fundo que atinge um lugar onde é possível a redenção, mas só a redenção da tragédia.

Eu sabia que, para mim, o mergulho continuaria sempre, muito depois que eu terminasse o trabalho de Athos. Naquela época, eu ganhava a vida como tradutor em tempo parcial para uma companhia de engenharia. Terminado o trabalho do dia, eu me atirava à mesa de Athos, desesperado com tantos arquivos e caixas de fatos. Às vezes, saía para jantar com Maurice Salman, que tinha agora um emprego no museu. A companhia de Maurice me salvou; ele se deu conta de que eu estava com problemas. Nessa época, Maurice já havia conhecido Irena e se casado com ela. Irena muitas vezes cozinhava para nós enquanto discutíamos a tarefa aparentemente interminável de concluir o livro de Athos, *Pres-*

tando falso testemunho. Às vezes, eu olhava para a cozinha e a via lendo um livro de receitas ao lado do fogão, sua longa trança amarela em volta do ombro como um xale, e tinha de desviar os olhos, emocionado. Uma visão tão comum: uma mulher mexendo uma panela.

Na noite em que terminei o trabalho de meu *koumbaros*, chorei pela sensação de vazio ao datilografar a dedicatória, a seus colegas de Biskupin: "O assassinato rouba o futuro de um homem. Rouba dele a sua própria morte. Mas não deve roubar a sua vida".

Em nosso frio e escuro apartamento canadense, verto água doce no mar, lembrando não apenas o lamento grego "para os mortos beberem", mas também a aliança do caçador esquimó que verte água doce na boca de sua caça. As focas, vivendo na água salgada, sofrem de sede perpétua. O animal ofertou a sua vida em troca de água. Se o caçador não mantiver sua promessa, perderá toda a sorte; nenhum outro animal se deixará capturar por ele.

O melhor professor abriga uma intenção não na mente, mas no coração.

Sei que devo honrar as lições de Athos, principalmente uma: tornar o amor necessário. Mas ainda não entendo que essa é também a minha promessa a Bella. E que, para honrar a ambas, tenho de saciar uma sede perpétua.

FÓSFORO

E um claro dia de outubro. O vento espalha folhas brilhantes contra o azul opalescente do ar. Mas não há nenhum som. Bella e eu entramos num sonho, as cores animadas nos cercando, intensas, cada folha se contraindo como que a ponto de adormecer. Bella está feliz: toda a floresta de bétulas contida em sua expressão. Ouvimos o som do rio e caminhamos para ele, as ondas e redemoinhos do *Intermezzo nº 2*, de Brahms, que desce, desce, *andante non troppo*, subindo apenas num jorro final. Volto-me e Bella se foi; meu olhar fez com que desaparecesse. Retorço-me. Chamo, mas o ruído das folhas é de repente dominante, como o fragor de cataratas. Decerto ela foi para o rio. Corro até lá e procuro por pistas da passagem dela na margem lodosa. Está escuro; os arbustos de abrunho transformam-se no seu vestido branco. Uma sombra, no seu cabelo negro. O rio, seu cabelo negro. O luar, seu vestido branco.

Como no meu encontro com a árvore em criança, fico olhando longo tempo o roupão de seda de Athos dependurado da porta do banheiro, como se fosse o fantasma de minha irmã. Mil novecentos e sessenta e oito, em nosso pequeno quarto de Toronto, no apartamento que eu repartia com Athos. Na penumbra, o mais líquido dos *intermezzi* de Brahms flui e flui.

Está tudo errado: o banheiro com sua mobília branca, a mulher dormindo ao meu lado, meu pânico. Pois quando acordo, sei que não foi Bella que desapareceu, mas eu. Bella, que não está em parte alguma, procura por mim. Como poderá me encontrar aqui, ao lado dessa mulher estranha? Falando esta língua, comendo comida estranha, vestindo estas roupas?

Assim que me inclinei sobre ela enquanto lia, distingui Bella ensaiando, com o mesmo apetite — tentando penetrar o mistério dos símbolos negros na página. Meu pai às vezes tocava, mas ele não conseguia a metade do que Bella era capaz, e sentia vergonha da graxa de sapatos que não conseguia nunca remover inteiramente da mão. Mas eu adorava ouvi-lo capengar por uma peça musical e, pensando bem, parece adequado ver aquelas mãos castigadas pelo trabalho sobre o teclado limpo, como que marcadas pelo esforço de produzir aqueles sons.

Eu era jovem demais para lembrar os compositores ou o nome das peças que Bella tocava, então quando queria que tocasse alguma coisa para mim, cantarolava a melodia. Ao longo de todos esses anos, desejei tanto cantarolar para ela, para que pudesse me ensinar o nome das coisas. Eu só sabia o título de duas peças, porque eram as que eu mais pedia. Um *intermezzo* de Brahms e a *Sonata ao luar* de Beethoven. Quando tocava Beethoven, minha irmã mandava-me imaginar um lago profundo, cercado de montanhas, onde o vento ficava preso e as ondas se debatiam em todas as direções sob a luz da lua. Enquanto eu jogava pedrinhas ao luar, Bella talvez estivesse construindo uma elaborada fantasia sobre Ludwig e a sua Amada Imortal. Em minha memória, ela toca como se entendesse profundamente as paixões adultas, como se ela também pudesse imaginar escrever numa carta: "impossível deixar o mundo antes de produzir tudo o que tenho dentro de mim... Divina Providência, concede-me um dia de pura alegria".

A biblioteca musical ficava a poucos quarteirões do apartamento, no meio de um parque. Era exatamente como uma biblioteca de audição devia ser: lambris de madeira nas paredes das salas, poltronas macias, árvores ondulando pelas janelas. Ouvir música sozinho e em público, assim como comer sozinho num restaurante, parecia uma atividade estranha e embaraçosa, mas depois que *Prestando falso testemunho* foi publicado, adquiri o hábito de ir até lá uma ou duas vezes por semana, depois do jantar. Decidi ouvir sistematicamente, em ordem alfabética, um compositor para cada letra, e depois começar de novo.

Numa noite fria de março, eu estava junto ao balcão, tendo acabado de ouvir os noturnos de Fauré. Tinha comigo o jornal e estava já pensando nas palavras cruzadas enquanto esperava pacientemente a bibliotecária trazer-me os quintetos para piano e cordas.

"Hip hip Fauré."

Voltei-me para dois olhos mais azuis que as cavernas de Kianou. Cheios de intensidade, força e energia.

"Estou fazendo uma *check list*, Liszt é tcheco?"*

O cardigã que ela vestia estava aberto e usava por baixo uma blusa de seda colada no corpo por eletricidade estática.

"Não", consegui dizer. "Também", depois de alguns segundos, "...*nix* Bach, Bax e Bix."

"Entendeu aquela que é 'uma cidade na Tchecoslováquia'?", perguntou apontando para as palavras cruzadas... "Oslo! Entendeu? Tchec-oslo-váquia."

Nesse momento, a bibliotecária voltou com os quintetos. Sem saber o que dizer, peguei o disco e gaguejei na direção das caixas de partituras. Minutos depois, vi que ela vestia o casaco. Num ataque de coragem, saí pela porta atrás dela.

"Adoro a primavera", eu disse, idiota, notando depois que ela segurava fechada a gola do casaco contra o vento.

Ela me perguntou se eu sabia dos concertos do conservatório.

"São grátis.WEA."

Olhei para ela com cara de quem não entendeu.

"Worker's Education Association...** o sindicato... todo domingo às duas da tarde."

Fiquei olhando, perdido, os cachos de cabelos castanhos voando em torno da sua boina de lã. Depois baixei os olhos para meus pés e para as pernas dela, longas, com botas curtas debruadas de pele.

(*) Trocadilho intraduzível: *check list* é "lista de verificação". Há homofonia entre essas palavras e *Czech*, "tcheco" em inglês, e Lizst, o nome do compositor.

(**) Associação de Educação dos Trabalhadores.

"Até logo", ela disse.

"Adeus..."

"Ceylon! Abyssinia Samoa. Can't Roumania; Tibet. Moscow!"*

Ela seguiu, mas deu uma olhada para trás e fez uma saudação, como uma WAC** num cartaz de recrutamento.

Foi assim que conheci Alexandra.

O pai a chamava de Sandra e ela não se importava. Com ele, Alex não tinha de provar nada. Ela chamava o pai de dr. Right — que não era nenhum símbolo freudiano, mas simplesmente gíria *cockney* para dr. Maclean — he'll make you right as rain.***

O dr. Maclean marinava a filha no orgulho militar britânico. Contou a ela que seus concidadãos londrinos tinham levado os tesouros históricos — inclusive o recém-encontrado capacete Sytton Hoo — para o abrigo subterrâneo da estação de Aldwych para protegê-los dos bombardeios. Contou a ela histórias sobre o major general "Salamandra" Freyberg, com quem servira como oficial médico em Creta. Freyberg enterrara Rupert Brooke em Skyros e, como Byron, havia nadado no Helesponto. Alex Gillian Dodson Maclean sabia muitas histórias do agente secreto Jasper Maskelyne, que, na vida civil, vinha de uma família de mestres de magia. Ele ajudou a ganhar a guerra com mágica. Além de inventar os recursos usuais — placas de estrada falsas, carneiros explosivos, florestas artificiais disfarçando campos de pouso e falsos batalhões criados com sombras —, Maskelyne encenava também truques de palco, ilusões estratégicas de grande escala. Ele escondeu o canal de Suez inteiro com refletores e holofotes. Mudou o

(*) No original, Jakob despede-se dizendo *So long*, "adeus", o que motiva a frase dela: "Ceylon! Abyssinia Samoa. Can't Roumania; Tibet. Moscow!" , ao que parece sem sentido mas que soa quase como a frase "So long! I'll be seeing you some hour. Can't remain. Too bad. Must go!", que significa literalmente: "Adeus! Nos vemos qualquer hora. Não posso ficar. É pena. Tenho de ir".

(**) Sigla de Women's Army Corps, Corporação Feminina do Exército.

(***) Uma das peculiaridades do dialeto *cockney*, específico dos habitantes do East End de Londres, é a substituição arbitrária de palavras às vezes simples por expressões que rimam com elas: *stairs*, "escada", transforma-se em *apples and pears*, "maçãs e peras". Neste caso, *dr. MacLean*, com a pronúncia *cockney*, rimaria com a expressão idiomática *right as rain*, literalmente "direito como a chuva caindo", que significa "correto". Em suma, "ele o endireita".

porto de Alexandria para uma milha adiante no litoral; toda noite uma cidade de *papier mâché* completa, com ruínas falsas e crateras de tela, era bombardeada em seu lugar.

Quando ele me contou desses ilusionismos, pensei na arquitetura-fantasma de Speer, suas colunas de luz de holofotes em Nuremberg, o coliseu impalpável que desaparecia ao amanhecer. Pensei nas suas colunas neoclássicas que se dissolviam ao sol enquanto as paredes das câmaras resistiam. Pensei em Houdini, deslumbrando platéias ao se encerrar em caixas e baús, depois escapando, sem saber que poucos anos depois outros judeus estariam se arrastando para dentro de latas e caixas e armários para escapar.

Alex perdeu a mãe quando tinha quinze anos. O pai contratou uma governanta. Alex e o doutor passavam pelo menos uma noite por semana jogando mexe-mexe e faziam juntos as palavras cruzadas do *Times* nos fins de semana. Alex construiu todo um arsenal de conhecimento de palavras. Trabalhava como secretária na clínica médica do pai, que ele repartia com dois outros médicos. Nos momentos de folga fazia anagramas médicos: "Physician, heal yourself: Ill? Pay shy? Our fee in cash".* Ela pensava em ser médica também, mas tinha muitos planos. Sua paixão era a música; era uma ouvinte profissional. Ia à sinfônica, aos clubes de jazz, ouvia discos e conseguia identificar quem estava tocando o cornetim ou o piano depois de poucos compassos. Conhecer Alex na biblioteca musical foi um presente dos céus. Ela era como a liberdade logo depois da fronteira, como um oásis na areia. Era toda braços e pernas, esguia e elegante, toda feita de pedaços desencontrados com uma atração que unia tudo. A adolescente aparecia em seu rosto, em seus membros, justamente quando tentava ser mais sofisticada. Essa inocência irrequieta era como limalhas de ferro para um ímã; ela ocupava todo o meu coração, eriçada de energia, agitada e ali instalada para sempre.

Suponho que eu também devia ser irrequieto, mas não tinha noção de como o mundo me via. Éramos ambos magros como espetos. O que ela via quando olhava, apaixonada, para mim? O

(*) "Médico, cura-te a ti mesmo: Doente? Medo de pagar? Nosso preço em dinheiro." Um anagrama similar entre a primeira frase e as três seguintes, em português, perderia o sentido do original.

pai a tinha enchido de Europa, onde chovia sempre e era tudo romântico, onde as coisas eram intensas e arriscadas. Quando não estava na segurança do encrave britânico de seus colegas de escola, gravitava em torno do elemento imigrante, dos eventos organizados pelos sindicatos. O pai tinha especial respeito pelos gregos, desde que vira com os próprios olhos as velhas de Modhion resistindo aos alemães com vassouras e pás. Acho que Alex pensava que eu era o romance que ele havia preparado para ela.

Alex parecia agitada, mas estava sempre à espera, pelo menos era o que pensava, de alguém que a prendesse num abraço. Era um personagem de comédia maluca buscando em vão por um momento de seriedade. Gastava muita energia para estar na última moda e ao mesmo tempo desejava uma vida intelectual — sem tanta leitura. Boas intenções são a última coisa a desaparecer num relacionamento. Nós nos aproximamos num instante e levamos cinco anos para nos separar. Ela saltava e jogava os braços em torno de meu pescoço como uma criança. Comprou sapatos vermelhos que só usou quando choveu porque gostava da aparência deles sobre a calçada molhada. Era uma máquina em movimento perpétuo querendo conversar de filosofia. Quando Alex não estava dançando, estava de ponta-cabeça.

Sentávamos no Bassel's ou no Diana Sweets; conversávamos na névoa da padaria de Constantine, onde o cheiro de cigarro obliterava até o cheiro do pão. Ela chamava o estabelecimento de Constantine de Yreka Bakery* — um palíndromo. Alex adorava palíndromos e costumávamos relembrar nossos favoritos nos passeios pela cidade. "Too far Edna we wander afoot." "Are we not drawn onward, we few, drawn onward to new era?"**

Mas Alex estava mesmo em seu elemento bebendo com seus amigos no Top Hat ou no Embassy Club ou no Colonial. Sentava-se às mesas redondas, pequenas, cobertas com toalha no Royal York e exibia sedutoramente as suas idéias esquerdistas como se

(*) Neste caso, o palíndromo equivalente em português ganha até sentido: Padaria Airada.

(**) "Longe demais, Edna, vagamos a pé." "Não somos atraídos , nós poucos, atraídos pela nova era?"

fossem saltos altos. Uma vez, um jovem triste sentou-se conosco. Seu pai era dono de uma fábrica de colchões, mas ele estava do lado do sindicato. Sua vergonha tinha dois senhores. Depois, voltando para casa, Alex riu: "Não perca tempo sentindo pena dele! Ele se meteu numa encrenca indo atrás de um rabo-de-saia dentro do sindicato!".

Alex me chocava, exatamente como pretendia. Ela combatia a expectativa com a linguagem; sua dureza era uma forma de palavrão. Ela soltou o delicioso termo "rabo-de-saia" e eu me enchi de ternura por toda aquela inocência frustrada de sua língua extravagante.

Alex era uma engolidora de espadas, uma cuspidora de fogo. Em sua boca o inglês era vivo e perigoso, afiado e quente. Alex, a rainha das palavras cruzadas.

Ela ia a festas intelectuais, discutia a noite inteira, lado a lado com homens em balcões cheios, enchendo-se de ideais. Ela era deslumbrante. Mas era uma pervertida política. Eu não tinha confiança em discutir política canadense com seus amigos marxistas deprimidos. Como podia discutir aquele comunismo de classe alta com gente que reluzia com as suas certezas sem ter tido nunca o infortúnio de ver a teoria refutada pelo fato? Sentia-me perpassado de incertezas; meus circuitos eram europeus, minha voltagem estava errada para aquelas tomadas.

Alex só não era segura em uma área. Orgulhosa demais para revelar sua inocência, ela flertava para manter os homens à distância. Eu admirava a sua couraça de palavras, aprendendo com ela a suportar secretamente a minha timidez. Como diria Maurice, Alex era difícil numa dificuldade, uma mulher que gostava de movimento e que não ia apear do cavalo para rolar no feno. Mas a minha evidente e dolorosa inexperiência trazia à tona o seu desejo. Ela sabia que eu ficava paralisado só de estar perto o bastante para sentir o perfume de seus cabelos, de sua nuca.

Quando estava com Maurice e Irena, uma palavra comum — paletó, brinco, pulso — me cegava no meio de uma conversa. Eu me sentia mudo. Mas se Maurice previa desastre, era capaz de ver também que Alex era ágil como uma lontra, uma explosão discreta quando vestida com a roupa adequada ou com a perna de calça comprida jogada sobre o braço da cadeira.

Logo ao abrir os olhos como minha esposa, em nosso quarto no Royal York, Alex bocejou: "Pela primeira vez na vida, eu gostaria de bagunçar de verdade um quarto de hotel".

O suéter de Alex sobre uma cadeira, seu cheiro na lã. Escondidas atrás dos móveis as suas várias bolsas, das quais coisas misteriosas eram transferidas, de uma para outra, cada vez que ela saía. Ela se mudara para o apartamento que havia sido meu e de Athos, e eu agora tinha de explorar o lugar como um estranho. Eu entrara para a antiga civilização das mulheres. Os poliglicóis de seus perfumes e maquiagem, de seus talcos e loções, substituíram os frascos de Athos com óleo de linhaça e compostos de açúcar, seu acetato polivinílico e cera microcristalina, seus óxidos alcalinos e resinas de termocura.

Quando Maurice e Irena nos convidavam para jantar, Irena usava seu vestido de casamento prateado e na mesa uma toalha rendada. Irena ficava agitada e radiosa quando nos recebia e nos oferecia o seu bolo de sementes de papoula com um orgulho tímido. Alex tentava gostar dessas noites, mas ficava agitada. Trazia com ela uísque e cigarros e sentava-se sobre as pernas dobradas na bergère, mas eu percebia que estava pronta a explodir. Sempre que estávamos com Maurice e Irena, ela sentia que estava perdendo alguma coisa, tudo, em toda parte. Se ela entrava na cozinha para ajudar Irena ou dava-lhe um pequeno abraço ao se despedir, meu coração enchia-se de esperança de que algum dia Alex fosse realmente aprender a nos amar do jeito que éramos.

Alex conseguia fazer todos nós nos sentirmos como pais e ela a criança voluntariosa e inteligente. Ia atrás de Irena e olhava as panelas e experimentava as coisas com prazer, depois sentava-se no banquinho da cozinha e fumava. Enquanto cortava legumes, contava a Irena sobre a clínica do pai, ou sobre o último gênio do jazz, depois se distraía, acendia outro cigarro e Irena terminava o trabalho. O casamento deu a Alex segurança moral, seus caprichos e rebeldia eram agora socialmente inofensivos. Ela gostava de verdade de nossas conversas, de nossos longos passeios; gostava que eu cozinhasse para nós agora que vivia das traduções e trabalhava em casa. Alex participava dos trabalhos domésticos, mas pôs seu limite no lavar roupa e nos consertos; conforme dizia: "Euripedes? Eumenides".* Eu também traduzia poemas gregos para o amigo de Kostas em Londres. E durante algum tempo dei aulas noturnas de inglês para outros imigrantes. Ainda não escrevia muita poesia, mas produzi alguns contos. Eram sempre, de uma forma ou de outra, sobre esconderijos; e só me surgiam na cabeça quando estava meio adormecido.

Estávamos casados havia quase dois anos quando meus pesadelos voltaram. Mesmo assim, levaria ainda algum tempo para Alex e eu deixarmos de considerar a nossa felicidade noturna como a conquista mais profunda de nosso casamento.

Alex gostava de sair para um pesado café da manhã nos domingos chuvosos, seguido de uma matinê. Como Maurice e eu já íamos juntos ao cinema fazia anos e como a primeira vez que Maurice e Irena encontraram Alex foi quando vimos *Ben-Hur*, virou uma tradição para nós quatro assistirmos juntos a tudo o que passava no Odeon, que ficava perto da casa de Maurice e Irena. Jamais escolhíamos um filme, simplesmente íamos sempre ao mesmo cinema. Esse talvez fosse um dos únicos pontos em que concordávamos: qualquer coisa que estivesse passando servia para nós.

Tínhamos acabado de ver *Cleópatra* e percebi que Maurice estava ficando apaixonado por Elizabeth Taylor. Ele estava indo na frente com Alex, que tentava arrancar dele a última fofoca do museu, onde Maurice era agora encarregado da meteorologia. Alex virou-se para Irena ao meu lado e apontou um café.

"Que tal um 'long way home'?"**

Era a gíria *cockney* que Alex usava para *palindrome*, que neste caso, todos sabíamos, referia-se a um dos melhores palíndromos do arsenal dela: "Desserts, I stressed".*** Alex jamais sonharia em dizer simplesmente: "Vamos parar e comer um doce?".

(*) O nome do dramaturgo grego e das antigas deusas do Olimpo, pronunciados em inglês, têm som quase idêntico ao das expressões: "You ripped this? You mend this", que significam: "Você rasgou isto? Você remenda isto".

(**) "Longo caminho de casa".

(***) "Sobremesas, eu insisti".

Era raro Alex sugerir que prolongássemos nossos momentos com Maurice e Irena; deduzi que provavelmente estava apenas com fome. Olhou-me e entendi o que estava pensando. Ela desviou os olhos. Pega em flagrante.

"Jakob, sua mulher sempre quer saber o que está acontecendo no meu trabalho. Será que ela não sabe que não existe ninguém moderno* no museu? Só posso contar notícias antigas. Então, Alex, se você quiser que eu fale sobre vidas passadas..."

"Por que não? *Hepcats* têm sete vidas, não têm?"

"Ela é impossível", disse Maurice, com as mãos na cabeça, fingindo desespero.

"Pode deixar", disse Alex. "Já escuto bastante história em casa."

Pode-se procurar sentido nas profundezas ou pode-se inventá-lo.

De todos os portulanos — guias de portos, cartas marítimas — que sobreviveram ao século XIV, o mais importante é o *Atlas catalão*. Foi encomendado pelo rei de Aragão ao cartógrafo e fabricante de instrumentos Abraão Cresques, o Judeu. Cresques, judeu de Palma, fundou uma duradoura escola de cartografia na ilha de Maiorca. A perseguição religiosa obrigou Cresques a mudar seu escritório para Portugal. O *Atlas catalão* era o mapa-múndi definitivo do seu tempo. Continha as mais recentes informações trazidas por viajantes árabes e europeus. Mas talvez a contribuição mais significativa do atlas seja o que ele ignora. Em outros mapas, regiões desconhecidas do Norte e do Sul eram incluídas como lugares de mitos, de monstros, de antropofagia, de serpentes marinhas. Mas o *Atlas catalão*, buscando a verdade, fiel aos fatos, deixa em branco as partes desconhecidas da terra. Esse vazio, rotulado simples e assustadoramente de Terra Incógnita, desafiava todos os marinheiros que desenrolavam o mapa.

Mapas da história sempre foram menos honestos. *Terra cognita* e *terra incognita* habitam exatamente as mesmas coorde-

(*) No original, o personagem usa o termo de gíria *hepcat*, literalmente, um "gato bem informado", sem equivalente em português.

nadas de tempo e espaço. E o mais perto que se chega de saber a localização do que é desconhecido é quando o desconhecido se dissolve no mapa como uma marca-d'água, uma mancha transparente como uma gota de chuva.

No mapa da história, a mancha d'água talvez seja a memória.

Todos os dias Bella fazia exercícios para fortalecer os dedos; Clementi, Cramer, Czerny. Seus dedos me pareciam, principalmente quando brigávamos — bicando as costelas um do outro —, fortes como martelos de cabeça redonda. Mas quando tocava Brahms ou quando escrevia palavras em minhas costas, ela provava que podia ser suave como qualquer moça normal.

O intermezzo *começa andante* non troppo *com* molta espressione...

Brahms compunha e regia para o Coro Feminino de Hamburgo. Segundo Bella eles ensaiavam no jardim; Brahms subia a uma árvore e regia de cima de um galho. Bella adotou o lema do coro para si mesma: "fix oder nix!" — exatidão ou nada. Eu imaginava Brahms esculpindo a frase na casca de uma árvore.

Bella memorizava repetindo as frases até seus dedos ficarem tão cansados que perdiam a resistência e acertavam. Inevitavelmente, minha mãe e eu aprendíamos as músicas de cor. Mas quando ela terminava de memorizar — compasso a compasso, seção por seção — e tocava a peça sem interrupções, eu me perdia; não mais consciente da centena de fragmentos acumulados, mas apenas de uma longa história, depois da qual a casa ficava silenciosa pelo que parecia ser um longo tempo.

A história é amoral: os fatos ocorrem. Mas a memória é moral; aquilo que lembramos conscientemente é o que a nossa consciência lembra. A história é *Totenbuch*, o livro dos mortos, mantido pelos administradores dos campos. A memória é o *Memorbucher*, os nomes que são lidos em voz alta, pranteados na sinagoga.

História e memória partilham os mesmos eventos; isto é, partilham tempo e espaço. Cada momento é dois momentos. Penso nos estudiosos de Lublin, que viram os seus livros sagrados e adorados atirados pelas janelas do segundo andar da Academia Talmúdica e queimados nas ruas — tantos livros que a fogueira ardeu durante vinte horas. Enquanto os estudiosos choravam na calçada, uma banda militar tocava marchas e soldados cantavam a plenos pulmões para encobrir os gritos daqueles velhos; seus soluços soavam como canto de soldados. Penso no gueto de Lodz, onde os soldados atiravam bebês pelas janelas dos hospitais para serem "pegos" lá embaixo pelas baionetas de outros soldados. Quando o esporte ficava sujo demais, os soldados reclamavam em voz alta, protestando contra o sangue que escorria por suas mangas, manchando suas fardas, enquanto os judeus gritavam de horror nas ruas, as gargantas arranhadas pelos gritos. A mãe sentia o peso do filho nos braços, mesmo vendo o corpo da criança caído na calçada. Os que respiravam fundo e sufocavam. Os que se afirmavam morrendo.

Procuro aquele horror que, como a própria história, não pode ser estancado. Leio tudo o que posso. Minha fome por detalhes é ofensiva.

Em Birkenau, uma mulher guardou debaixo da língua os rostos do marido e da filha, recortados de uma foto, para que as suas imagens não fossem roubadas dela. *Se tudo pudesse caber debaixo da língua.*

Noite após noite, eu seguia incessantemente os passos de Bella a partir da porta da casa de nossos pais. Para dar um lugar a sua morte. Passou a ser a minha tarefa. Coleciono fatos, tentando reconstruir eventos nos mínimos detalhes. Porque Bella pode ter morrido em qualquer ponto daquela rota. Na rua, no trem, nos barracões.

Quando nos casamos, tinha esperança de que, se abrisse tudo a Alex, se revelasse um dedo de luz, ele inundaria a clareira. E, no começo, foi isso exatamente o que aconteceu. Mas gradualmente, não por falha de Alex, o dedo de luz enrijeceu, frio como um osso, nada iluminando, nem mesmo o ponto branco de contraste que queimava o chão que tocava.

E então o mundo silenciou. Mais uma vez eu estava em pé sob a água, minhas botas presas na lama.

Que importância tem que eles fossem de Kielce ou Brno ou Grodno ou Brody ou Lvov ou Turim ou Berlim? Ou que os talheres de prata ou a toalha de linho ou a chaleira de esmalte lascada — aquela com uma lista vermelha, que passara de mãe para filha — fossem usados depois por um vizinho ou por alguém que jamais conheceram? Ou se alguém ia em primeiro lugar ou por último? Se se perdiam ao entrar no trem ou ao descer do trem? Ou se eram trazidos de Atenas ou de Amsterdam ou de Radom, de Paris ou de Bordeaux, de Roma ou Trieste, de Parczew ou Bialystok ou Salonica? Se eram arrebatados de suas mesas de jantar ou de suas camas de hospital ou da floresta? Se alianças de casamento eram arrancadas de seus dedos e obturações de suas bocas? Nada disso me obcecava; mas: ficavam em silêncio ou falavam? Seus olhos estavam abertos ou fechados?

Não conseguia desviar a minha angústia do momento preciso da morte. Meu foco era o instante histórico exato: o quadro daquela trindade assombrada: perpetrador, vítima, testemunha.

Mas em que momento a madeira vira pedra, a turfa carvão, o calcário mármore? O instante gradual.

Todo momento é dois momentos.

A escova de cabelos de Alex jogada na pia: a escova de Bella. Os grampos de Alex: os grampos de Bella aparecendo nos mais estranhos lugares, como marcadores de livro, prendendo abertas as páginas das partituras no piano. As luvas de Bella na porta da frente. A escrita de Bella em minhas costas: o toque de Alex durante a noite. Alex sussurrando boa-noite no meu ombro: Bella me lembrando que nem Beethoven ficava acordado depois das dez.

Não tenho nada que pertenceu aos meus pais, quase nada sei de suas vidas. Dos pertences de Bella, tenho os *intermezzi*, a *Sonata ao luar*, outras peças de piano que repentinamente me recuperam; a música de Bella vinda de um fonógrafo ouvido de passagem numa loja; de uma janela aberta para o dia de verão, do rádio de um carro...

O segundo legato *tem de ser um fiozinho de cabelo, só um fiozinho, mais lento que o primeiro...*

Quando Alex me acorda no meio de um pesadelo estou friccionando os pés para restaurar a circulação depois de ficar parado na neve. Ela esfrega os meus pés com os dela e enrola os braços finos e macios em torno de mim, desce as mãos por minhas coxas no estreito catre de madeira, gavetas de madeira cheias de ossos que respiram guardados de cabeça para baixo. O lençol é afastado, estou frio. Não me esquento nunca. Depois o corpo firme e liso de Alex, uma pedra colada às minhas costas enquanto ela sobe, a perna sobre o lado do meu corpo, forçando, virando-me de costas. No escuro, minha pele esticada, a respiração dela em meu rosto, seus dedos miúdos em minha orelha, uma criança agarrada a uma moeda. Ela agora está serena e leve como uma sombra, a cabeça em meu peito, as pernas nas minhas pernas, os quadris estreitos e o toque no frio catre de madeira do sonho — repulsa — e minha boca se fecha de medo. "Durma de novo", ela diz, "durma."

Não confie nunca em biografias. Na vida de um homem, demasiados eventos são invisíveis. Desconhecidos para os outros, como os nossos sonhos. E nada libera um sonhador; nem a morte no sonho, nem o despertar.

~

Os únicos amigos de Athos na universidade com quem mantive contato foram os Tupper. Algumas vezes por ano eu tomava o bonde para o Leste, até o fim da linha, onde Donald Tupper ia me pegar, e seguíamos de carro para a sua casa em Scarborough Bluffs. Às vezes, Alex me acompanhava; ela gostava do cão pastor dos Tupper, que ela e Margaret Tupper levavam para passear ao longo das escarpas que davam para a vastidão vazia do lago Ontário. Eu ia atrás com Donald, que, distraído como sempre com a paisagem, falava sobre o Departamento de Geografia e, de repente, sem aviso prévio, punha-se de joelhos para examinar uma pedra. Uma noite de outono, cheguei a andar pelo menos dez metros antes de perceber que ele tinha ficado no chão. Voltei e Donald estava deitado na grama, olhando a lua. "Veja como a mancha está funda hoje, olhando daqui, à beira dos Grandes

Lagos. Quase dá para ver os silicatos se evaporando da terra nova para assentar nas crateras."

Todo ano o quintal dos Tupper sofria mais alguns centímetros de erosão, até que, num verão, a casa de cachorro vazia desapareceu pela borda de uma encosta durante uma tempestade. Margaret achou que isso já era levar a ciência do solo um pouco longe demais, e seu marido concordou, relutante, em se mudar para o interior. Alex contou isso ao pai, uma noite, quando veio nos visitar. "Por que alguém vai construir uma casa perto do precipício", perguntou o doutor, "se os precipícios estão sofrendo erosão há milhares de anos?" "Exatamente porque estão sofrendo erosão há milhares de anos, pai-ê", respondeu a minha esperta Alex.

Todo momento é dois momentos.

Em 1942, enquanto judeus eram socados na terra e depois cobertos com uma camada de pó, homens se esgueiravam pela escuridão assombrosa de Lascaux. Animais despertavam de seu sono subterrâneo. Sete metros abaixo da superfície, uma explosão de vida à luz das lanternas: cervos nadando, cavalos flutuantes, rinocerontes, cabritos e renas. Suas narinas úmidas tremiam, suas peles suavam óxido de ferro e manganês no cheiro da pedra subterrânea. Enquanto um dos trabalhadores franceses da caverna observava: "Que prazer ouvir Mozart em Lascaux, na calma da noite", a orquestra do submundo de Auschwitz acompanhava milhões à cova. Por toda parte a terra revirada, revelando homens e animais. Cavernas são templos da terra, a parte mole do crânio que cede sob o toque. Cavernas são repositórios de espíritos; a verdade falando do solo. Em Delfos, o oráculo falava de uma gruta. No campo-santo dos túmulos coletivos, a terra fendia-se e falava.

Enquanto a língua alemã aniquilava a metáfora, transformando humanos em objetos, os físicos transformavam a matéria em energia. O passo da linguagem/fórmula para o fato: transformando denotação em detonação. Não muito tempo depois de o primeiro tijolo estilhaçar uma vidraça na *Kristallnacht*, o físico Hans Thirring escreveu sobre a relatividade: "É de tirar o fôlego imaginar o que poderia acontecer se a energia dormente de um único tijolo fosse liberada... seria suficiente para arrasar uma cidade de um milhão de habitantes".

~

Alex está constantemente acendendo luzes. Estou sentado na penumbra do fim de tarde, uma história abrindo o seu caminho à superfície, quando ela explode em casa, cheia do mercado de sábado e dos bondes lotados e do mundo diário que estou perdendo — e acende todas as luzes. "Por que você fica sempre sentado no escuro? Por que não acende as luzes, Jake? Acenda as luzes!"

Aquele momento que padeci metade do dia para atingir desaparece sob a luz da lâmpada. As sombras se esgueiram, indo embora até a próxima vez, enquanto Alex ataca de novo com sua desavergonhada vitalidade. Ela não vai entender nunca; deve achar, sem dúvida, que está me fazendo bem, puxando-me de volta para o mundo, arrancando-me das presas do desespero, me resgatando.

E está.

Mas a cada vez uma lembrança ou uma história escapa, levando com ela um pouco mais de mim.

Começo a sentir que Alex está me fazendo uma lavagem cerebral. O seu ambiente da rua Gerrard, seu jazz no Tick Tock, sua política de mesa de café no River Nihilism, cujo dono, uma artista de origami, dobra notas de um dólar na forma de pássaros. Sua mania por Trudeau e pelo cornetim. Seu retrato pintado por um artista que usa meio bigode. Seu corpo todo, a afiada sexualidade que ela agora controla inteiramente — tudo isso está me fazendo esquecer. Athos foi substituindo partes de mim lentamente, como se estivesse preservando madeira. Mas Alex... Alex quer me explodir, tocar fogo em tudo. Ela quer começar de novo.

O amor tem de nos transformar, só pode nos transformar. Apesar de parecer que não quero a compreensão de Alex. Agora, parece que a sua falta de compreensão é prova de alguma coisa.

Fico olhando Alex se vestir para encontrar seus amigos. Ela é desalentadoramente perfeita. Prende um grosso bracelete de ouro em torno da manga negra e estreita. O vestido justo como uma segunda pele. Cada coisa que ela fecha, prende, abotoa, libera o poder de sua beleza.

Quando Alex sai com "os meninos", "o pessoal", "a turma", eu fico em casa, o sombrio ceifeiro. "Vai se divertir mais sem mim."

Para o pai de Alex, para Maurice e Irena, Alex está me deixando. Mas sou eu que a abandono.

Ela chega tarde e deita em cima de mim. Sinto o cheiro de cigarro em seu vestido, em seu cabelo. "Desculpe", ela diz. "Não vou mais sair sem você." Nós dois sabemos que ela diz isso só porque não é verdade. Ela puxa meus dedos, um a um, um longo carinho ao longo de cada falange. Beija a palma de minha mão. Uma onda de calor percorre a sua pele.

Passo as mãos por seus cabelos sedosos. Sinto a marca de nascença na linha dos cabelos. Depois de alguns minutos, seus sapatos caem para o chão. Puxo o longo zíper e a lã preta e macia se separa, abrindo uma expansão de pele alva. Massageio os nós de suas costas, causados pelas muitas horas sobre saltos altos, pelos precários banquinhos de balcão e horas de conversa com o corpo inclinado para ouvir no vozerio. Lentamente traço círculos em suas costas quentes e lisas, como se faz para tirar o ar da massa de pão. Imagino as marcas das ligas em suas coxas. Ela é magra e leve, tem ossos de passarinho. Os cabelos cheios de fumaça caem sobre sua boca aberta, sua boca se abre sobre o meu pescoço. Toda vestida, seus membros desenham os meus sob o cobertor — estou agora dentro do casaco de Athos. Sinto a umidade do hálito dela, da sua orelha pequena.

Não é nenhuma onda de desejo que me leva a desenhar sua coluna vertebral com a língua, a pronunciá-la, centímetro por miraculoso centímetro.

Fico acordado, enquanto ela dorme. Quanto mais a tenho nos braços, mais longe Alex recua do meu toque.

Há o decrescendo no nono compasso, e depois vai do pianíssimo para o piano tão rápido, mas não tão suave quanto o diminuendo *do décimo sexto compasso...*

Bella senta-se à mesa da cozinha com a partitura na sua frente. Ela pratica dedilhando na toalha da mesa e escreve na pauta o que tem de se lembrar. É domingo à tarde. Meu pai dorme no sofá e Bella não quer acordá-lo. Posso ouvir o tamborilar de dedos agora, deitado ao lado de Alex. Posso ouvir Bella batucando na parede entre os nossos quartos, um código que inventamos para podermos nos dizer boa-noite sem sair da cama.

Quando voltávamos com os ovos que fomos comprar para minha mãe, Bella me contou a história de Brahms e Clara Schumann. Inesperadamente, Bella se prontificara a sair, porque estava chovendo e ela queria usar o elegante guarda-chuva novo que meu pai tinha lhe comprado como presente de aniversário. Ela me deixou andar ao seu lado, mas levava o guarda-chuva como um guarda-sol e nós dois nos molhamos. Eu gritei com ela para que segurasse direito. Puxava da mão dela, mas ela pegava de novo e aí emburrei debaixo daquela preciosa periferia até ficar ensopado e ela arrependida. Bella sempre me contava histórias quando queria me pedir desculpas. Sabia que eu não resistia a uma história. "Quando tinha vinte anos, Brahms se apaixonou por Clara Schumann. Mas Clara era casada com Robert Schumann, que Brahms respeitava muito. Brahms adorava Robert Schumann! Brahms nunca se casou. Imagine, Jakob, ele foi fiel a ela a vida inteira. Escreveu canções para ela. Quando Clara morreu, Brahms ficou tão perturbado que pegou o trem errado para o funeral. Passou dois dias trocando de trens para chegar até Frankfurt. Brahms chegou a tempo só de atirar um punhado de terra sobre o caixão de Clara..." "Bella, é uma história muito triste. Que história é essa?"

Conta-se que durante as quarenta horas que passou nos trens, Brahms já ia desenvolvendo na cabeça a sua última composição, o prelúdio coral *O Welt ich muss dich lassen* — Oh, mundo, tenho de deixá-lo.

Assim foram privados de erros que não teriam chance de corrigir; tudo inacabado. Todos os pecados de amor sem detalhes; detalhes sem amor. O arrependimento de ter falado, de não ter mais tempo de falar. De recolher-se. De ter virado as costas vezes demais, em favor do sono.

Tentava imaginar suas necessidades físicas, a indignidade das necessidades humanas tornadas tão extremas que atingem o mesmo porte de nosso anseio por mulher, filho, irmã, pais, amigo. Mas sinceramente não conseguia nem começar a imaginar o trauma que havia em seus corações, por serem levados embora no meio da vida. Os que tinham filhos pequenos. Ou os que haviam acabado de se apaixonar, arrancados desse estado de graça. Ou os que tinham vivido invisíveis, jamais conhecidos.

~

Numa noite de julho, janelas abertas, ouço crianças gritando na rua. Suas vozes suspensas no calor que evapora das calçadas e gramados. O quarto imóvel contra as árvores agitadas. Alex me respeita o suficiente para se dar ao trabalho de dizer: "Não agüento mais isto". Estou cansado demais para levantar a cabeça do braço sobre a mesa e abro os olhos, o padrão borrado da toalha próximo demais para focalizar.

Quando ela diz "Não agüento mais isto", quer dizer também: "Conheci alguém". Talvez um músico, um pintor, um médico que trabalha com seu pai. Mas para ir embora ela quer que eu olhe: "É isso que você quer, não é? Não vai ficar nem uma partícula de mim... nem minhas roupas, nem meu cheiro, nem minha sombra. Nem meus amigos, que você nunca lembra como se chamam...".

Sinto uma desordem neurológica, sei o que tenho de fazer, mas não consigo mexer-me. Não consigo mexer um músculo, uma célula. "Você é ingrato, Jake, esse palavrão que você tanto detesta..."

Quando mamãe e papai me trouxeram aqui pela primeira vez, havia trinta e duas latas.

Mais que suficiente para um menininho do seu tamanho, mamãe disse. Não esqueça, duas latas todo dia. A gente volta antes das latas acabarem. Papai me ensinou a abrir as latas. A gente volta para você antes das latas acabarem. Não abra a porta para ninguém, mesmo que o chamem pelo nome. Entendeu? Papai e eu vamos levar a chave e voltamos para buscar você. Não abra nunca as cortinas. Prometa que nunca, nunca vai abrir a porta. Não saia desta sala nem um minuto, até a gente voltar. Espere a gente. Prometa.

Papai me deixou quatro livros. Um sobre um circo, outro sobre um fazendeiro, os outros dois sobre cachorros. Quando terminei o primeiro, comecei o seguinte, e quando terminei os quatro comecei tudo de novo. Não me lembro quantas vezes.

No começo, eu andava pela sala sempre que sentia vontade. Agora tenho um lugar para passar a manhã, outro para depois do almoço. Quando o sol está batendo entre o tapete e a cama, aí posso jantar.

Ontem comi a última lata. Logo, logo vou ficar com fome. Mas agora que as latas acabaram, mamãe e papai vão voltar. A última lata quer dizer que eles vão voltar.

Quero sair, mas prometi que não saía até eles voltarem. Prometi. E se eles chegarem e eu não estiver aqui?

Mamãe, eu era capaz de comer até cenoura cozida! Agora mesmo.

A noite passada fizeram muito barulho lá fora. Tinha música. Parecia uma festa de aniversário.

A última lata quer dizer que eles vão voltar logo.

Estou voando. O chão está lá embaixo. E se em vez de abrir a porta eu sair por aquela rachadurinha do teto...

Faz uma semana que Alex se mudou. Se voltasse, ia me encontrar no mesmo lugar em que me deixou. Levanto a cabeça da mesa. A cozinha de julho está escura.

TERRA NULLIUS

Chego a Atenas à meia-noite. Deixo a mala no Hotel Amalias, e torno a sair para a rua. Cada passo é como atravessar uma porta. Parece que só lembro das coisas quando as vejo. As folhas murmuram sob as luzes da rua. Subo a íngreme Lykavettos, sorrateiro, paro para descansar. Logo não sinto mais o calor, meu corpo e o ar na mesma temperatura.

Olho a casa que era de Kostas e Daphne, que parece recém-reformada, flores despencando das jardineiras das janelas. Sinto vontade de abrir a porta e entrar para o mundo desaparecido da sua doçura. Encontrá-los ali, pequenos como duas crianças, os pés mal roçando o chão ao repousarem no sofá.

Kostas, em sua última carta antes de morrer: "Sim, temos a constituição democrática. Sim, a imprensa é livre. Sim, Theodorakis foi libertado. Agora podemos outra vez assistir nossas tragédias no anfiteatro e cantar *rebetika*. Mas nem por um só dia esquecemos o massacre da politécnica. Nem a longa prisão de Ritsos — nem mesmo quando ele aceitou a sua graduação honorária na Universidade de Salonica e leu o seu *Romiosini* no Estádio Panathinaijo...".

Diante da casa de Kostas e Daphne, parece-me impossível que tenham ido embora, que Athos tenha morrido há quase oito anos. Que Athos, Daphne e Kostas não tenham conhecido Alex.

Quero fazer uma ligação interurbana para Alex, virar e pegar um avião de volta para o Canadá; como se fosse essencial contar a ela como foram aquelas poucas semanas com os três naquela casa quando eu era criança. Como se essa fosse a informação que pudesse nos salvar. Quero contar a ela que eu agora poderia ficar excitado, se ela me quisesse de volta.

No quarto de hotel, fico acordado até estar a ponto de chorar de exaustão. Estou acordado desde Toronto: dois dias e duas noites. O tráfego não pára nunca diante do Amalias. Durante a noite toda escuto o barulho da rua ao viajar para fora do passado.

De manhã, estou desprevenido para ouvir língua alemã na praça Syntagma, desprevenido para os turistas por toda parte. Tomo o primeiro vôo da manhã para Zakynthos. A brevidade da viagem aérea me desorienta. Mas a pista de pouso é cercada de campos que reconheço. Copos-de-leite selvagens e mato alto ondulam silenciosos no vento quente.

Subo a montanha num transe.

O terremoto transformou nossa casinha num monte de ruínas. Enterro as cinzas de Athos debaixo das pedras de nosso esconderijo. Os asfódelos que havia tanto tempo usávamos para fazer pão crescem em toda parte por entre as pedras partidas. Parece adequado que tendo Athos desaparecido, também a casa desapareça. Depois, na cidade parcialmente reconstruída, me informo no *kafenio* e descubro que o velho Martin morreu no ano anterior. Tinha noventa e três anos, e todo mundo em Zakynthos foi ao seu enterro. Desde o terremoto, Ioannis e sua família passaram a viver no continente. Poucas horas depois, parto de Zakynthos no *Dolphin* e cruzo o canal. As cadeiras de plástico cor de laranja reluzem como caramelos no convés. O céu é como uma toalha azul encrespada suspensa pelo vento. Em Kyllini, tomo um ônibus de volta a Atenas. Janto muito tarde, em uma bandeja, na sacada do meu quarto de hotel. Quando desperto de manhã, ainda estou vestido.

~

No dia seguinte, tomei o barco para Idhra. Deixei para trás um enxame de turistas. Subindo as ruas estreitas, a cidade com suas paredes lavadas de pura luz solar foi ficando para trás.

A casa da família de Athos — onde estou agora sentado, escrevendo isto, muitos anos depois — é um registro das gerações de

Roussos. As várias peças de mobília dão a impressão de terem sido içadas montanha acima ao longo de diversas décadas e, em vez de serem levadas de volta para baixo, acabaram simplesmente sofrendo acréscimos, como um agregado rochoso. Muitas vezes tentei adivinhar qual peça de mobília representa qual ancestral Roussos.

A sra. Karouzos pareceu contente de que a casa fosse afinal aberta de novo. Ela ainda era mocinha de vinte anos quando o pai de Athos veio a Idhra pela última vez. Imagino se ela não me aprovou ao me olhar de cima a baixo, se estava ou não pensando: "Então foi nisso que deu a linhagem dos Roussos".

Naquela primeira noite, a lua congelada na janela como uma moeda atirada para o ar, explorei a biblioteca de Athos. Mais uma vez me vi sob seus cuidados.

Havia muitos volumes de poesia, mais do que consigo lembrar, além dos mestres de Athos: Paracelso, Lineu, Lyell, Darwin, Mendeleiv. Guias de campo. Ésquilo, Dante, Solomos. Tão familiar — mas não só o conteúdo: minhas mãos ainda se lembravam do couro ressecado das encadernações com letras em relevo, dos cantos roídos até o papelão, das brochuras amolecidas pela maresia. E guardados entre os livros, recortes de jornal frágeis como mica. Quando eu era jovem buscava entre eles aquele livro que me ensinaria tudo, assim como buscava a linguagem única, assim como alguns procuram o rosto da mulher única. Há um ditado hebraico: "Pegue um livro nas mãos e serás um peregrino à porta de uma cidade nova". Encontrei até o meu xale de oração, presente de Athos depois da guerra, jamais usado, cuidadosamente dobrado e ainda guardado em sua caixa de papelão. A borda inferior do xale do azul mais claro, como se tivesse sido molhado no mar. O azul de um olhar.

Segurei a lâmpada perto das prateleiras. Decidi pelo volume fino dos Salmos, a capa dura encadernada em couro vermelho, escurecida por muitas mãos. Athos o encontrara numa barraca da Plaka. "Tudo perfeito. Laranjas. Figos. Salmos."

Eu estava muito cansado, da viagem e do calor. Levei o livrinho para a cama e me deitei.

"Gasta-se a minha vida na tristeza, e os meus anos em gemidos... os que me vêem na rua fogem de mim. Estou esquecido no coração deles como morto; sou como vaso quebrado..."

"Secou-se o meu vigor, como um caco de barro... Cães me cercam: uma súcia de malfeitores me rodeia; traspassam-me as mãos e os pés... Repartem entre si as minhas vestes."

"Pois, no dia da adversidade, ele me ocultará no seu pavilhão; no recôndito do seu tabernáculo me acolherá; elevar-me-á sobre uma rocha..."*

Estiquei-me sobre a coberta de algodão. O limpo vento de verão — o *meltemi* — enveredou-se sob a minha camisa, soprando minha pele úmida. A sra. Karouzos havia enchido todas as lâmpadas. Pela primeira vez em quase duas décadas, elas juntaram sua luz às da vila lá embaixo.

"Cantarei uma língua escura com a música da harpa."

Certos lugares o reclamam, outros o repelem. Em Idhra, a pontada de aromas abria-se em mim como uma picada de memória. Burros e pó, pedras quentes lavadas com água salgada. Limão e giesta doce.

Na sala de Athos, na casa de seu pai. Ouvi os gritos e eles foram crescendo, enchendo minha cabeça. Fui para mais dentro de mim, não fugi. Agarrei as bordas da escrivaninha e fui sugado para o azul. Perdi-me, descobri que o mundo podia desaparecer. Durante longas noites, no fulgor da lâmpada, na pureza das páginas brancas.

A criança lambia o orvalho da grama. Zdena não tinha água nenhuma, então mandou a menina chupar um dedo "...e quando estiver com muita fome, mastigue". A menininha olhou para ela um momento, então pôs o indicador na boca.

"Como é o seu nome, pequenina?"

"Bettina."

"Um nome limpo", pensou Zdena, "para uma menina tão suja."

"Quanto tempo faz que está esperando assim, aqui, do lado da estrada?"

(*) Excertos dos Salmos 22, 27 e 31, trad. João Ferreira de Almeida, Rio de Janeiro, Sociedade Bíblica do Brasil, s. d.

"Desde ontem", ela sussurrou.

Zdena ajoelhou-se ao seu lado.

"Alguém vinha buscar você?"

Bettina fez que sim com a cabeça.

Zdena pegou a sacola da menina, viu que havia sangue na alça. Abriu as mãos de Bettina, que estavam lanhadas pelo peso.

Quase dez quilômetros até a cidade. Zdena levava um quadrado de pano cheio de ervas para cozinhar. Tinha em casa um osso para sopa e as ervas dariam sabor ao caldo. Uma parte do tempo, Zdena carregava a menina, às vezes a menina pisava em cima das botas de Zdena e as duas caminhavam juntas.

Enquanto andavam, Bettina ia chupando as pontas dos cabelos. Atenta apenas às pontas molhadas, sem olhar em volta.

Nessa noite, a menininha ficou olhando Zdena fazer sopa. Molhou o pão no caldo ralo e comeu em bocados ruidosos, os lábios perto da borda da tigela.

Viviam calmamente. Bettina gostava de contar os padrões da roupa de Zdena, pousando o dedo no centro de cada buquê de flores. Zdena sentia o dedinho de Bettina através do tecido fino, pousando em partes diferentes de seu corpo; era como um jogo de ligar os pontos. Zdena ia tomando forma.

A menininha sentava em seu colo e escutava histórias. Zdena sentia os seus seios e barriga de quarenta anos se aquecerem com o peso da criança. "A dor que carregamos, todos", Zdena pensou, "tem exatamente o peso de uma criança adormecida."

Numa tarde de agosto, as estradas de lama agora poeirentas por causa do verão seco, um homem parou na casa de Zdena. Tinha ouvido dizer que ela era filha de sapateiro (o pai de Zdena não tinha filhos homens) e suas botas precisavam de conserto.

De meias, o homem esperou na varanda enquanto Zdena fazia o conserto. Cada salto precisava de cinco preguinhos. Bettina observava atenta. Fazia muito calor. Quando terminou, Zdena pegou um copo de água para cada um.

A criança afundou o rosto na saia de Zdena, os bracinhos circundando as pernas de Zdena. Não dava para saber se ela queria confortar ou ser confortada.

"Ela parece com você", disse o homem.

Cheguei a Idhra para tentar me livrar de certas perguntas.

Perguntas sem resposta têm de ser feitas muito devagar. No meu primeiro inverno na ilha vi a chuva enchendo o mar. Durante semanas, lençóis de água escura velavam as janelas. Todo dia, antes do jantar, eu andava até a beira do penhasco e voltava. Comia à mesa de Athos, com o prato vazio segurando abertas as páginas de um livro.

Embora as contradições da guerra pareçam súbitas e simultâneas, a história avisa antes de atacar. Algo tolerado logo se torna algo bom.

Não devo usar tanto o pedal no primeiro ritardando...

É uma tradição hebraica referir-se aos antepassados como "nós", não como "eles". "Quando fomos liberados do Egito..." Isso leva a uma empatia e a uma responsabilidade com o passado, porém, ainda mais importante, elimina o tempo. O judeu vive no Egito para todo o sempre. Bom jeito de ensinar ética. Se a escolha moral é eterna, as ações individuais assumem imensa significação, por menores que sejam: não são só para esta vida.

Uma parábola: "Um respeitado rabino recebe um pedido para falar à congregação de uma aldeia vizinha. O rabino, bastante famoso por sua sabedoria prática, é sempre consultado aonde quer que vá. Desejando algumas horas de solidão no trem, ele se disfarça vestindo roupas velhas e, com postura curvada, passa por camponês. O disfarce é tão eficiente que ele chega a despertar olhares reprovadores e insultos entre dentes dos passageiros elegantes à sua volta. Quando o rabino chega ao seu destino, é recebido calorosa e respeitosamente pelos dignitários da comunidade, que com cautela ignoram a sua aparência. Aqueles que o ridicularizaram no trem percebem a sua importância e o erro que cometeram e imediatamente pedem perdão. O velho se cala. Durante os meses seguintes, esses judeus — que se consideram afinal homens bons e piedosos — imploram a absolvição do rabino. O rabino continua silencioso. Finalmente, depois que se passou quase um ano inteiro, eles vão até o velho no Dia do Perdão, quando, conforme está escrito, cada homem deve perdoar o seu semelhante. Mas o rabino continua se recusando a falar. Exasperados, eles por fim levantam a voz: 'Como pode um santo homem cometer tal pecado — negar-se a perdoar neste que é o dia mais importante de todos?'. O rabino sorri. 'Este tempo todo vocês pediram perdão ao homem errado. Devem pedir perdão é ao homem do trem'".

Claro que é o perdão de todos os camponeses que se deve buscar. Mas a questão do rabino é ainda mais tirânica: nada apaga um ato imoral. Nem mesmo o perdão. Nem mesmo a confissão.

E mesmo que um ato possa ser perdoado, ninguém poderia assumir responsabilidade pelo perdão em prol dos mortos. Nenhum ato de violência se dissolve, jamais. Quando aquele que pode perdoar não fala mais, só resta o silêncio.

A história é o poço envenenado, vazando para o lençol de água. Não é o passado desconhecido que estamos condenados a repetir, mas o passado que conhecemos. Cada evento registrado é um tijolo de potencial, de precedente, atirado para o futuro. A idéia acabará atingindo alguém na nuca. Essa é a duplicidade da história: uma idéia registrada será uma idéia ressurgida. Do solo fértil, do composto da história.

A destruição não cria um vácuo, ela simplesmente transforma a presença em ausência. A fissura do átomo cria ausência, um lapso palpável de energia. No universo do rabino, no universo de Einstein, o homem ficará para sempre no trem, familiar com a humilhação, mas não humilhado, porque, afinal de contas, é só um caso de identidade trocada. Seu coração se eleva: ele não é realmente sujeito dessa perseguição; seu coração cai: como pode ele provar, por que provaria, que não é o que acham que é?

Ele ficará para sempre ali sentado; da mesma forma que o relógio pintado na estação de Treblinka marcará para sempre três horas. Da mesma forma que sobre a plataforma o mesmo conselho fantasmagórico "Para a direita, vá para a direita" ainda flutua na brisa ameaçadora. O laço entre memória e história quando as duas partilham tempo e espaço. Cada momento é dois momentos. Einstein: "...todos os nossos juízos em que o tempo desempenha algum papel são sempre juízos de eventos simultâneos. Se, por exemplo, digo que um trem chegou aqui às sete horas, quero dizer que o ponteiro pequeno do meu relógio apontando para o sete e a chegada do trem foram eventos simultâneos... o tempo do evento não tem nenhum significado operacional...". O evento só é significativo se as coordenadas de tempo e espaço são testemunhadas por alguém.

Testemunhadas por aqueles que viviam perto dos incineradores, dentro do raio do cheiro. Por aqueles que viviam fora das cercas do campo, ou fora das portas das câmaras. Por aqueles que davam uns poucos passos para a direita da plataforma do trem. Por aqueles que nasceram uma geração depois.

Se eu usar o segundo dedo, vou estar pronta para a voz média no próximo compasso...

A ironia é uma tesoura, uma forquilha de achar água, sempre apontando para duas direções. Se o ato mau não pode ser apagado, tampouco pode o bom. É um sistema de medida tão acurado quanto qualquer outro numa sociedade: qual é o menor ato de generosidade que se considera heróico? Naqueles dias, ser moral exigia apenas o mais minúsculo movimento — um micrometro — de olhos se desviando ou piscando, enquanto um homem atravessa correndo um campo. E aqueles que davam água e pão! Esses penetraram em um reino mais alto que o dos anjos pelo simples fato de terem permanecido no nível do lodo humano.

A cumplicidade não é súbita, embora ocorra num instante.

Para ser comprovadamente verdadeira, a violência só precisa ocorrer uma vez. Mas o bem comprova-se verdadeiro por meio da repetição.

Tenho de manter o mesmo tempo no pianíssimo...

Em Idhra comecei a sentir meu inglês suficientemente forte para transmitir experiência. Estava obcecado pela palpabilidade do som. Aquele momento em que a linguagem finalmente se rende ao que está descrevendo: o mais sutil dos diferenciais de luz, de temperatura ou de dor. Sou cabalista só na medida em que acredito no poder da encantação. Um poema é tão neural quanto o amor; o sulco do ritmo que desvia o pensamento.

Essa fome de som é quase tão aguda quanto o desejo, como se se pudesse honrar cada centímetro de carne em palavras e assim suspender o tempo. Uma palavra está em casa no desejo. Nenhuma estação do coração é mais cheia de solidão do que o desejo que mantém o mundo equilibrado, envenenado de beleza, cuja única permanência é a perda. Sobre os poemas que publiquei antes de voltar para Idhra, Maurice tinha uma opinião definida que manifestava numa voz cheia de compaixão pelos que não os conheciam: "Não são poemas, são histórias de fantasma".

O que ele queria dizer, mas não dizia era: "Antes de nascer o nosso filho Yosha, eu também pensei que acreditava na morte. Mas só depois que fui pai é que me convenci".

Depois de um ano em Idhra, no fim do verão, Maurice, Irena e Yosha, ainda bebê de colo, vieram me visitar.

Maurice e eu passamos muitas tardes quentes no patiozinho da taverna da sra. Karouzos, enquanto Irena e Yosha descansavam.

Conversávamos uma tarde quando Maurice rolou um limão debaixo da palma da mão, sobre o branco e azul da toalha da mesa, e disse: "Sa...", ele sempre começava alguma observação de que tinha particular orgulho com *c'est ça*, que, na pressa, saía contraído num único som, "você quer ser como Zeuxis, o mestre da luz, que pintava as suas uvas tão realistas que os passarinhos tentavam comer!".

Recostei-me na cadeira, levantando-lhe as pernas da frente, pousando a cabeça na parede de pedra. O pátio balançou-se. As persianas verdes e o céu puro. Olhei então para o rosto muito redondo, afogueado, de Maurice. Ele e Irena eram meus únicos amigos na face da terra. Não conseguia parar de rir e ele logo estava rindo também. O limão escapou de sua mão e rolou pela rua estreita até o porto.

Desde o começo, eu me sentia à vontade nestas montanhas, com ícones quebrados pairando acima de cada abismo, de cada vale, o espírito observando o corpo. Os mantos azuis do Senhor menos brilhantes do que as flores, o rosto de seu Redentor fraturado pelo clima. Ícones em caixas de madeira pequenas como casas de pássaros, com a tinta descascando e a madeira rachando como corda por causa da chuva e do sol. Escrevia no rumor tranqüilo, no calor que envernizava as folhas, que deixava as casas brancas de suor, os telhados vermelhos fumegando sob o brilho do sol.

Mas sabia também que seria sempre um estrangeiro na Grécia, por mais tempo que vivesse aqui. Por isso procurei, ao longo dos anos, ancorar-me nos detalhes da ilha: o sol queimando a noite da superfície do mar, os pomares de oliveiras na chuva do inverno. E a amizade da sra. Karouzos e seu filho, que cuidavam de mim à distância.

Tentava bordar as suturas escuras, negras, com as minhas pedras cintilantes costuradas com firmeza e segurança, enfiadas no tecido: os *intermezzi* de Bella, os mapas de Athos, as palavras de Alex, Maurice e Irena. Preto sobre o preto, até que a única maneira de ver a textura era levar todo o pano para a luz.

Ao final da primeira visita de Maurice e Irena, depois de subir de volta para a casa e ficar olhando o barco se afastar pelo mar, pensei que não ia agüentar ficar em Idhra sozinho. Mas, naquele segundo inverno, Maurice e Irena me fizeram companhia pelo correio enquanto eu terminava *Fundamentos*, e eu sentia os dois ao meu lado como havia sentido anos antes ao trabalhar sozinho no livro de Athos.

"Escreva para se salvar", dizia Athos, "e algum dia vai passar a escrever porque se salvou."

"Vai sentir uma vergonha terrível por isso. Deixe a humilhação ficar maior que a sua vergonha."

Nossa relação com os mortos continua mudando porque continuamos a amá-los. Todas as conversas naquele inverno em Idhra, com Athos ou Bella, enquanto escurecia. Como em qualquer conversa, às vezes eles me respondiam, às vezes não.

Estava num quarto pequeno. Tudo era frágil. Não podia me mexer sem quebrar alguma coisa. Minhas mãos dissolviam o que eu segurava.

O pianíssimo tem de ser perfeito, tem de estar no ouvido do ouvinte antes de ele escutar...

A política nazista ia além do racismo, era antimatéria, pois os judeus não eram considerados humanos. Um velho truque de linguagem, usado muitas vezes no curso da história. Os não-arianos não deviam nunca ser mencionados como humanos, mas como *Figuren, Stücke* — "bonecos", "madeira", "mercadoria", "trapos". Nenhum humano estava sendo morto na câmara de gás, só *Figuren*, de forma que não havia violação ética. Ninguém podia ser acusado de crime por queimar lixo, por queimar trapos e restos no sujo porão da sociedade. Tudo isso é que era, na verdade, um risco de incêndio! Que fazer senão queimar antes que significassem uma ameaça a você... Portanto, o extermínio dos judeus não era o caso de se pôr uma tábua de imperativos morais na frente de outra, e sim de pôr o imperativo moral maior para dar conta de todas as dificuldades. Os nazistas implementaram, também, uma diretiva contra o direito de os judeus possuírem animais de estimação; como pode um animal ser dono de outro? Como pode um inseto ou um objeto ser dono de alguma coisa? A lei proibia os judeus de comprar sabão; que uso tem o sabão para vermes?

Quando cidadãos, soldados e SS praticavam seus atos inomináveis, mostram as fotos, seus rostos não tinham uma careta de horror, nem mesmo de sadismo comum, mas estavam retorcidos pelo riso. Esta contradição esconde a chave de todas as outras. É a falha mais irônica de todo o raciocínio nazista. Se os nazistas desejavam a humilhação antes do extermínio, estavam admitindo exatamente aquilo que se empenhavam tanto em não admitir: a humanidade da vítima. Humilhar significa aceitar que sua vítima sente e pensa, que ela não só sente dor, mas que sabe que está sendo degradada. E como o torturador percebia num instante de reconhecimento que sua vítima não era *Figur*, mas homem, e sabia que tinha de continuar com sua tarefa, compreendia repentinamente o mecanismo nazista. Assim como o carregador de pedras, a sua única chance de sobrevivência era cumprir a tarefa como se não tivesse consciência de sua inutilidade, e portanto o torturador decidia fazer seu trabalho como se não soubesse da mentira. As fotos captam insistentemente esse aterrador momento de escolha: o riso dos malditos. Quando o soldado percebia que só a morte tinha o poder de transformar "homens" em *Figuren*, sua dificuldade estava resolvida. E assim o ódio e o sadismo aumentavam; seu desejo de destruir a humanidade era tão intenso que sua brutalidade não tinha limites.

Existe um momento preciso em que rejeitamos a contradição. Esse momento de escolha é a mentira pela qual viveremos. O que é mais precioso para nós é muitas vezes mais precioso para nós do que a verdade.

Havia poucos, como Athos, que escolheram fazer o bem à custa de grande risco pessoal; aqueles que jamais confundiam objetos e humanos, que sabiam a diferença entre nomear e ser nomeado. Porque os resgatadores literalmente não conseguiam perder de vista o humano, insistentemente eles nos dão a mesma explicação para seu heroísmo: "Que escolha eu tinha?".

Buscamos o espírito justamente nos lugares de maior degradação. É dali que o novo Adão deverá brotar de novo, começar de novo.

Quero ficar próximo de Bella. Leio. Rasgo em pedaços o alfabeto negro, mas não encontro resposta nele. À noite, na velha escrivaninha de Athos, olho fotos de estranhos.

Brahms escreveu os intermezzi *para Clara, e ela os adorava porque eram para ela...*

Quero ficar próximo de Bella. Para isso, blasfemo imaginando.

À noite, o catre de madeira penetra em sua pele. Pés gelados pisam na nuca de Bella. *Agora vou começar o* intermezzo. *Não posso começar devagar demais.* Não há espaço. Bella cobre-se com os braços. *À noite, quando estão todos acordados, não ouço o choro. Toco a peça inteira nos meus braços.* Sua pele está se despregando nos cotovelos e atrás das orelhas. *Sem pedal demais, pedal demais estraga Brahms, principalmente os* intermezzi. *A abertura tem de ser tocada com mais clareza do que... água. Sexagésimo segundo compasso, crescendo, preste atenção, mas é difícil porque é aí que está mais... apaixonado.* Os cortes na cabeça de Bella estão queimando. Ela fecha os olhos. *Depois do* intermezzo *vou praticar umas partes do* Hammerklavier. *Aí, metade do barracão já vai estar dormindo.* Junto à sua cabeça, os pés estão molhados e ela sente o corpo gelar. *As duas notas do começo do adágio Beethoven acrescentou depois, na publicação; o lá e o dó natural que mudam tudo.* Cada ponto em carne viva de sua cabeça explode de frio. *Depois posso tocar de novo. Sem as duas notas.*

Quando eles abriam as portas, os corpos estavam sempre na mesma posição. Apertados contra uma parede, uma pirâmide de carne. Esperança congelada. Trepar pelo ar, para o último bolsão de ar desaparecendo junto ao teto. A esperança aterradora das células humanas.

A nua fé autônoma do corpo.

Algumas mulheres davam à luz morrendo na câmara. Mães eram retiradas da câmara com uma nova vida metade para fora de seus corpos. Perdoem-me, vocês que nasceram e morreram sem receber um nome. Perdoem-me a blasfêmia, de preferir a filosofia ao brutalismo do fato.

Sabemos que gritavam. Cada boca, a boca de Bella, repuxada pelo milagre. Eles eram ouvidos do outro lado das grossas paredes. É impossível imaginar esses sons.

Naquele momento de total degradação, naquele recife retorcido, encontra-se o mais obsceno testemunho da graça. Pois pode alguém distinguir com absoluta certeza os sons daqueles que estão em desespero dos sons daqueles que querem desesperadamente acreditar? O momento em que nossa fé no homem é forçada a se transformar, anatomicamente — impiedosamente — em fé.

Na casa serena, a visita do luar. Ele ocupa o escuro, apagando tudo o que toca. Levou anos para eu chegar a essa formulação. Mesmo que me desfaça todo, sei que jamais sentirei de novo essa crença pura.

Bella, minha fragmentação mantém você fragmentada.

Espero o amanhecer antes de ousar mexer-me. O orvalho encharca meus sapatos. Caminho até a beira do penhasco e deito na grama fria. Mas o sol já está quente. Penso nos vidros que minha mãe enchia de vapor e punha na pele para sugar a febre. O céu é um vidro.

Em experimentos para determinar os mecanismos da migração, cientistas prenderam passarinhos em gaiolas mantidas em salas escuras, de onde não podiam ver o céu. Os pássaros viviam numa desorientadora penumbra. No entanto, a cada mês de outubro, ele se debatiam, agitados, retorcendo-se de ansiedade. O pólo magnético exercia sua atração sobre seu sangue, a impressão digital do céu da noite em seu olho interior.

Quando você está perdido dos entes amados, volta-se para o Sul-Sudoeste como o pássaro preso. A certas horas do dia, seu corpo se inunda de instinto, uma grande parte de você tendo sido penetrada, uma grande parte de você tendo penetrado neles. Os membros deles o seguirão quando se deitar, uma sombra contra a sua, curvando-se a cada curva como os alfabetos grego e hebraico, que cruzam a página para se saudar no meio da história, curvados sob a ausência que carregam, cargas de portos distantes, força de pedras, a tristeza daqueles cujos messias os fizeram deixar tanto para trás...

No escuro precoce das tardes de inverno grego, em salas frias, sem janelas, levanto as mãos até o rosto e sinto o cheiro de Alex nas palmas.

Desejo que a memória seja espírito, mas temo que seja só pele. Temo que o conhecimento se torne instinto apenas para desaparecer junto com o corpo. Pois é meu corpo que os recorda, e embora tenha tentado apagar Alex dos meus sentidos, tentado arrancar meus pais e Bella do meu sono, isso tudo não resulta em nada, pois meu corpo me trai a cada segundo. Vivi muitos anos sem eles. É a mesma tarde de inverno que atrai Bella para tão perto, tão perto que posso sentir a sua mão forte na minha, seus dedos suaves em minhas costas, tão perto que posso sentir o perfume da loção da sra. Alperstein, tão perto que sinto a mão de meu pai e a mão de Athos em minha cabeça e as mãos de minha mãe ajeitando meu paletó, tão perto que posso sentir os braços de Alex me abraçando por trás, e sobre mim os seus olhos enlouquecedoramente abertos até mesmo quando ela desaparece na sensação e, de repente, sinto medo, e viro-me nas salas vazias.

Ficar com os mortos é abandoná-los.

Todos os anos que senti Bella chamando por mim, cheio da solidão dela, eu estive errado. Entendi errado os seus sinais. Como outros fantasmas, ela sussurra; não para que vá me juntar a ela, mas para que, quando eu estiver bem perto, ela possa me empurrar de volta para o mundo.

O INSTANTE GRADUAL

Quando eram pequenos, os filhos de Maurice Salman, Yosha e Tomas, sempre me mandavam coisas estranhas pelo correio: envelopes cheios de areia, desenhos feitos só de espirais ou de linhas retas, pedaços de plástico de origem desconhecida. Eu respondia com pedras e moedas estrangeiras.

Maurice, Irena e os meninos me visitavam em Idhra e eu ficava com eles sempre que voltava a Toronto, acampando no covil. O trabalho de Maurice no museu exigia que desse dois cursos na universidade, inclusive um de clima antigo: previsão do passado. "Quase tão complicado", dizia ele aos alunos, "quanto saber como vai ser o tempo na semana que vem." A demanda por traduções do grego para o inglês crescia sempre e eu conseguia ganhar a vida. Ao longo dos anos, além de meus próprios escritos, compilei os ensaios de Athos para a publicação de dois livros e traduzi para o grego *Prestando falso testemunho*. Algumas vezes, Donald Tupper me convidava, em nome do Departamento de Geografia, para falar sobre a obra de Athos.

Maurice e Irena viviam sempre em desordem. Os trabalhos de escola dos meninos — o diário de Livingstone escrito com um trêmulo pincel atômico sobre papel almaço, os cantos das páginas dramaticamente queimados por Irena a pedido de Yosha — eram empurrados para o lado sobre a mesa na hora do jantar. O deserto de Gobi feito de massa para modelar e areia no meio da sala — todo mundo simplesmente passava em cima dele. Emergindo de minha relativa solidão da ilha, era fielmente saudado por Maurice: "Então. O monge acaba sempre voltando para o circo".

Eu ouvia os meninos voltando da escola. Lá embaixo, Yosha começava a estudar piano. Depois ouvia a porta bater e sabia que Tomas estava sozinho no quintal. Yosha tocava com um cuidado enlouquecedor. Tinha medo de errar e tocava mais devagar que a geologia para não bater nenhuma nota torta.

Em sua casa, no curto espaço de tempo entre a tarde e a noite, entre sombras familiares e a familiar confusão, eu me via muitas vezes deitado no velho sofá de Borgonha, a cabeça perto dos livros de Maurice, ouvindo o esforçado piano de Yosha, mais belo que a luz.

Adoro Maurice e os meninos de Irena, como teria adorado os filhos de Bella, e muitas vezes sinto vontade de lhes contar mais uma vez sobre as minhas antigas tardes nas docas do rio, o sol fraco de outono traçando listras brilhantes nos caniços fortes, a crosta verde sobre as rochas nas partes mais rasas do rio, as cidades bíblicas que eu e Mones fazíamos com barro e varetas. A margem congelada, o tênue céu esverdeado, os pássaros negros, a neve. Quando eles eram muito pequenos eu me agachava diante de Yosha e Tomas e segurava os seus ombros frágeis e ossudos, esperando lembrar-me do toque de meu pai.

Vejo os meninos deitando no colo de Irena, daquele jeito como ainda se abandonam às vezes às suas carícias, a cabeça sobre o corpo dela. Irena não subestima esse amor. Não era moça quando Yosha nasceu e quase não acreditou que Tomas fosse sobreviver. Isso se vê claramente em seu rosto.

Eu podia ouvir a empenhada esperança de Yosha de jamais cometer um erro, sua dolorosa melodia que não era desafinada, mas soava assim, com tanto espaço entre as notas.

Muitos anos depois de meu casamento ter acabado, Maurice e Irena fingiam invejar a minha liberdade; em segredo eles se divertiam com o desafio de me arranjar uma segunda mulher. Em minhas visitas a Toronto, eles conspiravam como adolescentes. Almoços, festas familiares, jantares universitários — qualquer acontecimento era um campo minado de romantismo em potencial, Maurice plantando as bombas. Ele fazia as apresentações e desaparecia. Eu já estava acostumado ao seu refrão: "Então, Jakob, conheço uma moça...", e permanecia inabalável.

Mas às vezes o mundo se despe, arranca o seu vestido de um ombro, suspende o tempo por um instante. Se olharmos bem esse momento, veremos que não está em nosso poder perfurar as trevas, é uma concessão do tempo. A catástrofe da graça.

Eu já passava parte de todos os anos em Toronto havia dezoito anos quando ela entrou na cozinha de Maurice e Irena.

De início, não sei o que olhar. Se o cabelo castanho-claro ou os olhos castanho-escuros ou a mão pequena desaparecendo no ombro de um vestido para ajustar uma alça.

"Michaela é administradora do museu", diz Maurice saindo.

A inteligência dela é um palácio. Ela viaja na história com a fluência de um espírito, lamenta o incêndio da biblioteca de Alexandria como se tivesse acontecido ontem. Discute a influência das rotas comerciais na arquitetura européia, sem deixar de observar os padrões de luz sobre a mesa...

Não há mais ninguém na cozinha. À nossa volta só copos e as torres de pratos sujos. O barulho da festa vem da outra sala. Michaela apóia os quadris na pia da cozinha. Intelectual voluptuosa.

Michaela acabou de conhecer Irena. Pergunta sobre ela.

Descubro-me contando a ela uma história de mais de doze anos, a história do nascimento de Tomas, de minha experiência com a alma dele.

"Tomas nasceu muito prematuro. Pesava menos de um quilo e meio..."

Vesti um avental, lavei as mãos e os braços até os cotovelos, e Irena me levou para vê-lo. O que vi só pode ser chamado de alma, pois ainda não era um *eu*, preso naquele corpo quase transparente. Eu nunca tinha visto nada tão próximo de uma prova palpável da existência do espírito, nada tão próximo do quase invisível molusco humano cujos olhos nas fotos mostram a tênue mancha de uma alma. Sem respirar, aquela prova desapareceria instantaneamente. Tomas estava num útero plástico transparente, pouco maior do que um punho.

Michaela ouvia olhando para o chão. Os cabelos, brilhantes e pesados, repartidos de lado, cobriam seu rosto. Ela levanta a cabeça. E subitamente fico envergonhado de ter falado tanto.

Ela diz então: "Não sei o que é a alma. Mas imagino que de alguma forma os nossos corpos envolvem uma coisa que sempre existiu".

Parados juntos na calçada de inverno, na branca escuridão. Sei ainda menos que a luz na janela, que sabe como verter-se para a rua e despertar o anseio daquele que espera.

Os seus cabelos e o chapéu emolduram um rosto sereno. Ela é jovem. Vinte e cinco anos de diferença entre nós. Olhando para ela sinto um lamento tão puro, uma tristeza tão limpa, que é quase uma alegria. Seu chapéu, a neve, recordam-me o poema de Akhmatova no qual, em dois versos, a poeta sacode os punhos, depois fecha as mãos em oração. "Estás anos atrasada, que bom te ver."

A rua de inverno é uma caverna de sal. A neve parou de cair e está muito frio. O frio é espetacular, penetrante. A rua foi silenciada, um teatro de brancura, ondulante como vagas congeladas. Cristais brilham na luz dos postes.

Ela aponta as botas nada práticas, "sapatos de festa", e sinto a sua pequena luva de couro em meu braço.

~

Michaela mora em cima de um banco. O apartamento é uma cela monástica de alguma ordem sensual. Entrei para um mundo novo; para as especificações de um sonho. Revistas — *Nature, Archaeology, The Conservator* — e pilhas de livros — romances, história da arte, histórias para crianças — equilibradas no chão ao lado do sofá. Sapatos deixados no meio da sala; um xale atirado em cima da mesa. A desordem da hibernação.

Quartos atulhados respiram mal na luz rasa. Os sombrios tecidos do outono, os tapetes e a mobília pesada, uma parede de pequenas fotos emolduradas, um abajur infantil em forma de cavalo — tudo parece desafiar o mundo estrito da contabilidade do banco lá embaixo.

Sou um ladrão que escalou uma janela e viu-se congelado por uma sensação de ser bem-vindo. A impossibilidade daquilo; a sorte.

Espero Michaela voltar com chá. Sinto o mal-estar do quarto abafado, a paz da neve que cai, imaculada. Os cômodos sobrecarregados de Michaela prenderam-me num encantamento. Já estou pintado na penumbra de Rembrandt.

Ela volta, trazendo uma bandeja para a mesa baixa da sala; uma chaleira de prata, copos com friso prateado. Sem sapatos, usando agora meias grossas, parece ainda mais jovem. Vejo agora no rosto de Michaela a bondade de Beatrice de Luna, o anjo marrano de Ferrara, que defendeu sua fé e deu refúgio a outros exilados da Inquisição. ...No rosto de Michaela, a lealdade de gerações, talvez a devoção de uma centena de mulheres de Kiev por uma centena de maridos fiéis, noites incontáveis em quartos fechados, debaixo dos lençóis, discutindo problemas familiares; mil intimidades, sonhos de terras estrangeiras, primeiras noites de amor, noites de amor depois de longos anos de casamento. Nos olhos de Michaela, dez gerações de história, em seu cabelo os aromas dos campos e dos pinheiros, seus braços frios, lisos, levando água das fontes...

"Chá?", ela pergunta, empurrando os jornais para o tapete, abrindo um espaço.

No meio de uma história familiar, ela faz uma pausa; é ela quem se sente agora incomodada de ter falado tanto. Sobre os pais, "como embaixadas" — solos russo e espanhol debaixo de seus pés — sentados em sua sala de Montreal. Sobre a avó, que contava a Michaela histórias de sua vida que na verdade eram ficção, ou querendo que Michaela se lembrasse dela de determinada maneira, ou querendo ela própria acreditar em suas eternas fantasias. A avó de Michaela descrevia uma imensa casa em São Petersburgo, os detalhes dos acessórios ornamentados, as madeiras entalhadas, até a personalidade dos criados. Cortinas verdes e douradas, vestidos de veludo cor de vinho e pretos. Mas no que ela mais insistia era em sua formação, contando a Michaela que havia sido estudante, professora, escritora de um jornal.

Michaela mostra-me os seus ancestrais. Fico chocado com a minha avidez pelas lembranças dela. O amor se nutre da proteína do detalhe, suga o tutano dos fatos; como não há generalidades no corpo, cada particular fala ao mesmo tempo até virar uma gritaria...

Estou inclinado para a frente no sofá, ela sentada no chão, a mesinha entre nós dois. Simplesmente ouvir Michaela falando parece uma absolvição. Mas sei que se ela me tocar, minha vergonha estará exposta, ela verá minha feiúra, meu cabelo ralo, os dentes que não são meus. Ela verá em meu corpo as coisas terríveis que me marcaram.

Um último estremecimento de estranheza, um último fulgor de medo antes de o desejo penetrar em mim a sua lâmina, até o cabo. Pelado vivo. Minhas mãos buscam as dela e imediatamente sei que cometi um erro. Sou velho demais para ela. Velho demais.

Acontece o impossível — será por pena? —, ela pousa a face — um pêssego macio aquecido pelo sol — sobre a minha palma fria.

~

Começo a traçar cada linha, suas formas e tamanhos, e percebo de repente que está perfeitamente imóvel, as mãos cruzadas, e me horroriza a minha estupidez: meu desejo a humilha. Anos demais entre nós. Percebo então que está inteiramente concentrada, amarrada pela minha língua, que está me concedendo a mais extravagante permissão para explorar a superfície de seu corpo. Só depois que a exploro inteira dessa forma, muito devagar, um animal delineando seu território, é que ela explode em toques.

Estou paralisado na caverna formada por seus cabelos. Minhas mãos deslizam para a sua cintura estreita e de repente sei como ela se curva depois do chuveiro, torcendo os cabelos na forma de um turbante molhado, sinto a curva que suas costas farão, inclinando-se para a frente. Ouço a sua voz miúda — longas frases de música e silêncio como um remo arqueando-se sobre a água, gotejando prata. Ouço a sua voz, mas não as palavras, tão suave; o ruído de todo o seu corpo em meus ouvidos. Em vez de os mortos inalarem meu alento com sua proximidade, fico surdo com o rumor do corpo de Michaela, as linhas de força de seu sangue, cordões azuis sob a sua pele. Cordas de tendões, florestas de ossos em seus pulsos e pés. Cada vez que pára de falar, em cada longa pausa, renovo a pressão de meu abraço. Sinto que lentamente vai ficando pesada. Como é belo o fluir do sangue em confiança, o cálido peso de quem dorme entrando em sua órbita, pousando em mim, fragrante, pesado e imóvel como maçãs numa fruteira. Não a imobilidade de uma coisa quebrada, mas a imobilidade do repouso.

Está clareando quando Michaela se despe, decidida, como num sonho. Suas roupas se dissolvem.

Até as caóticas moléculas de objetos no quarto parecem subitamente palpáveis. Depois de anos, a qualquer momento, nossos corpos estão sempre prontos para nos relembrar.

Ela se deita em cima de mim, a sela da pélvis, a curva do crânio, fíbulas e fêmures, sacro e esterno. Sinto o arco de suas costelas, cada respiração bombeando sangue entre os ossículos de seus ouvidos e de seus pés.

Mas não existe nenhuma tonalidade de morte na pele de Michaela. Mesmo quando dorme, vejo em sua nudez o invisível manifesto, inundando a superfície de seu corpo. Vejo os cabelos úmidos de minha amada colados na sua testa, a mancha do amor como sal sobre o seu ventre, o osso do quadril fazendo um relevo na superfície, complexa, respirante. Vejo os músculos que repuxam as barrigas das pernas, firmes como peras novas. Vejo que tornará a abrir os olhos e a me abraçar.

Muito depois, quase de tarde, ela diz, embora eu possa ter sonhado, mesmo sendo algo que Michaela perguntaria: "Está com fome?". "Não..." Mas talvez devamos comer para que a fome não fique parecendo, nem por um momento, o sentimento mais forte...

~

As mãos de Michaela acima de sua cabeça; acaricio o ponto frágil atrás de seus braços lisos, macios. Ela está soluçando. Ouviu tudo — seu coração ouvidos, sua pele ouvidos. Michaela está chorando por Bella.

A luz e calor de suas lágrimas penetram-me os ossos.

A alegria de ser reconhecido e a perda penetrante: reconhecidas pela primeira vez.

Quando finalmente adormeço, o primeiro sono de minha vida, sonho com Michaela — jovem, brilhando, lisa como mármore, úmida e doce com a luz do sol. Sinto o sol derretendo em minha pele. Bella senta-se na beirada da cama e pede a Michaela que descreva a sensação do lençol sob as suas pernas nuas, "porque, sabe, agora estou sem o meu corpo"... No sonho, as lágrimas correm pelo rosto de Michaela. Desperto como se tivesse sido escavado do sonho e alçado para o mundo, uma exaustão flutuante. Meus músculos doem por se estirarem dentro dela, enquanto estou deitado no raio de sol atravessado na cama.

Cada célula de meu corpo foi substituída, penetrada de paz.

Ela dorme, meu rosto colado em suas costas, seus seios preenchendo minhas mãos. Ela dorme profundamente como um corredor que acabou de sair da garganta Samaria, que só ouviu a própria respiração durante dias. Cochilo e desperto com a boca em sua barriga, na curva de suas costas, atraído para casa pelo sonho dela, seus seios greda macia, sementes duras, sensíveis.

Cada noite cura brechas entre nós até que estamos ligados pela cicatriz de sonhos. Minha desolação exala no escuro que respira.

Nossa aproximação é tão inesperada, tão acidental quanto a própria velha Salonica, outrora uma cidade da Espanha castelhana, grega, turca, búlgara. Onde antes da guerra podia-se ouvir o chamado muçulmano dos minaretes por toda a cidade, onde soavam os sinos das igrejas e o porto se aquietava nas tardes de sexta-feira por causa do sabá judeu. Onde as ruas eram cheias de turbantes, véus, *kippahs* e as altas *sikkes* dos *mevlevis*, os dervixes dançarinos. Onde sessenta minaretes e trinta sinagogas cercavam a *semahane*, lugar em que os dervixes giravam em torno de seus eixos invisíveis, tornados sagrados, bênçãos sugadas dos céus pelos braços, trazidas à terra pelas pernas...

Agarro seus braços, mergulho o cérebro no perfume de seus pulsos. Braceletes de aroma.

Ser salvo por um corpo assim pequeno.

Do outro lado da cidade, do outro lado de cem quintais leitosos, Michaela está dormindo.

Mal pousei a cabeça quando escuto Yosha e Tomas correndo pelo corredor, seus sussurros fingidos do outro lado da porta. O cheiro de Michaela está em mim, em meu cabelo. Sinto o tecido áspero do sofá contra o rosto. Estou pesado por causa da falta de sono, por causa de Michaela, por causa da voz dos meninos. Sombras da luz precoce delineiam as cortinas pesadas.

O que fizeram com o tempo...

Ouço os ruídos da preparação do café da manhã, ruídos que machucam. Escuto Yosha, cada nota aprendendo a ária. Lábios de gravidade me pressionam contra a terra. Chuva gelada prende-se à neve nova, prata e branca. No sofá de Maurice, juncos se emaranham nas margens, chuva de primavera corre por sulcos estreitos, todo o quarto submerso em clima. Cada som — toque. Chuva nos ombros nus de Michaela. Tanto verde que se pensa haver algo errado com nossos olhos. Nenhum sinal recebido com excesso de confiança. Mais uma vez pela primeira vez.

Na festa de Maurice em que conheci Michaela, havia um pintor, um polonês de Dantzig nascido dez anos antes da guerra. Conversamos longo tempo. “Toda a minha vida”, dissera ele, “fiz a mim mesmo uma pergunta: como é possível odiar tudo aquilo de onde você veio sem odiar a si mesmo?”

Ele me contou que no ano anterior havia comprado tubos de tinta amarela, todos os tons dos amarelos mais brilhantes, mas não conseguia usá-los. Continuava a pintar nos mesmos tons escuros de ocres e marrons.

A serenidade de um quarto de inverno; a rua quieta exceto pela pá que raspa a sarjeta, um som que parece amealhar o silêncio à sua volta. Na primeira manhã que acordei ao lado de Michaela — minha cabeça pousada na curva de sua cintura, seus calcanhares duas ilhas sob o lençol — entendi que aquela era a minha primeira experiência da cor amarela.

Pensamos que a mudança ocorre de repente, mas até eu aprendi o contrário. A felicidade é caótica e arbitrária, mas não é súbita.

Maurice está mais que satisfeito, está perplexo. "Meu amigo, meu amigo... finalmente, depois de um milhão de anos. Irena, venha aqui. *É como a descoberta da agricultura.*"

No restaurante favorito de Michaela, levanto meu copo e os talheres espalham-se pelo chão rico de ladrilhos. O ruído sobe tão alto quanto o céu. Olhando para mim, Michaela empurra os seus talheres pela beirada.

Apaixonei-me em meio ao tilintar de colheres...

Cruzo a fronteira de pele na direção das memórias de Michaela, de sua infância. No porto, quando ela contava dez anos, as pontas de suas tranças molhadas como pincéis. Suas frescas costas marrons sob uma camisa velha de flanela, tantas vezes lavada que é macia como os lóbulos da orelha. O cheiro das docas de cedro queimando ao sol. Sua escorregadia barriga de criança, suas pernas de pássaro. Como era diferente nadar depois, já mulher, o lago dedilhando seu corpo; e como, mesmo agora, num lago, ela não consegue nadar sem que o romance dê forma às suas energias, como se fosse ainda uma menina nadando para o futuro. Ao anoitecer, o céu ilumina-se com o crepúsculo, acima da franja escura das árvores. Ela rema, cantando versos de baladas. Imagina as estrelas como balas de hortelã e as mantém na boca até se dissolverem.

Em nossas primeiras semanas juntos, Michaela e eu vamos de carro a muitas cidades dos lagos do Norte, o ar rendilhado de fumaça de madeira, luzes acesas em pequenas casas, passando por cabanas de compensado vedadas à neve. Cidades que guardam para si suas lembranças.

Faias brancas fazem sombras negras, como um negativo de fotografia. O céu oscila entre neve e chuva. A luz é uma reverberação surda, antiga, um eco de luz. Michaela à direção, minha mão em sua coxa. A alegria de retornar para o apartamento dela no escuro fim de tarde de domingo.

Na primavera, vamos ainda mais para o Norte, passando por minas de cobre e fábricas de papel, as cidades abandonadas, paridas e rejeitadas pela indústria. Entro na paisagem de sua adolescência, que recebo com uma ternura corporal, enquanto Michaela relaxa e imperceptivelmente se abre: as decrépitas casas de Cobalt, as portas da frente dando para todo lado, menos para a rua, que foi construída depois. A elegante estação ferroviária de pedra. As bocas escancaradas das minas. O pálido, gasto Hotel Albion. Tudo isso eu vi que ela adorava. Entendi então que iria mostrar a ela a terra do meu passado como me mostrava a sua. Entraríamos no Egeu em um navio branco, na barriga de uma nuvem. Mesmo sendo uma estrangeira, boquiaberta com a paisagem desconhecida, seu corpo acabará se rendendo a ela como num voto. Ela ficará bronzeada, as juntas brilhando de óleo. *Um vestido branco que brilha contra as suas coxas, como chuva.*

"Meus pais metiam o pé na estrada à menor oportunidade. Não só no verão, mas no inverno, com qualquer tempo. Íamos de Montreal para o Norte, para oeste até Rouyn-Noranda e mais adiante, até uma morena, até alguma ilha... Quanto mais para o Norte se vai, mais forte o poder do metal do solo..."

Quando criança, dentro do carro em movimento na noite, o rosto contra a fria janela de trás, ela imaginava que podia sentir a atração entre as estrelas e as minas, a dependência metálica de conceitos que não entendia: magnetismo, órbitas. Imaginava as estrelas chegando muito perto da terra e sendo atraídas para o chão. Janelas abertas, o vento da rodovia contra a pele de verão, o maiô ainda úmido debaixo dos shorts, às vezes sentada em cima de uma toalha. Ela adorava essas noites. As sombras escuras de seus pais no banco da frente do carro.

"Na ilha, os armazéns do porto tinham cheiro de lã e de naftalina, de chocolate e de borracha. Eu e minha mãe compramos chapéus de sol de algodão lá. Levávamos velhos jogos de tabuleiro e quebra-cabeças de pontes e pores-do-sol; as peças de papelão pareciam ficar sempre meio pastosas... No museu do pioneiro eu fiquei com medo dos fantasmas de índios e de aventureiros e do espírito dos animais caçados. Vi as roupas de homens e mulheres que não haviam sido muito mais altos do que eu, que tinha só dez ou onze anos. Jakob, aquelas roupas me aterrorizavam! Havia uma lenda de que os manitoulins uma vez queimaram a ilha toda, destruindo a floresta e até os seus próprios acampamentos só para afastar um espírito. Para se salvar, botaram fogo em suas casas. Tinha pesadelos: homens correndo pela floresta, uma trilha de tochas. Dizia-se que a ilha fora purificada, mas eu tinha medo de que o espírito resolvesse se vingar. Acho que uma criança sabe intuitivamente que os lugares mais sagrados são os mais aterradores... Mas havia também, na ilha, uma felicidade que nunca fui capaz de recriar. Refeições ao ar livre, lanternas, copos cheios de suco gelado dentro do lago. Aprendi sozinha os sistemas de raízes e musgos, li *O pônei vermelho* de Steinbeck na varanda fechada com tela. Remávamos. Meu pai me ensinou palavras novas, que eu imaginava seguidas de um ponto de exclamação que representava o dedo dele apontando: cirros! cúmulos! estratos-nimbos! Quando a gente estava no Norte, meu pai usava tênis. Minha mãe usava um lenço no cabelo..."

Igual ao que Michaela está usando ao me contar essas histórias. O tecido realçando seu perfil, ressaltando seus malares.

"Depois, quando voltei a esses lugares, principalmente às praias do canal Norte — já adulta, dirigindo sozinha por todo o Norte —, senti que havia alguém comigo dentro do carro. Era estranho, Jakob, como se houvesse um eu extra junto comigo. Muito jovem ou muito velho."

Enquanto ela fala, passamos por cidades lacustres desertas, a areia voando pela estrada vinda da praia primaveril. A pungência das estâncias do Norte no silêncio fora de estação. Varandas cheias de lenha, de brinquedos, de mobília velha; lampejos de vidas. Cidades que despertam brevemente para as curtas semanas de tempo quente, como cactos em flor. E não posso respirar, de medo de perdê-la. Mas o momento passa. De Espanola a Sudbury, as montanhas de quartzito absorvem a luz rosada da noite como mata-borrão, depois empalidecem sob a lua.

Finalmente, Michaela leva-me a uma das Mecas de sua infância, uma floresta de bétulas que cresce na areia branca.

É aí que fico irrevogavelmente à deriva. O rio transborda. Liberto-me das amarras e flutuo, suspenso no presente.

Dormimos entre as bétulas molhadas, nada entre nós e a tempestade a não ser a frágil pele de náilon da barraca, um domo refulgindo no escuro. Vem o vento da distância, agarra-se às altas antenas dos ramos, depois rola, passando por nós, na direção da chuva, cheio de eletricidade. Cubro Michaela, dentro do saco de dormir, pensando na barraca como se fosse uma camisa molhada grudada às minhas costas. Relâmpagos. Mas estamos seguros.

Ela sobe para mim sem hesitação. No que o corpo nos leva a acreditar? Em que nunca somos nós mesmos até termos duas almas. Durante anos a corporalidade me fez acreditar na morte. Agora, dentro de Michaela, mas ainda observando-a, pela primeira vez a morte me faz acreditar no corpo.

Enquanto o vento se contrai nas árvores e depois segue em frente, encrespando a floresta, desapareço dentro dela. Sementes faiscantes flutuam em seu sangue escuro. Folhas brilhantes no vento noturno; estrelas na noite sem estrelas. Somos os únicos tolos capazes de dormir ao ar livre numa tempestade de abril. Dentro da barraca tremulante, Michaela conta-me histórias, meu ouvido em seu coração, até que, a chuva batendo contra o frágil náilon, adormecemos.

Quando acordamos, há uma piscina a nossos pés. Não é em Idhra, nem em Zakynthos, mas entre as bétulas de Michaela que me sinto pela primeira vez seguro em terra firme, ancorado numa tempestade.

~

Com um único porto de acesso, um único ângulo, Idhra tem a espinha torta, a cabeça virada de lado. Apoiamo-nos na amurada, meus braços em torno da cintura de Michaela. A bandeira do navio agarra-se ao crepúsculo. O calor se esvai sob o jorro da fonte das estrelas.

Em Idhra, a primavera agita-se como uma mulher jovem em sua primeira noite de amor, perdida entre a vida velha e a nova. Dezesseis anos moça e duas horas mulher, é assim que a Grécia desperta do inverno. Uma tarde, a cor da luz assenta, como um esmalte endurecendo a cerâmica.

As folhas de oliveira guardam o sol impiedosamente, o forte sol grego, até ficarem de uma cor tão densa que o verde vira roxo, as folhas queimadas por sua própria ambição. Até ficarem tão escuras que não absorvem mais nada e, brilhantes, refletem a luz como espelhos enfumaçados.

Alta no ar azul, a luz se espalha como óleo aromático sobre a pele. Estamos grudentos do almíscar das uvas, do sal, da água. Michaela, vestida de calor de verão, mói café, arranja os figos e o mel.

Michaela esquece seu corpo várias horas de cada vez. Adoro observá-la quando está pensando ou lendo, a cabeça apoiada na mão. No chão ou na poltrona, os membros abandonados, graves. Quanto mais intensa a sua concentração, quanto mais abstrato o problema em que reflete, mais seu corpo divaga. Desce longas ruas, as pernas balançando, ou vai pela água, os cabelos grudados nas costas. É o ócio de seu corpo, a sua dissimulação. Liberto da mente disciplinadora de Michaela, seu corpo foge, sai para o ar livre. Quando ela levanta os olhos e me vê a observá-la, ou simplesmente pára de ler — "Jakob, Hawthorne realmente fingia que estava doente só pára poder ficar em casa e ler os ensaios de Carlyle sobre heróis" —, seu corpo lá está de novo, reaparecendo repentinamente na poltrona. E sinto um profundo agradecimento por aqueles membros pesados, furtivos, que desafiaram a autoridade da mente sem que ela soubesse. Ela olha para mim, toda presença. Enquanto seu corpo e eu gozamos nosso delicioso segredo.

Ouvindo Michaela ler, lembro-me como Bella lia poesia; como o anseio de sua voz me atingia em criança, embora eu não entendesse o sentimento. Percebo, meio século depois de sua morte, que apesar de minha irmã jamais ter se sentido excitar pelas mãos de um homem, devia já amar tão profunda, tão secretamente, que sabia alguma coisa sobre a outra metade de sua alma. Essa é uma das bênçãos de Michaela. Ela, que se interrompe só porque lhe ocorreu: "Já pensou que Beethoven compôs toda a música dele sem nunca ter visto o mar?".

Toda manhã, escrevo estas palavras para todos vocês. Para Bella e Athos, para Alex, para Maurice e Irena, para Michaela. Aqui em Idhra, neste verão de 1992, tento conter o passado no parco espaço de uma prece.

À tarde, busco Michaela por aromas fugidios. Manjericão em seus dedos, alho que passou dos dedos para uma mecha de cabelos; suor de sua testa para o antebraço. Seguindo uma trilha de estragão como que levado por uma longa divisão de uma coluna a outra, retraço o seu dia, óleo de coco em seus ombros, grama alta brotando dos pés molhados de mar.

Acendemos as luzes de tempestade, acompanhados pelo som das cigarras, e ela me conta tramas de romances, histórias, contos da infância. Lemos um para o outro, comemos, bebemos. Peixe fresco comprado na vila com *domates* assados em óleo de oliva e tomilho; berinjela e *anginares* tostados e mergulhados em limão. *Numa mesa agraciada com aromas e serenidade, a ordem selvagem das ameixas.*

Às vezes, o filho da sra. Karouzos sobe da cidade para trazer presentes de sua mãe "para o velho Jakob e sua jovem noiva": pão, azeitonas, vinho. Manos senta-se conosco à noite, e o tênue decoro que ele traz à nossa mesa acirra o meu desejo. Olho os seus rostos por sobre a mesa. A suave privacidade de nosso convidado, sua afeição contida, e Michaela, explodindo de saúde e irradiando prazer, parecendo — será possível? — uma mulher bem-amada.

Observo Michaela fazendo uma torta. Ela sorri e conta que sua mãe estendia a massa daquele jeito. Sem saber, suas mãos carregam minhas memórias. Lembro-me de minha mãe ensinando Bella na cozinha. Michaela diz: "Minha mãe cortava a massa assim, aprendeu com uma tia dela, sabe, uma tia que casou com um homem que tinha um irmão em Nova York...". Sempre e sempre, casualmente, inesperadamente, as histórias da mãe de Michaela sobre os parentes de uma outra cidade, do outro lado do mar, desenrolam-se como a massa da torta. O vestido ousado que a prima Pashka usou no casamento da sobrinha. O primo que encontrou uma moça na América e se casou com ela, uma moça que vinha da mesma cidade que ele, imagine, ele teve de viajar metade do mundo só para encontrar a filha do vizinho... Lembro-me de minha mãe insistindo com Bella para não revelar os ingredientes secretos do seu bolo de mel — grande inveja da sra. Alperstein — nunca, a não ser para a própria filha, se Deus quiser. Algumas colheradas de mingau de aveia para que fique macio e úmido como creme, e mel de acácias para que o bolo fique dourado... Recordando isso, penso nos antigos fabricantes de espadas japoneses que recitavam histórias enquanto batiam o aço — dobrando-o milhares de vezes para conseguir maior força e flexibilidade —, histórias calculadas para acompanhar toda a duração do processo de temperar o aço. De forma que, quando silenciavam, o aço estava pronto; as histórias, uma receita precisa. Perco o que Michaela está me contando, uma história de família sobre uma esposa que acaba atirando a chaleira no marido, porque fico me lembrando de como minha mãe às vezes castigava Bella por seu temperamento: "Galinha dura só serve para sopa", "Com maus pensamentos o bolo não cresce" — e Michaela cochichando com a massa que está pondo no forno, convencendo a torta a dar certinho.

Não existe ausência, se resta mesmo que apenas a memória da ausência. A lembrança morre a menos que tenha uso. Ou, como diria Athos: "Se não se tem mais a terra, mas se tem a lembrança da terra, então dá para se fazer um mapa".

~

Agora não tenho mais medo na colheita do escuro. Mergulho meus olhos no quarto noturno, as roupas de Michaela enredadas nas minhas, livros e sapatos. Uma lâmpada de latão saída da cabine de um navio, presente de Maurice e Irena. Objetos transformam-se em relíquias diante dos meus olhos.

Noite após noite minha felicidade me desperta. Às vezes, dormindo, a pressão da perna de Michaela contra a minha traduz-se num sonho de calor, de sol. Serenado pela luz.

Silêncio: resposta tanto para o vazio quanto para o cheio.

A luz da lâmpada nos esculpe em bronze. A poça amarela despertando o escuro, olha-se, dorme-se, ambos sonham. O mundo prossegue porque alguém está acordado em alguma parte. Se, por acidente, ocorresse um momento em que todos dormissem, o mundo desapareceria. Seria um torvelinho para dentro do sonho ou do pesadelo, conduzido pela memória. O mundo acabaria num lugar onde o corpo é simplesmente o gerador da alma, uma fábrica de anseios.

Definimos um homem pelo que admira, pelo que o eleva.

Todas as coisas aspiram, mesmo que só atomicamente. Um corpo flutuará silenciosamente até ser apanhado pela superfície. A lua, então, o puxará para a margem.

Rezo para que minha mulher logo sinta um novo alento dentro dela. Aperto o rosto contra o lado do corpo de Michaela e sussurro uma história à sua barriga plana.

Filho que desejo: se o concebermos, se nascer, se chegar à idade que tenho agora, sessenta, digo-lhe uma coisa: acenda as lâmpadas, mas não procure por nós. Pense em nós às vezes, em sua mãe e em mim, quando estiver em sua casa com as árvores frutíferas e o jardim um pouco selvagem, uma mesinha de madeira no quintal. Você, meu filho, Bela, vivendo numa cidade antiga, uma sacada dando para ruas medievais de pedra. Ou você, Bella, minha filha, em sua casa com vista para o rio ou numa ilha branca, azul e verde onde o mar a segue por todo lado. Quando chover, pense em nós ao caminhar sob as árvores gotejantes ou por salinhas iluminadas só pela tormenta.

Acenda a lâmpada, com um pavio comprido. Um dia, quando tiver quase se esquecido, rezo para que nos deixe retornar. Que por uma janela aberta, mesmo que seja no meio de uma cidade, o ar marítimo de nosso casamento o encontre. Rezo para que um dia, numa sala iluminada só pela neve da noite, você entenda de repente como é miraculoso o amor de seus pais um pelo outro.

Meu filho, minha filha: que vocês não sejam nunca surdos para o amor.

Bela, Bella: já estive perdido na floresta. Tive tanto medo. O sangue batia no meu peito e eu sabia que meu coração logo perderia a força. Salvei-me sem pensar. Agarrei as duas sílabas mais próximas de mim, e substituí o bater do meu coração pelo nome de vocês.

2

A CIDADE SUBMERSA

O rio Humber atravessa a cidade em direção ao Sudeste. Há apenas uma geração, a maior parte do seu curso de cem quilômetros era ainda rural, seus meandros atravessavam arrabaldes, ocasionalmente ligando condados solitários como Weston e Lambton Woods ao fluxo da cidade. Durante trezentos anos, comunidades isoladas, moinhos e paliçadas espalhavam-se por suas margens.

Com o tempo, podia-se medir o crescimento da cidade viajando rio acima. À medida que Toronto se expandia, os subúrbios lentamente espalhavam-se para o Norte, enchendo a larga e verdejante planície de aluvião até comunidades tão isoladas quanto Weston acabarem abarcadas pela metrópole. As casas mais próximas do Humber, voltadas para o rio, aninhavam-se em meio a choupos, negundos e carvalhos. Lavandeiras e garças-azuis visitavam quintais, entre bálsamos e videiras selvagens.

Hoje grande parte da margem do rio tem de novo a aparência que tinha antes de ser engolfada pela cidade. Os pântanos ribeirinhos, as serpentinas dos riachos, são habitados apenas pelas tartarugas pintadas e pelos patos. As planícies desertas de Weston são parques doces; os gramados crescem tranqüilamente até a beira do rio.

Se você descer a margem curta e íngreme até a água, verá, abaixo da superfície cintilante, o fundo do rio cintilando também. Se você se volta para olhar a escarpa lodosa, ou simplesmente para olhar os seus pés, começará a notar o característico sedimento do Humber, despejado em outubro de 1954.

Na margem, quatro botões de madeira, a espaços uniformes: escave cinco ou dez centímetros e surgem as pernas de uma cadeira. Uns metros mais rio abaixo, um prato — talvez com a usual e sempre popular estampa azul de um salgueiro — cravado horizontalmente na margem, como uma prateleira. Você pode tirar da lama uma colher de prata como um marcador de dentro de um livro.

Os livros e fotos já apodreceram agora, mas as mesas e estantes, lâmpadas, pratos e tapetes enterrados resistem. O rio corre sobre seixos de louça. Fragmentos de uma borda cerâmica florida, ou com as palavras "Staffordshire, England", tudo coberto pelos juncos.

Oculto debaixo da grama, à sua volta, o amplo e silencioso parque está crivado de talheres.

~

A umidade é uma densa corrente; lenta como tempo de sonho. Naomi sai do chuveiro gelado; sua pele condensa o ar quente. Ela se deita em cima de mim, pesada e fria como areia molhada.

Temos de abandonar nossas ilusões cada vez que falamos.

São cinco horas apenas, mas o céu já é uma frente escura; os íons que cheiram sempre a noite.

No verão em que nos casamos houve uma onda de calor como esta, o ar um cobertor, pesado e grudento. Cada centímetro do corpo liso de suor. Minhas camisas ficando transparentes e moles. Mantínhamos nosso pequeno apartamento em permanente penumbra, as cortinas fechadas; o calor e o escuro eram desculpas para ficarmos nus. Como o Homem Invisível, perceptível apenas pela gaze em que se enrola, Naomi desliza de sala para sala, o algodão branco de sua roupa íntima refulgindo no escuro.

Durante uma semana ficou opressivo demais para se dormir. Flutuamos até de manhã, em intervalos de poucas horas um penetrando a consciência do outro, voltando da cozinha em silêncio como um mensageiro pela floresta. Emoldurado pela luz do hall, o corpo de Naomi poreja suor, com um copo de suco tão gelado que seu sabor é um mistério. Congeladas pelo copo, minhas mãos na escaldante curva de sua cintura; até ela murmurar: "Ben", um arrepio a percorrendo. Ou então ela rolava as ameixas da geladeira, ovais de azul congelado, por meus braços, até minha boca, tão frias que doíam nos dentes; suco de ameixa ressecando em lágrimas marrons no pescoço dela, sua pele enrijecendo com o doce. Ou um de nós com o rosto ou os pés debaixo da torneira aberta, o outro deslizando para o sono, para o sonho sonoro de água distante, puxada a moinho.

Às vezes, mesmo no fim, mesmo no fecho de um longo domingo em que estávamos ambos trabalhando em casa, depois de ela ter pedido fast food, que comíamos sem trocar nenhuma palavra de importância, depois de as caixas gordurosas serem jogadas na pia ou no cesto para que na manhã seguinte não tivéssemos de ver os restos do que consumimos, nos voltávamos um para o outro no escuro, ainda silenciosos, até ela se transformar numa alpinista sobre a face rochosa, os membros precisos, pregados contra o espaço, até de olhos fechados ela olhar do alto entre as pernas, e eu, então, não me mexer e o sentido nos inundar. Antes de dormir seus músculos tremiam, um mecanismo de descarga. Logo a senti contra mim, respirando com a intensidade uniforme de uma máquina.

Dormíamos colados, sabendo que não conseguiríamos aquele prazer sem o silêncio.

~

Não havia a energia de uma narrativa em minha família, nem mesmo o fervor de uma elegia. Ao contrário, nossas palavras vagavam, como se nossa casa fosse aberta aos elementos e estivéssemos sempre sussurrando num vento forte. Meus pais e eu deslizávamos pelo úmido silêncio, de não ouvir e não falar. Silêncio que empapava a mobília, a poltrona úmida de meu pai, um mofo nas paredes. Comunicávamo-nos por pequenos gestos, cirurgiões numa sala de operações. Quando meus pais morreram, percebi que esperava que o som entrasse de repente no apartamento, invadindo o lugar havia tanto proibido. Mas não entrou nenhum som no apartamento. E mesmo estando sozinho, arrumando as caixas, separando os seus pertences, o silêncio era assustador. Porque o lugar em si parecia exatamente o mesmo de antes.

Fiquei surpreso ao descobrir que nem todo mundo vê a sombra em torno dos objetos, o contorno negro, a ferida de fermentação sobre as coisas quando a luz pousa sobre elas. Eu via a aura da mortalidade como uma cobra vê a sua presa em infravermelho, a pulsação do calor. Para mim era tão claro quanto uma fruta cortada que escurece no prato, quanto uma casca de limão virando aroma.

Cresci agradecendo cada necessidade, a comida e a bebida, os sapatos bem-feitos de meu pai — "a coisa mais importante". Agradecia a barba que aparecia toda manhã no rosto de meu pai, porque era, dizia ele, "sinal de saúde". Quando meus pais foram liberados, quatro anos antes de eu nascer, descobriram que o mundo normal, fora do campo, tinha sido erradicado. Não havia refeição que fosse simples, nenhuma coisa era menos que extraordinária: um garfo, um colchão, uma camisa limpa, um livro. Sem falar de coisas que podem nos fazer chorar: uma laranja, carne e legumes, água quente. Não existia vida comezinha a que retornar, nenhum refúgio contra a potência cegante das coisas, uma maçã gritando o seu doce suco. Todas as coisas pertenciam à, haviam sido recuperadas da, impossibilidade — tanto o orgânico quanto o inorgânico —, sapatos e meias, a própria carne deles. Era tudo como uma coisa só. E essa gratidão incluía também o inexprimível. Com não mais que cinco anos, via minha mãe orgulhosa de suas luvas de jardinagem, ao lado das rosas. Mesmo então eu sabia que iria sentir falta daquilo toda a minha vida: minha mãe se abaixando para arrancar ervas daninhas, sol, um dia interminável.

Mesmo mais novo, eu era visitado por um anjo no meio da noite. Ele ficava como uma enfermeira aos pés de minha cama e não ia embora. Meus olhos doíam de olhar. Ele me fez um sinal. Fui até a janela olhar a rua de inverno, meu primeiro reconhecimento da beleza, uma floresta de gelo, fina como uma placa de prata gravada, à luz da rua. O anjo foi enviado para me despertar, para que eu não perdesse no sono a chance de desfrutar aquela visão da manhã; e o que vi encerrou temporariamente os pesadelos de portas abertas a machadadas e de bocas afiadas de cães. Quando li seus poemas, Jakob Beer, finalmente entendi o sentido daquela noite de inverno e daquele momento com minha mãe no jardim. Você descrevia a sua primeira experiência da carne de uma mulher adormecida como coisa viva, súbita como se saísse para o ar vinda do fundo da água, respirando pela primeira vez.

Quando finalmente nos conhecemos, na festa de aniversário de Irena, aquela noite de fim de janeiro, vi que Maurice Salman não havia exagerado. Ele tinha descrito a você e a Michaela com perfeição — *ouzo* e água. Separados, ambos eram transparentes e fortes; juntos, ficavam leitosos. O mistério, dizia Salman, de duas pessoas que vivem juntas "uma impressionante vida física". Você conhece Salman! Quando fala sobre você fica com os olhos pequenininhos. Senta-se na cadeira dele como um rochedo na praia. O sublime é sua gíria. Que adorável combinação de acuidade e comezinho. Fala com profundidade da paixão, mas com aquele ar de amante sorrateiro que inventa que o pneu furou ou que acabou a gasolina. Vindo direto dos velhos filmes que ele adora. É como alguém que serve um vinho deslumbrante e caro, acompanhado de um prato de amendoim picado. Talvez eu exagere. Salman dá essa impressão de uma hipérbole improvisada, mas, na verdade, é astuto, preciso.

Nunca tinha ouvido falar de você até que, em classe, Salman recomendou seu livro de poemas, *Fundamentos*, e recitou os versos de abertura. Depois, vi que o livro era dedicado à memória de seus pais e de sua irmã, Bella. *Meu amor por minha família cresceu, durante anos, num solo fecundado pela decomposição, uma raiz sem lavar arrancada de repente do chão. Bulbosa como uma beterraba, um grande olho sob um tampo de terra. Arrancar esse olho, cegar a terra.*

Sei que quanto mais se amam as palavras de um homem, mais se presume que ele pôs em seu trabalho tudo o que não foi capaz de pôr em sua vida. A relação entre o comportamento de um homem e suas palavras é geralmente a mesma que há entre a cartilagem e a gordura no osso do significado. Mas, no seu caso, parecia não haver conflito entre os poemas e o homem. Como podia ser diferente, para um homem que dizia acreditar tão completamente na linguagem? Que sabia que uma letra — como o J carimbado num passaporte — podia ter poder de vida ou morte.

Em seus últimos poemas, é como se a história estivesse lendo por cima de seu ombro, lançando sua sombra sobre a página, mas não mais nas palavras em si. É como se você tivesse decidido alguma coisa, feito um trato com sua consciência. Eu queria acreditar que a própria linguagem o libertou. Mas na noite em que nos conhecemos, vi que não fora a linguagem que o libertara. Só uma verdade excepcionalmente simples ou uma mentira excepcionalmente simples poderia atribuir tal serenidade a um homem. O mistério me ensombreceu. Marca de nascença na palidez de minha desordem.

E compreendi que estava à margem, assistindo, enquanto você, havia muito escapado da rocha poeirenta, ficava entre as úmidas coxas do rio.

Naquela noite na casa de Salman, sua serenidade era tão profunda que só podia ser descrita como sensual. A experiência eliminara de você todos os excessos. Ou, como diria um geólogo, você havia atingido o estado puro de concentração residual. Era impossível não sentir a força de sua presença, sua mão pesada como um gato sobre a coxa de Michaela. O que é o amor à primeira vista se não a resposta de uma alma que protesta um súbito lamento por compreender que nunca antes fora reconhecida? Evidentemente, Naomi se comoveu e logo estava lhe contando sobre os pais dela, a família dela. Naomi, normalmente muito tímida, falou do último verão no lago, ao lado do pai moribundo, depois sobre os meus pais — e curiosamente não me incomodei com isso, ao contrário, fiquei curiosamente grato. Conte a ele, pensei, conte-lhe tudo.

Você ouviu, não como um padre que ouve uma confissão, mas como um pecador que ouve a sua própria redenção. Que dom você tinha de fazer uma pessoa sentir-se clara, sentir-se... limpa. Como se falar pudesse realmente curar. O tempo todo tocando Michaela com a mão, no ombro ou no braço, ou de mãos dadas com ela. Seus olhos conosco, seu corpo com ela. Só uma vez Naomi hesitou, subitamente intimidada, dizendo que talvez você a achasse tola por visitar o túmulo deles tantas vezes, levando flores. E a sua resposta foi inesquecível: "Ao contrário. Parece muito certo levar alguma coisa bonita para eles de vez em quando". E quase dói lembrar a gratidão que vi no rosto de Naomi, porque eu me amolava tanto com essas visitas dela — os *meus* pais! —, acusando-a de todo tipo de patologia, de não ser capaz de superar a morte dos pais, de precisar viver sempre em luto desde os dezoito anos. Muito tipicamente, ela jamais repetiu seu comentário depois. Ninguém tem um silêncio mais generoso que o de Naomi, que raramente se cala de frustração ou de raiva (que saem sempre em lágrimas); o seu silêncio é geralmente sábio. Fui sempre grato por isso, sobretudo nos meses antes de ir embora, quando Naomi falava cada vez menos.

Quando íamos saindo da casa de Salman aquela noite, Naomi vestindo o casaco, a transformação de minha esposa era invisível, mas evidente. Nossa conversa modificara o seu corpo. E vi o prazer de Naomi quando Michaela admirou seu casaco e sua echarpe, o rosto afogueado ao apertar sua mão na despedida.

Naquela noite, aprendi também uma outra coisa sobre Maurice Salman e sua mulher. Vi os dois juntos na janela. Tão pequena, ela, sempre impecável, os sapatos caros, a blusa de seda, o rosto alongando-se em tristeza. Salman segurava seu braço como uma xícara de chá. O suéter dela sobre o braço enorme, um lenço nas costas de um elefante. Um pequeno gesto: ela levantou a mão, a palma infantil sobre o rosto imenso dele. E tocou-o como se ele fosse a mais frágil porcelana.

Quando eu estava na universidade, *Prestando falso testemunho* acabara de ser reeditado, grosso como um pequeno dicionário. Salman já havia apresentado seus alunos à lírica geologia de Athos, via livro do sal. Athos punha paixão em suas descrições — que esplêndido antropomorfista —, mesmo que se tratasse apenas de um laço iônico. Acreditar que nada existe que não sinta desejo. Os dramáticos e lentos acontecimentos terrenos tanto quanto a ascensão do comércio e da cultura humana, tudo uma evolução do desejo. Como não se deixar moldar por aquela narrativa? Era uma sorte ser formado por um mestre. Quando você voltou sua atenção para seus próprios poemas, com *Fundamentos*, e ali narra a geologia dos túmulos coletivos, é como se a terra falasse.

Eu podia sentir o cheiro da solidão de Salman depois de sua morte, aquela solidão específica que existe entre homens, que não tem igual. Salman mergulhava em reminiscências — anedotas de quando tinham vinte anos, de como perambulavam pela cidade a noite inteira, com qualquer tempo, primeiro falando sobre o trabalho de Athos, depois sobre poesia, e finalmente sobre os sofrimentos de Salman, mas nunca sobre os seus (pelo menos durante muitos anos). E paravam no restaurante vinte-e-quatro-horas exaustos e mortos de calor, ou exaustos e mortos de frio, para um pedaço de torta e café, despedindo-se na rua vazia, às duas da manhã. Salman ficava olhando-o se afastar pela avenida St. Clair, indo para o apartamento onde você vivia sozinho depois da morte de Athos, e novamente anos depois, depois do fim do seu primeiro casamento, você tão desanimado... Salman contou-me os seus hábitos, falou de sua fidelidade, de sua seriedade moral. De suas depressões. Falou da perfeição de Michaela, sua nova esposa.

"Ben, quando dizemos que estamos em busca de um conselheiro espiritual, o que estamos mesmo procurando é alguém que nos diga o que fazer com nossos corpos. Decisões da carne. Esquecemos de aprender com o prazer como aprendemos com a dor", disse Salman, depois que você morreu. "Jakob me ensinou tantas coisas. Por exemplo: qual o real valor do conhecimento? Ele torna a nossa ignorância mais precisa. Quando Deus pediu aos judeus no deserto que não venerassem nenhum outro Deus, não estava pedindo que escolhessem um Deus em detrimento dos outros, mas que escolhessem um Deus ou nenhum. Jakob dava imenso valor ao que há de incisivo nos dilemas. Você se lembra da primeira imagem dos *Poemas dilemas* dele: um homem olhando uma parede incrivelmente alta e outro homem olhando a mesma parede do outro lado... Lembro-me de alguém, numa das nossas festas, falando sobre a dualidade onda/partícula. Um momento depois, Jakob disse: 'Talvez a luz, quando se vê encostada na parede, seja forçada a escolher'. Todo mundo riu, olha o leigo falando de física! Mas eu sabia o que Jakob queria dizer. A partícula é o homem secular; a onda é o teísta. E não faz diferença se você vive na mentira ou na verdade, contanto que você consiga ultrapassar a parede. E se alguns são motivados pelo amor (os que escolhem isso), a maioria é motivada pelo medo (aqueles que escolhem não escolhendo). Aí, Jakob disse: 'Talvez o elétron não seja nem partícula, nem onda, mas alguma outra coisa, muito mais simples — uma dissonância —, como a tristeza, cuja dor é amor'."

Pensamos no clima como transitório, mutável e, acima de tudo, efêmero; mas em toda parte a natureza não esquece. As árvores, por exemplo, guardam a lembrança das chuvas. Em seus anéis, podemos ler o clima antigo — tempestades, sol, variações de temperatura, as estações ao longo dos séculos. Uma floresta tem uma história comum, que cada árvore relembra, mesmo depois de derrubada.

Só Maurice Salman, ou Athos Roussos, seriam capazes de olhar para um estudante que não consegue se decidir entre o interesse pela história da meteorologia ou pela literatura e dizer: "Por que não achar um jeito de continuar estudando as duas coisas? Em algumas culturas o homem tem mais de uma esposa...". Ingenuamente, eu disse a Salman que se podia fazer uma comparação formal entre um mapa meteorológico e um poema. Contei a ele que pretendia intitular minha tese de literatura de "Um ritmo do clima". Depois, saí da sala de Salman para a rua; o entardecer de outubro radioso de um puro e pálido *Gegenschein*. Fui a pé para casa, desejando ter alguém para quem contar as novidades, desejando ter uma mulher à minha espera, para poder enfiar as mãos frias debaixo do seu suéter, sentindo a pele quente, e poder explicar a alternativa que Salman havia sugerido para a minha tese: a correlação objetiva da vida real — clima e biografia.

Anos depois, quando transformei minha tese num livro, Naomi alimentou minha pesquisa... Uma manhã severa de dezembro em São Petersburgo, 1849. Relinchos de cavalos pairam, brancos, no ar, estrépito de patas; esterco fumegante, couro molhado e neve. Levanto-me do catre da prisão e sigo Dostoiévski até a luz alaranjada e gélida da praça Semionovski. Ele treme no casaco de primavera com que foi preso meses antes, o nariz avermelhando contra as faces cerosas, pálidas por causa do encarceramento. De olhos vendados, ele e os outros suspeitos de serem radicais de Petrachevski são alinhados para a execução no duro vento de inverno. Olho fixo em seu rosto. Mesmo debaixo da venda, sua transformação é evidente. As armas são engatilhadas. Cada um dos homens sente a bala abrindo o seu peito, a mordida quente, o soco penetrante do tamanho de um dedo de criança. Então, as vendas são removidas. Nunca antes vi rostos como aqueles, com a crua revelação de que ainda vivem, de que não foram baleados. Percebo o peso da vida; isto é, o peso da vida de Dostoiévski, que a partir daquele momento se desenrola com a intensidade de um homem que começa de novo.

Quando atravessei a Rússia com as pernas acorrentadas, Naomi preparou cuidadosamente batatas, cozidas até se desfazerem ao toque de um garfo, mergulhadas no vermelho da sopa *borscht*. Quando caí de joelhos, morto de fome, na neve em Tobol'sk, no andar de baixo Naomi cortou grossas fatias de pão duro como pedra. Essas piadas comestíveis eu chamava de "correlações culinárias". Passava tardes em *stáraia* Rússia, depois descia para jantar sopa de repolho doce.

Ler o clima é uma coisa: todos os esperados exemplos de tempestades e avalanches, de nevascas e ondas de calor, de monções. *A tempestade*, o vento tórrido em *Rei Lear*. A insolação de Camus em *O estrangeiro*. A tempestade de neve de *Senhor e servo*, de Tolstói. Seus poemas *Chuva de hotel*. Mas biografias... A tempestade de neve que deteve Pasternak numa dacha, onde se apaixonou ouvindo Maria Yudino tocar Chopin ("A neve varreu a terra... a vela queimou..."). Madame Curie recusando-se a sair na chuva quando ouviu a notícia da morte de seu marido. O calor do verão grego quando a guerra fervia em você como uma febre. Dostoiévski foi o primeiro exemplo em que pensei; sua brutal marcha como condenado na Sibéria. Os prisioneiros detidos em Tobol'sk, onde as velhas camponesas tiveram pena deles. As boas mulheres paradas à margem do rio Irtysh, trinta abaixo de zero, dando-lhes pacotes de chá, velas, charutos e um exemplar do Novo Testamento com uma nota de dez rublos costurada dentro da capa. Naquele estado extremo, essa caridade penetrou para sempre o coração de Dostoiévski. No crepúsculo gritante e na neve pastel, as mulheres gritavam bênçãos para a jornada da triste caravana de prisioneiros, a corda frouxa traçando a sua linha na paisagem branca, o vento mordendo suas peles sob as roupas finas. E Dostoiévski seguiu, pensando como podia ser tarde demais, tão cedo em sua vida.

~

As memórias que evitamos nos alcançam, tomam conta de nós como uma sombra. A verdade aparece de repente no meio de um pensamento, um fio de cabelo numa lente.

Meu pai achou uma maçã no lixo. Estava podre e eu a havia jogado fora — tinha oito ou nove anos. Ele a pescou da lata, foi me procurar no meu quarto, me agarrou firme pelo ombro e segurou a maçã na minha cara.

"O que é isto? O que é?"
"Uma maçã..."

Minha mãe guardava comida na bolsa. Meu pai comia a pequenos intervalos para evitar a primeira sensação de fome que, se tomasse conta dele, o faria comer até vomitar. Comia então aplicadamente, metodicamente, lágrimas correndo pelo rosto, animal e espírito tão cruamente evidentes, sabendo que estava degradando ambos. Se alguém precisar de prova da existência da alma, é fácil de encontrar. O espírito fica mais evidente é no ponto de extrema humilhação física. Para meu pai, não havia prazer associado à comida. Levei anos para perceber que não se tratava de uma dificuldade apenas psicológica, mas também moral, pois quem podia responder à questão de meu pai: sabendo o que ele sabia, devia se empanturrar ou morrer de fome?

"Uma maçã! E então, meu esperto filho, maçã é comida?"
"Estava toda podre..."

Nas tardes de domingo íamos de carro às fazendas próximas da cidade ou para o parque favorito deles, às margens do lago Ontário. Meu pai sempre usava um boné para impedir que seus poucos fios de cabelo voassem em seus olhos. Dirigia com ambas as mãos agarradas à direção, jamais ultrapassando o limite de velocidade. Eu me esparramava no banco de trás, aprendendo código morse no *Menino eletricista* ou memorizando a escala Beaufort ("Força do vento 0: a fumaça sobe vertical, o mar parece um espelho. Força 5: árvores pequenas oscilam, ondas de espuma. Força 6: difícil usar guarda-chuvas. Força 9: ocorrem danos estruturais"). De vez em quando, o braço de minha mãe aparecia por sobre o banco da frente, balançando uma barra doce com a ponta dos dedos.

Meus pais desdobravam as espreguiçadeiras (mesmo no inverno) enquanto eu vagava sozinho, catando pedras ou identificando nuvens ou contando ondas. Deitava na grama ou na areia, lendo, adormecendo às vezes com meu casaco grosso debaixo de um céu de barro com *The moonstone* ou *Men against the sea* com seus redemoinhos e vulcões ("Nem posso me lembrar as horas que se seguiram sem sentir de novo o horror que senti naquela hora. Vento e chuva, chuva e vento, debaixo de um céu que não demonstrava promessa de melhora. E o tempo todo, o sr. Bligh não deixou o leme e parecia possuir uma alegria na alma que crescia junto com o perigo..."). Com tempo bom, mamãe arrumava o almoço que havia preparado e tomavam chá forte de uma garrafa térmica, enquanto o vento varria o lago frio e cúmulos pairavam sobre o horizonte.

Nas noites de domingo, enquanto minha mãe preparava o jantar, eu ouvia música com meu pai na sala. Ver o jeito como ele ouvia me fazia ouvir diferente. Sua atenção dissolvia cada peça em seus componentes teóricos como um raio-x, a emoção uma névoa cinzenta de carne. Ele usava orquestras — braços e mãos e alento dos outros — para me mostrar; um apelo sem palavras, todo o sentido posto nas cordas. Apoiado nele, seus braços em volta de mim — ou, quando eu era muito pequeno, com a cabeça deitada em seu colo —, sua mão pousada em meu cabelo, distraída, mas para mim feroz. Ele acariciava os meus cabelos ao som de Shostakovich, Prokofief, Beethoven, dos *Lieder* de Mahler: "Agora todo anseio quer sonhar", "Sou um estranho no mundo".

Essas horas, sem palavras e fechadas, deram forma à minha sensação dele. Listras da última luz no chão, o sofá estampado, o brocado de seda das cortinas. De vez em quando, nos domingos de verão, a sombra de um inseto ou pássaro no tapete empapado de sol. Eu o respirava. A história de sua vida contada por minha mãe — estranhas imagens episódicas — e suas histórias de compositores misturavam-se com a música. Hálito de vaca e esterco de vaca e feno fresco no caminho de casa lamacento e noturno de Mahler, o luar uma teia de aranha sobre os campos. Debaixo da mesma lua, voltando para o campo, a língua de meu pai um chumaço de lã, sede intolerável enquanto ele passava, sob a mira da arma, por um balde de água de chuva, pequeno espelho circular refletindo as estrelas. Rezando pela chuva para poder beber o que lhe caísse no rosto, chuva que cheirava como suor. Como ele comia o miolo de um repolho no campo do fazendeiro, deixando-o oco mas parecendo inteiro para ninguém descobrir que escapara dos soldados na horta.

Do colo de meu pai, eu olhava seu rosto concentrado. Ele sempre ouvia música de olhos abertos. A tempestade da *Sexta* de Beethoven em seu rosto, enquanto palmilhava as florestas e campos de Heiligenstadt, a tempestade real em suas costas, nas costas de meu pai, a lama pesando em seus pés como galochas, o grito agudo, desesperado, de um pássaro nas árvores chuvosas. Meu pai se concentrando, durante uma longa marcha, numa farpa em sua mão, para não pensar em seus pais. Eu sentia o crânio sob seus dedos quando ele acariciava meus cabelos curtos. Beethoven assustando bois com seus braços se agitando como um moinho, depois imobilizando-se para olhar o céu. Meu pai olhando um eclipse da lua ao lado das chaminés, ou fixando a luz morta do sol como espuma nas poças. A arma na cara de meu pai, eles empurrando com as botas a caneca de água para longe de seu alcance.

Enquanto durava a sinfonia, o ciclo de canções, o quarteto, eu tinha acesso a ele. Podia fingir que a sua atenção na música era atenção em mim. Suas peças favoritas eram familiares, jornadas finitas que fazíamos juntos, reconhecendo marcos nos *ritardando*, nos *sostenuto*, nas mudanças de tom. Às vezes, ele tocava uma gravação com algum outro regente e eu sentia a acuidade de sua audição quando comparava interpretações: "Ben, está ouvindo como ele apressa os *arpeggi*?". "Veja como ele força aí... mas enfatizando aqui, vai estragar o crescendo que vem depois!" E na semana seguinte voltávamos para a versão que conhecíamos e amávamos como um rosto, como um lugar. Uma fotografia.

Seus dedos distraídos passeando por meus cabelos curtos. A música inseparável do seu toque.

Sentia as linhas das pernas magras de meu pai debaixo das calças, mal acreditando que eram as mesmas pernas que caminhavam aquelas distâncias, ficavam em pé durante horas. Em nosso apartamento de Toronto, imagens da Europa, cartões-postais de outro planeta. Seu único irmão, meu tio, cujo corpo desaparecera debaixo de uma pele viva de piolhos. Em vez de ouvir falar de ogros, duendes, bruxas, ouvia desconjuntadas referências a *Kapos*, soldados com armas, Esses Esses, florestas escuras; uma pira de palavras sombrias. Beethoven vagando em roupas velhas, tão esfarrapado que os vizinhos o apelidaram de Robinson Crusoe; o vento cambiante antes de uma tempestade, as folhas se retraindo sob o esbofetear da chuva, a *Sexta, opus 68*; a *Nona, opus 125*. Aprendi os números de todas as sinfonias e opus para agradar meu pai. Isso crescia em minha memória, enquanto seus dedos acariciavam meu cabelo; os pêlos de seu braço, seu número perto dos meus olhos.

Até o humor de meu pai era silencioso. Ele desenhava coisas para mim, cartuns, caricaturas. Aparelhos com rostos humanos. Seus desenhos eram uma pista: como ele enxergava.

"Maçã é comida?"

"É."

"E você joga comida fora? Você — meu filho — joga comida fora?"

"Está podre..."

"Coma... Coma!"

"Pai, está podre... Não vou..."

Ele apertou a maçã contra os meus dentes até eu abrir a boca. Protestando, chorando, comi. O gosto marrom, superdoce, lágrimas. Anos depois, vivendo sozinho, se eu jogava restos ou deixava comida no prato em um restaurante, era assolado por patéticas caricaturas de sobras de comida durante o sono.

As imagens nos marcam, queimam a pele circundante, deixam a sua estampa negra. Como cinzas vulcânicas, podem se transformar no solo mais fértil. Do solo escorchado emergem rijos brotos verdes. As imagens que meu pai plantou em mim eram uma troca de votos. Ele me passava o livro ou revista em silêncio. Apontava com o dedo. Olhar, assim como ouvir, era uma disciplina. Como devia eu entender o horror daquelas fotos, seguro em meu quarto com cortinas de caubói e a minha coleção de pedras? Ele me impunha livros com uma ferocidade que me atemorizava, agora posso dizer, mais do que as imagens em si. Estava claro como eu devia compreendê-las na segurança do meu quarto. Você não é criança demais. Havia centenas de milhares mais novos que você.

Eu detestava as lições de piano de meu pai e nunca praticava quando ele estava em casa. Sua exigência de perfeição tinha a força de um imperativo moral, cada nota correta pondo ordem no caos, objetivo tão impossível quanto reconstruir átomo por átomo uma cidade bombardeada. Como criança, eu não sentia isso como prova de fé, nem como algo positivo ou força de vontade. Ao contrário, absorvia essa atitude como uma espécie de futilidade. Todos os meus sinceros esforços só conseguiam desagradá-lo. Minhas fugas e tarantelas se esgarçavam no meio, minhas *bourrées* arrastavam-se, tal a consciência que eu tinha do ouvido inflexível de meu pai. Enfim, o fato de me dispensar abruptamente no meio de uma peça, a minha infelicidade e os pedidos de minha mãe a nós dois, convenceram meu pai a desistir de me ensinar. Não muito depois de nossa última lição, em um dos nossos domingos no lago, meu pai e eu caminhávamos pela margem, quando ele notou uma pedrinha com forma de pássaro. Quando a pegou, vi o lampejo de satisfação em seu rosto e senti, numa fração de segundo, que era menos capaz de agradá-lo do que uma pedra.

Quando eu tinha onze anos, meus pais alugaram um chalé para as duas últimas semanas do verão. Nunca antes eu havia experimentado a escuridão absoluta. Caminhando de noite, pensei que tivesse ficado cego durante o sono — terror de toda criança. Mas o escuro tornou palpável um outro medo antigo. Flexionei as pernas e sacudi os braços no vazio perigoso até encontrar a lâmpada. Era um teste. Eu sabia que era indispensável ser forte. Depois de dormir várias noites com uma lanterna na mão, tomei uma decisão. Obriguei-me a levantar da cama, calcei os tênis e saí de casa. Minha missão era atravessar a floresta com a lanterna apagada até chegar à estrada, que ficava a quase quinhentos metros. Se meu pai fora capaz de andar durante dias, quilômetros, eu era capaz de andar pelo menos até a estrada. O que aconteceria comigo se tivesse de andar tanto quanto meu pai? Eu estava treinando. O pijama de flanela empapado de suor. Caminhei com olhos inúteis e ouvi o rio, modesta lâmina de história, cortando cada vez mais fundo na terra; sangue enferrujado porejando da face rachada da floresta. Uma fina trama de insetos no hálito pesado da noite, os tapas das samambaias frias em meus tornozelos — nada vivo podia ser assim tão frio numa noite quente como aquela. Lentamente as árvores começaram a emergir do escuro diferenciado, como que em relevo, preto sobre preto, e o próprio escuro uma pele pálida esticada sobre as costelas calcinadas. Acima, o farfalhar distante das folhas, a escura saia do céu roçando contra as pernas esqueléticas. Estranhos filamentos vindos de lugar nenhum, cabelos de fantasmas, resvalavam por meu pescoço, por meu rosto, impossíveis de afastar. A floresta fechou-se sobre mim como o abraço de uma megera, toda cabelos e hálito quente, pele eriçada e unhas afiadas. E no momento exato em que me senti dominado, doente de terror, estava subitamente num espaço aberto, a suave brisa sobre a estrada larga. Acendi a lanterna e prossegui, correndo por seu túnel branco, de volta para casa.

De manhã, vi que as minhas pernas estavam manchadas de lama e de sangue cor de chá das picadas e dos arranhões dos ramos. O resto do dia continuei descobrindo arranhões nos mais estranhos lugares, detrás da orelha, do lado interno dos braços, finas linhas de sangue que pareciam desenhadas com caneta vermelha. Tinha certeza de que a provação purgara o meu medo. Mas naquela noite despertei no mesmo estado, os ossos frios como aço. Duas vezes mais repeti minha jornada, forçando-me a encarar o escuro da floresta. Mas mesmo assim não conseguia suportar o escuro do meu quarto.

Quando tinha doze anos, fiquei amigo de uma menina chinesa não muito mais alta que eu, apesar de consideravelmente mais velha. Eu admirava o seu boné de couro, a sua pele escura, seus cabelos elaboradamente trançados. Imagine uma mecha de cabelos de quatro mil anos de idade! Fiquei amigo também de um menino irlandês e de um dinamarquês. Descobri o povo perfeitamente preservado dos pântanos na *National Geographic*, e fruía um fascinado conforto em sua preservação. Não eram como os corpos das fotos que meu pai me mostrava. Puxava a terra aromática sobre os meus ombros, o sereno cobertor esponjoso da turfa. Percebo hoje que minha fascinação não era arqueológica, nem investigativa: era pela biografia. Os rostos que olhavam para mim através dos séculos, com rugas nas faces, como minha mãe quando dormia no sofá, eram rostos de gente sem nome. Olhavam para mim e esperavam, mudos. Era tarefa minha imaginar como podiam ter sido.

~

Quando se lê um mapa meteorológico, lê-se tempo como numa partitura musical. Tenho certeza, Jakob Beer, de que você concordaria ser possível mapear uma vida em termos de zonas de pressão, frentes, influências oceânicas.

O retrospecto da biografia é tão fugidio e dedutivo quanto uma previsão de longo prazo. Adivinhação, palpite. Monitoramento de probabilidades. Avaliar a influência de toda a informação que jamais teremos, que nunca foi registrada. A importância não do que existe, mas do que desapareceu. Mesmo o sujeito mais reticente pode ser — ao menos em parte — reconstruído postumamente. Henry James, que pode ser considerado discreto quanto à sua vida pessoal, queimava todas as cartas que recebia. Se alguém se interessar por mim, dizia, que entenda primeiro "o granito invulnerável" da minha arte! Mas até mesmo James foi reconstruído, sem dúvida segundo os seus próprios planos. Tenho certeza de que ele controlava a história que emergiria se todas as cartas a ele fossem omitidas. Ele sabia o que eliminar. Estamos cheios de vidas de homens famosos; e somos tolerantes com os hábitos da nossa vida. A pesquisa para conhecer a psique de outro, para absorver as motivações de outro tão profundamente quanto as nossas, é uma pesquisa amorosa. Mas a busca de fatos, de lugares, nomes, acontecimentos determinantes, conversas e correspondências importantes, circunstâncias políticas — tudo isso não resulta em nada se não descobrirmos o princípio que norteia a vida do biografado.

~

Com minha mãe descobri alguns detalhes sobre a vida de meus pais antes de virem para o Canadá. De tarde, antes de meu pai voltar do conservatório, os avós e os irmãos de minha mãe, Andrei e Max, congregavam-se na cozinha, onde todos os fantasmas gostam de se reunir. Meu pai não sabia desses encontros do além debaixo do seu teto. Só uma vez me lembro de haver mencionado algum membro da família desaparecida de meu pai na presença dele — alguém de quem falávamos na mesa de jantar era "igualzinho ao tio Josef" —, e o olhar de meu pai saltou de seu prato para minha mãe, um olhar aterrorizador. O código de silêncio foi ficando mais complexo à medida que eu crescia. Havia mais e mais coisas a esconder de meu pai. Os segredos entre mim e minha mãe eram uma conspiração. Qual era a nossa maior insurreição? Minha mãe estava decidida a imprimir em mim a necessidade absoluta, inviolável de prazer.

O doloroso amor de minha mãe pelo mundo. Quando eu via o seu prazer com uma cor ou com um sabor, as gratificações mais simples — algo doce, algo fresco, uma peça nova de roupa, por mais humilde que fosse, o seu amor pelo calor —, eu não desdenhava seu entusiasmo. Ao contrário, olhava de novo, experimentava de novo, observando. Aprendi que a gratidão dela não era de forma alguma desordenada. Sei agora que esse era o presente dela para mim. Por longo tempo pensei que ela havia criado em mim um medo extremo da perda — mas não. Não é nada extremo.

A perda é um limite; aumentava tudo para minha mãe, e esvaziava tudo de meu pai. Por isso, acho que minha mãe era mais forte. Mas vejo agora que era uma pista: o que meu pai tinha vivido era muito menos tolerável.

~

Quando eu era menino, os tornados me fascinavam com a sua bizarra violência, com a precisão fortuita de sua malevolência. Metade de um prédio de apartamentos destruída, mas a um centímetro da parede desaparecida a mesa continua posta para o jantar. Um talão de cheques é arrancado de dentro de um bolso. Um homem abre a porta de casa e é carregado a cem metros de distância, por cima do topo das árvores, e aterrissa ileso. Um engradado de ovos voa a quase duzentos metros e torna a pousar, sem nenhum ovo quebrado. Todos os objetos que são transportados em segurança de um lugar para outro em um instante, descendo ou subindo nas correntes de ar: um vidro de picles viaja cinqüenta quilômetros, um espelho, cães e gatos, lençóis arrancados de uma cama deixando os surpresos dorminhocos ilesos. Rios inteiros levantados no ar — deixando secos os leitos — e pousando de novo. Uma mulher que foi carregada a quase cem metros de distância e pousada num campo, junto a um disco de vitrola (sem um risco) da canção "Stormy weather".

Mas há também os caprichos que são impiedosos: crianças atiradas por janelas, barbas arrancadas de rostos, decapitações. A família jantando sossegada quando a porta se escancara com um rugido. O tornado assola a rua, parece passear tranqüilamente, selecionando suas vítimas, caprichoso, o sinistro funil preto deslizando pela paisagem, guinchando com o ruído de mil trens.

Às vezes, eu lia para minha mãe enquanto ela estava fazendo o jantar. Li para ela sobre os efeitos de um tornado texano, que recolhia pertences pessoais até depositar no deserto montes de maçãs, cebolas, jóias, óculos, roupas — "o campo". Vidro quebrado suficiente para cobrir dezessete campos de futebol — *Kristallnacht.* Li para ela sobre os raios —"a marca dos Esses Esses, Ben, no colarinho deles".

Das conversas com minha mãe, quando tinha onze ou doze anos, aprendi que "os que tinham uma profissão tinham mais chance de sobreviver". Fui até a biblioteca e encontrei *O menino eletricista* de Armac, e comecei a adquirir um novo vocabulário.

Capacitores, diodos, voltímetros, bobinas de indução, alicates compridos. Assaltei a série "Feira do Conhecimento", a *Eletrônica para principiantes, O mundo vivo das ciências.* Depois me dei conta de que saber as palavras certas talvez não bastasse. Hesitante, pedi dinheiro a meu pai para comprar meu primeiro circuito impresso e um ferro de soldar. Embora soubesse muito pouco a respeito dessas coisas, não fiquei surpreso quando ele entendeu a utilidade do meu interesse e me encorajou durante algum tempo. Fomos juntos até o Equipamentos Científicos Esbe comprar pinos e chaves e diversos botões e mostradores. No meu aniversário, ele me deu um microscópio e lâminas. O resto do equipamento comprei por minha conta: o higrômetro seco e molhado, o bico de Bunsen, os tubos e funis, as pipetas, os frascos cônicos. Minha mãe generosamente esvaziou um closet para acomodar meu laboratório, onde eu passava horas sozinho. Nem o guarda-pó branco que ela fez para mim de um lençol rasgado me desanimou. Eu não era muito bom com nada daquilo e tinha de consultar o livro o tempo todo, sem nenhum instinto para eletricidade e química, mas adorava o cheiro da solda e fiquei deslumbrado quando o meu primeiro circuito acendeu uma lâmpada no quartinho escuro.

Uma tarde de verão, o vizinho do fim do corredor bateu à nossa porta e me deu uma revista em quadrinhos dos Clássicos Ilustrados. Minha mãe era especialmente tímida diante do sr. Dixon, que trabalhava numa loja de roupas masculinas e estava sempre imaculadamente vestido. O sr. Dixon tinha comprado a revista para o neto, mas o menino já tinha o número 105, *Da Terra à Lua*, de Júlio Verne. Minha mãe tentou pagar a ele, insistiu, até entender que o sr. Dixon não aceitaria dinheiro. Ela então o sufocou em agradecimentos. Enquanto isso, eu já ia indo para a sacada, lendo: "Quando um homem já esteve a ponto de ser condenado a girar em torno da Lua por toda a vida, e sobrevive ao mergulho de cerca de duzentas mil milhas no Pacífico, ele aprende a não ter medo".

Depois disso, passei a arrancar dinheiro de minha mãe para comprar as versões ilustradas das obras-primas da literatura.

Devorava cada uma com as suas capas dramáticas, até o convite final: "Agora que você leu a edição de Clássicos Ilustrados, não perca o prazer maior de ler o original". Depois de comer a polpa, eu mastigava até a casca: as últimas páginas traziam ensaios edificantes sobre uma variedade de assuntos. Breves biografias (*Nicolau Copérnico— O homem-chave no estudo do sistema solar*), os enredos de óperas famosas, e arcanos que nunca mais esqueci. Por exemplo, na contracapa de *As conquistas de César*: "Havia seis mil homens em cada legião"; "Os navios gregos tinham olhos pintados no casco para poderem enxergar"; "César sempre escrevia sobre si mesmo na terceira pessoa".

Havia também uma série sobre "Heróis caninos": Brandy, o setter alerta que salvou um menino dos chifres de um touro. Foxy, Herói da Resistência, cujo dono escondera-se dos bárbaros.

A primeira revista que comprei era uma aventura marítima de Nordhoff e Hall. E acompanhei o narrador por furacões e motins ("'Tomamos o navio...' 'Como? Enlouqueceu, senhor Churchill?'") Escolhi *Homens contra o mar* porque ao abrir a primeira página li: "Pedi papel e pena para escrever este relato de tudo o que aconteceu... para afastar a solidão que já paira sobre mim...".

Depois de semanas de insistência, quando eu tinha catorze anos, minha mãe finalmente concordou que eu fosse com alguns colegas de escola à Exposição Nacional Canadense, uma feira anual. Nunca senti excitação tamanha, tanto entrosamento anônimo e sem mediação, como naquele dia, no meio das inúmeras pessoas. Nossas camisetas manchadas, as mãos e as solas dos sapatos pegajosas — e a multidão compacta borbulhava com energia no sol de agosto. Ficamos boquiabertos com a televisão colorida, com os relógios que não precisavam de corda, e nos entusiasmamos com as maravilhas da tecnologia de circuitos impressos no "Pavilhão por uma Vida Melhor". Passeamos pelo parque de diversões, gritamos no voador e na roda de fogo. Quando precisamos descansar, montamos nas cercas do pavilhão agrícola e ficamos vendo a tosquia de ovelhas e as máquinas de ordenhar funcionando. Peguei folhetos brilhantes sobre os últimos aparelhos domésticos, para agradar minha mãe — enceradeiras, misturadores de refrescos elétricos, abridores de latas elétricos. Minha sacola de compras estava cheia de chapéus e flâmulas de papelão, canetas anunciando diversas companhias e produtos, anúncios do Xarope de Milho Colméia, amostras-miniaturas de loção após a barba e removedor de manchas, caixas de cereal e pacotes de chá em saquinhos. Abríamos nossas mochilas indiscriminadamente para qualquer coisa que nos oferecessem.

Quando voltei para casa, excitado, empilhei tudo na mesa para a inspeção de minha mãe. Ela olhou o resultado da minha coleta, depois enfiou tudo de volta na sacola. Não podia acreditar que todas as coisas que eu tinha trazido fossem gratuitas; achou que devia ter entendido errado. Pegou um punhado de canetas e lápis. Eu gritei: "Estavam dando de presente! Juro! Chama 'amostra grátis' porque é grátis!...". Fiquei histérico.

Minha mãe me fez prometer que não mostraria a meu pai, que esconderia a sacola em meu quarto. Na manhã seguinte, bem cedo, fui até a esquina e joguei o meu tesouro numa lata de lixo.

Tínhamos agora uma outra espécie de ligação entre nós. Minha mãe de vez em quando mencionava o incidente. Embora tivesse certeza de que eu tinha pegado aquelas coisas indevidamente — com certeza por engano —, ela me protegia. Erro meu. Segredo nosso.

Desde então passei a expandir minhas fronteiras, a fazer desvios no meu caminho de volta da escola. Comecei a descobrir a cidade. As ravinas, os elevadores de carvão, os pátios de tijolos. Embora eu não conseguisse exprimir em palavras na época, a decadência me fascinava. O silencioso drama de abandono das fábricas e silos vazios, os cargueiros deteriorados e as ruínas industriais.

Achei que estava estimulando minha mãe a parar de esperar por mim na janela ou no balcão, a me dar a minha liberdade não me esperando até tarde. Prefiro imaginar que não sabia na época como era cruel. Quando meu pai e eu saíamos do apartamento de manhã, minha mãe nunca tinha certeza da nossa volta.

* * *

Aprendi a não trazer os colegas de escola em casa. Achava que nossa mobília era velha e estranha. Tinha vergonha da cautela e ansiedade de minha mãe, que perguntava: "Como é seu sobrenome... O que é que fazem os seus pais... Onde você nasceu?". Minha mãe implorava de mim e de meu pai notícias sobre o nosso mundo: dos professores e colegas, dos alunos de piano de meu pai, das vidas pessoais de que sabíamos desapontadoramente pouco. Quando ela saía do apartamento para a quitanda, ou, no verão, para admirar os jardins da vizinhança (adorava jardinagem e cuidava da jardineira e da treliça de nossa sacada), minha mãe se preparava cuidadosamente. Levava nossos passaportes e documentos de cidadania na bolsa "para o caso de roubarem a casa". Jamais deixava um prato sujo na pia, mesmo que fosse só até a loja da esquina.

Para minha mãe, o prazer era sempre sério. Ela elogiava o aroma cada vez que destampava a lata de café instantâneo. Detinha-se para cheirar cada dobra fragrante de nossos lençóis lavados. Era capaz de levar meia hora para comer um doce de padaria, como se Deus o tivesse preparado com Suas próprias mãos. Cada vez que comprava alguma coisa nova, geralmente algo necessário (quando uma peça de roupa já fora remendada vezes demais), acariciava a compra como se fosse a primeira blusa ou o primeiro par de meias. Era uma sensualista de um porte que nem você, Jakob Beer, poderia avaliar. Você me olhou aquela noite e me pôs no seu zoológico humano: mais um espécime com uma bela esposa; apenas mais um *academicus dejecticus*. Mas era você que estava embalsamado! Com sua calma, com sua expansiva saciedade.

A verdade é que você nem registrou a minha existência aquela noite. Mas vi Naomi abrir-se como uma flor.

Eu estava para começar meu segundo ano na universidade e decidido a morar sozinho, fato que minha mãe se recusara a aceitar durante todo o verão. Uma manhã de sol cansado, em agosto, levei as caixas de livros para a fresca umidade da garagem cimentada e carreguei o carro. Minha mãe retirou-se a portas fechadas em seu quarto. Só depois que eu já tinha levado a última caixa e estava realmente indo embora foi que saiu. Deprimida, preparou um pacote de comida, e algo perdeu-se irremediavelmente entre nós no momento em que aquele saco plástico passou das mãos dela para as minhas. Ao longo dos anos, aquele pacote absurdo — suficiente para uma única refeição, para saciar a fome por um segundo — me era dado na soleira da porta a cada despedida de uma visita. Até que passou a doer cada vez menos e o saco era apenas como aquela barra doce que minha mãe me passava do banco da frente do carro em nossos passeios de domingo.

Na primeira noite em meu próprio apartamento, fiquei na cama a apenas alguns quilômetros do outro lado da cidade e deixei o telefone com a chamada de minha mãe tocar no escuro. Não telefonei durante uma semana, depois durante algumas semanas de cada vez, mesmo sabendo que os dois ficavam doentes de preocupação. Quando finalmente fiz uma visita, vi que, embora meus pais continuassem em seus silêncios separados, minha partida dera a eles uma nova intimidade, uma nova cicatriz. Minha mãe ainda se curvava para mim em confidências, mas não chegava a fazê-las. Primeiro pensei que estava me castigando pela falta que sentia de mim. Mas minha mãe não estava zangada. Meu esforço para me libertar tinha criado um dano mais fundo. Ela sentia medo. Acredito que havia momentos em que efetivamente desconfiava de mim. Começava uma história, de repente calava-se. "Não é nada do seu interesse." Quando eu protestava, ela sugeria que fosse ficar junto com meu pai na sala. Isso passou a acontecer ainda com maior freqüência quando Naomi entrou em nossas vidas.

O comportamento de meu pai não mudou. Quando eu fazia uma visita, ainda o encontrava impaciente, olhando o relógio desesperado, ou imóvel, fixando um livro na sala — mais um relato de sobrevivente, mais um artigo com fotografias. Depois, em meu apartamento nos altos de uma velha casa perto da universidade, ficava olhando para a textura da colcha de minha cama, para a estante. Para a lavanderia, para a floricultura, para a farmácia do outro lado da rua. Sabia que meus pais também estavam acordados, nossa insônia um velho acordo para manter a guarda.

Nos fins de semana, eu fazia longas caminhadas autopiedosas pela cidade e voltava; de noite, mergulhava nos livros. Passei a maior parte dos meus anos de faculdade sozinho, a não ser pelas aulas e pelo trabalho numa livraria. Tive um romance com a gerente assistente. Continuamos juntos depois do nosso primeiro abraço só para ter certeza de que era tão sem alegria quanto parecia. Suas formas eram incrivelmente cheias, firmeza em tudo, mas sobretudo na política. Debaixo da túnica preta usava camisetas com slogans que eu não ousava invadir: "A mão esquerda devolve aquilo que a direita tirou". Às vezes, reunia-me com colegas de classe para um jantar ou cinema, mas não me empenhava de fato na amizade.

Durante longo tempo, senti que havia consumido toda a minha energia ao sair pela porta da casa de meus pais.

~

Meu pai era um homem que havia se apagado o máximo possível dentro dos limites legais da cidadania. Eu esperava, portanto, uma longa batalha quando chegou a hora de ele solicitar a sua pensão de aposentado, independente do fato de o salário ser essencial para eles. Telefonei ao departamento adequado para descobrir os documentos necessários e passei a informação a minha mãe.

Algumas semanas depois fui jantar com eles. Meu pai estava em sua sala com a porta fechada. Minha mãe desligou o fogão e sentou-se à mesa da cozinha.

"Não fale mais da pensão com o seu pai."

"Já falamos disso..."

"Ele foi lá ontem."

"Ótimo. Até que enfim."

Minha mãe acenou a mão para mim, como quem dispensa um tolo.

"Você acha que sabe tudo... Ele foi no lugar certo. Tinha os papéis todos certos com ele. Entregou a certidão de nascimento para o sujeito no balcão. O homem disse: 'Conheço muito bem o lugar onde você nasceu'. Seu pai pensou que o homem devia ser de lá também. Mas o sujeito baixou a voz: 'É. Fiquei aquartelado lá em 1941 e 42'. Ficou olhando para o seu pai e seu pai entendeu. O homem chegou perto dele por cima da mesa e disse tão baixinho que seu pai mal conseguiu escutar: 'Esses papéis não estão certos'. Seu pai foi embora o mais depressa que pôde. Mas só voltou para casa muito depois."

Eu empurrei a cadeira.

"Não, Ben. Deixe seu pai sossegado. Se souber que eu contei para você, ele não sai para jantar."

Eu sabia que ele não ia mesmo sair para jantar. Minha mãe talvez tivesse até de cancelar as aulas dele por alguns dias.

"Você o fez ir. Você que o convenceu. Sempre acha que é fácil conseguir as coisas grátis."

A maioria descobre a ausência por si próprio; as árvores são abatidas e a tristeza inunda a clareira. Então descobrimos o que amávamos.

Mas eu nasci na ausência. A história deixara um espaço já fétido de liquens, vermes mascando um solo abandonado pelas raízes. As chuvas fizeram um pântano das partes mais baixas, a verde melancolia do brejo com seu ondulante tapete de pólen.

Aí eu vivia com meus pais. Um esconderijo apodrecido pela tristeza. Desde o começo, Naomi parecia nos conhecer. Ela entregava o coração tão naturalmente quanto respirava. Mas, para mim, o amor era como prender a respiração.

Naomi pisava terra firme e estendia o braço. Peguei sua mão, mas não me mexi.

Naomi não reconhecia a própria beleza. Seus traços eram fortes, simples, a pele avermelhava-se quando falava, suas cores um confiável indicador emocional. Não era magra, nem extravagante, mas felpuda, como veludo. Ela se denegria, ignorando as provas de suas pernas atléticas, seus cabelos loiros, cheios, desejando ser mais alta, mais magra, mais elegante; fixada naquele pouquinho de carne a mais que ela detestava acima da cintura. Assim como fazia com seus atributos físicos, Naomi não admitia o poder de sua mente, ignorando tudo o que havia lido para se concentrar no que não tinha lido. Naomi era capaz de ouvir atentamente e depois, com dolorosa exatidão, fazer uma observação que cortava o coração das coisas — um espadachim secionando uma fruta com um firme gesto de pulso. Por exemplo, naquela noite, no carro, quando voltávamos da casa de Maurice Salman. Com um golpe preciso, Naomi disse: "Jakob Beer parece um homem que conseguiu descobrir a pergunta certa".

Logo depois que o meu emprego de professor na universidade passou a ser permanente, comecei a pesquisa para meu segundo livro, sobre meteorologia e guerra. Mais uma vez, Naomi ameaçou me acompanhar em termos culinários, com várias bombas e pratos *flambés*. Mas acabou decidindo que aquilo não era nada engraçado. O título do livro, *Um inimigo não mortal*, vinha de uma frase de Trevelyan. Referia-se ao furacão que destruiu a força naval britânica durante a guerra com a França. Trevelyan estava certo na identificação do inimigo real: um furacão no mar significa borrifos cruzando o convés a cento e cinqüenta quilômetros por hora, um vento uivante que impede de respirar, enxergar ou ficar de pé.

Durante a Primeira Guerra Mundial, nas montanhas tirolesas, avalanches foram provocadas deliberadamente para sepultar tropas inimigas. Mais ou menos nessa mesma época, estrategistas pensaram também em criar tornados como arma, idéia nunca levada adiante, só porque não se podia ter certeza de que o tornado não se voltaria contra as próprias linhas dos seus criadores.

A caminho de Paris, vindo de Chartres, Eduardo III quase morreu numa tempestade de granizo. Ele prometeu à Virgem que declararia a paz se fosse poupado das pedras gigantes, promessa que cumpriu na forma do Tratado da Bretanha. A Inglaterra foi salva pela tempestade que destruiu a armada espanhola. Tempestades de granizo varreram oitocentos quilômetros da França, arruinando plantações, gerando falta de alimentos que contribuíram para a Revolução Francesa. O velho aliado da Rússia, o inverno, sobrepujou o grande exército de Napoleão. O bombardeio de Hamburgo gerou tornados. O termo militar *frente* foi tomado de empréstimo dos meteorologistas da Primeira Guerra Mundial...

Quando os alemães invadiram a Grécia, todas as transmissões meteorológicas de Atenas eram deliberadamente anuladas pela RAF e pelo Serviço Meteorológico Grego. Tinham de fazer um buraco no clima mediterrâneo de forma que os alemães não pudessem contar com a vantagem da previsão do tempo grego para as suas táticas aéreas.

Himmler acreditava que a Alemanha tinha o poder de alterar até mesmo o clima das terras ocupadas. Ao esfregar entre os dedos o solo polonês —"agora solo alemão" —, ele especulava como os colonizadores arianos podiam plantar árvores e "aumentar o orvalho e (formar) nuvens, forçar a chuva e assim expandir um clima economicamente mais viável na direção leste"...

Naomi freqüentara como ouvinte um de meus cursos, formas de biografia. Quando a conheci, ela me lembrou uma freira excêntrica. Naqueles dias, Naomi tinha preferência por roupas folgadas, que pareciam ter sido emprestadas de uma irmã mais velha. Eu achava isso atraente em extremo. Dava-me vontade de chegar nela através dos bolsos grandes ou me enfiando pelas mangas amplas.

O apartamento de Naomi era tão pequeno que era como morar na sala de um consultório médico. Por necessidade, tudo estava escondido atrás de alguma coisa, pronto para despencar. Ela guardava as bebidas alcoólicas numa estante atrás da letra B, de bebida, atrás de Bachelard, Balzac, Benjamin, Berger, Bogan. Scotch era atrás de sir Walter. Ela adorava suas piadas idiotas, quanto mais idiotas melhores, e caía em paroxismos. Essas bobagens continuaram durante a nossa vida de casados. Em um aniversário ela inventou uma complicada caça ao tesouro, a última pista levando, evidentemente, ao bolo.

Naomi era fã dos filmes de ficção científica dos anos 50, a que assistíamos tarde da noite. Ficava sempre do lado do monstro solitário, invariavelmente uma criatura comum que fora exposta a alguma radiação e em conseqüência tornara-se gigantesca. Ela gritava para a tela da televisão, estimulando o polvo gigante a ir em frente e destruir a ponte com seus significativos tentáculos. Naomi dizia que a jovem invariavelmente chamada pelos cientistas para destruir a lula atômica (ou o gorila, a aranha, a abelha) era o seu modelo secreto: a física nuclear, a bióloga marinha, que conseguia fazer um guarda-pó branco parecer mais sexy que um vestido de noite.

Ela adorava música e escutava tudo, gamelão javanês, coros gregorianos, realejos medievais. Mas seu orgulho era a coleção de canções de ninar de todas as partes do mundo. Canção para o primogênito, para a criança que quer ficar acordada com o irmão, para a criança que está excitada demais ou aterrorizada demais para dormir. Canções de ninar do tempo da guerra, canções para crianças abandonadas.

Naomi cantou para mim pela primeira vez, sentada na ponta do sofá. A janela estava aberta, era uma noite quente, ventosa, em setembro. Sua voz baixa como grama sussurrante. Fez-me imaginar o luar sobre o telhado. Cantou uma canção de ninar do gueto, uma tristeza que me pareceu confusamente doce. No escuro, eu sentia o cheiro da loção de bronzear em seus braços e pernas, e no algodão fino de sua saia florida. "Abrace o alfabeto no seu coração, mesmo que cada letra seja uma lágrima." "Canto no seu ouvido, para o sono chegar, uma chavinha fechando um portãozinho."

Algo cintilou dentro de mim, bem no fundo. Eu me concentrei: a atitude mais importante da minha vida, sustentar a cabeça o suficiente para deitar no colo dela. Beijei beijos soprados na película de sua saia. Seu rosto pairando acima de mim, meia-lua, os cabelos em cortina.

Agora, oito anos depois, Naomi ainda coleciona canções de ninar que escuta sozinha no carro. Velhas canções que, imagino, a fazem chorar no tráfego. Faz muito tempo que Naomi cantou para mim pela última vez. Faz muito tempo que não escuto uma canção-charada ou uma canção cigana ou uma canção russa, nem uma canção guerrilheira nem uma canção da Legião Estrangeira francesa, nem um único *ai-li-rá* ou *ai-li-ri-ri* para acalmar os peixes do mar ou um *Baiushki-bayu* para fazer os pássaros sonharem nos galhos.

Hoje todo humor desapareceu dos seus anseios.

Ao longo dos anos, as observações inesperadas de Naomi continuavam a me pegar tão desprevenido quanto uma chuva de verão. Na seção de legumes do supermercado, eu colhia os benefícios de estar casado com uma editora de não-ficção. Escolhendo alface, aprendi que a "Marcha fúnebre" de Chopin foi tocada no seu próprio funeral. Calculando nossos impostos, fui informado de que "Baa baa black sheep" e "Twinkle twinkle little star" têm a mesma melodia. Aprendi muitas coisas enquanto fazia a barba ou arrumava os jornais. "Depois da Primeira Guerra Mundial, um químico alemão tentou extrair ouro da água do mar para ajudar a Alemanha a pagar dívidas de guerra. Ele já tinha extraído nitrogênio do ar para fabricar explosivos. Por falar em guerra, sabia que Amelia Earhart foi enfermeira para os veteranos em Toronto em 1918? E por falar em enfermeira, Escher teve de sofrer uma operação de emergência quando veio a Toronto para fazer uma palestra."

Durante alguns meses, Naomi trabalhou numa série sobre assuntos municipais.

"Me conte o que está acontecendo na cidade."

Na cama, vestindo sua camiseta cinzenta predileta, tão sem forma quanto uma ameba, ela me seduzia com detalhes. Advogados, arquitetos, burocratas; descritos por ela, eu conhecia todos eles. Valendo-me de suas predileções musicais e literárias até os pequenos incidentes em lugares públicos e privados — todas as minúcias das vidas proeminentes —, adquiri um irregular e íntimo conhecimento da cidade. As cidades repousam nos encontros fortuitos, no gosto comum por certas comidas, nas reuniões ao acaso em piscinas cobertas. Por volta da terceira semana ela era capaz de revelar-me, com um olhar significativo, o gosto de certo político por peças de vidro antigo e eu passava a entender as novas regras de estacionamento. Naomi contava essas histórias como um membro da corte. Não como intrigas toscas, de quem fala muito, mas com a fria convicção de que estava revelando os mecanismos internos do poder cívico. E às vezes, quando parava de falar, eu olhava para ela com uma ponta de expectativa, como um sabor revelado na boca.

Eu retribuía contando a ela histórias de dormir: relatórios meteorológicos. Quando a neve está pronta para cair em avalanche, a menor perturbação pode provocar o desastre: o salto de um coelho, um espirro, um grito. Um fiel mascote ficou esperando três dias ao lado de um montículo de neve, até alguém resolver investigar: desenterraram o perplexo carteiro de Zurs, que sobreviveu porque a neve recém-caída é feita sobretudo de ar.

Na Rússia, um tornado desenterrou um tesouro e fez cair uma chuva de mil copeques de prata nas ruas de uma aldeia.

Um trem de carga foi levantado dos trilhos e pousado neles de novo, virado para a direção oposta.

Admito que de vez em quando eu inventava coisas. Naomi sempre descobria. "De onde tirou isso, de onde tirou?", ela dizia, me batendo com o travesseiro, segurando meus óculos pela haste.

Havia um jogo que costumávamos jogar no carro. Naomi sabia tantas canções que dizia ser capaz de achar uma canção de ninar ou uma balada adequada para cada pessoa. Num dia de inverno, perguntei a Naomi em que canções pensava quando pensava em meus pais. Ela respondeu quase de pronto:

"Para os dois eu penso em 'Noite'. É, 'Noite'."

Olhei para ela. Estava vermelha porque eu não entendi; em guarda.

"Bom... porque eles ouviam Liuba Levitska cantando essa música no gueto."

Olhei para ela, furioso. Ela suspirou.

"Ben, não tire os olhos da estrada — Liuba Levitska. Sua mãe disse que tinha uma bela *coloratura*, que era uma cantora de verdade. Cantou a Violeta de *La traviata* quando tinha vinte e um anos. Em iídiche! Dava lições de canto para as crianças do gueto. Ensinou para eles *Tsvey taybelech* — Dois pombinhos — e logo todo mundo estava cantando. Alguém ofereceu um lugar para ela se esconder do lado de fora dos muros, mas ela não quis deixar a mãe. As duas foram mortas... No meio da guerra, ela cantou num concerto no gueto em memória dos que já tinham morrido. Houve uma grande celeuma porque um homem protestou que não estava certo fazer um concerto num cemitério. Mas sua mãe contou que seu pai respondeu a ele que não havia nada mais sagrado que ouvir Liuba Levitska cantando 'Noite'."

"E que canção você escolheria para Jakob Beer?"

Mais uma vez Naomi respondeu depressa demais, como se já tivesse resolvido muito antes de eu perguntar:

"Ah, 'Moorsoldaten', claro — Os soldados do pântano de turfa. Não só porque é sobre pântano... mas porque foi a primeira canção escrita num campo de concentração em Borgermoor. Contei isso para ele quando nos conhecemos na festa de Maurice. Claro que ele já tinha ouvido falar. Os nazistas não deixavam os prisioneiros cantarem nada além das marchas nazistas enquanto cortavam turfa, portanto era uma bela rebelião inventar uma canção própria. A canção se espalhou por todos os campos. 'Para onde quer que se olhe, pântano e urze nos observam... mas o inverno não reinará para sempre.'"

Rodamos alguns minutos em sombrio silêncio. Aquele dia de fevereiro estava particularmente úmido, e o estado das estradas era péssimo. Lembrei-me como eu e meus colegas costumávamos apertar a lama de neve entre as botas, escorrendo a água, deixando montículos de gelo branco. Trabalhávamos industriosamente até o pátio da escola virar uma cadeia de montanhas em miniatura.

"É a única coisa que você pode fazer por eles", disse Naomi.

"O quê? Por quem?"

"Nada."

"Naomi."

Minha mulher puxou os dedos de suas luvas de lã e tornou a enfiá-los. Abriu uma fresta do vidro, deixou entrar um sopro de neve e tornou a fechar.

"A única coisa que se pode fazer pelos mortos é cantar para eles. Um hino, um *miroloy*, um *kaddish*. Nos guetos, quando morria uma criança, a mãe cantava uma canção de ninar. Porque não havia mais nada que ela pudesse oferecer de si mesma, de seu corpo. Ela a inventava, uma canção de conforto, mencionando todos os brinquedos favoritos da criança. Todas essas canções de ninar eram escutadas e passadas adiante. E depois de gerações, essa pequena canção é tudo o que restou para falar dessa criança..."

Antes de adormecer, Naomi ficava experimentando até encontrar a posição certa para dormir enrolada de alguma forma em mim. Ela rolava, ajustava os membros, procurava os ângulos certos e, como um pingüim no gelo, encontrava o melhor buraco para respirar entre os corpos e os cobertores. Roçava o nariz em mim, se ajeitava, tornava a roçar, depois dormia com a determinação de um explorador que sai para conquistar uma paisagem de sonho. Muitas vezes acordava na mesma posição.

Às vezes, sentia um aperto no coração vendo Naomi, a doçura dos seus modos ajeitando-se na cama com seu trabalho, um pratinho de sortidos de alcaçuz ao lado, vestindo aquela camisa maluca e sem forma, um contentamento infantil no rosto. Eu empurrava seus papéis e deitava por cima das cobertas, em cima dela. "O que foi, ursinho? Qual é o problema..."

Minha mãe me ensinou que aquele segundo extra que se leva para se despedir — sempre com um beijo —, mesmo que se vá simplesmente comprar leite na esquina ou pegar a correspondência, nunca é desperdiçado. Naomi adorava esse meu hábito, pela simples razão de que sempre se acham encantadores os hábitos de um amante: ela não sabia a sua origem.

O que eu faria sem ela? Comecei a ter medo. Então passei a brigar com ela por qualquer coisa. Por rezar um *kaddish* por meus pais. E quando ela chegava ao seu limite: "Você quer me castigar por causa da minha infância feliz. Pois foda-se, foda-se essa sua estúpida autocomiseração!".

E, como tinha razão, Naomi se arrependia de dizer essas coisas. Acabamos nos arrependendo por toda franqueza. Eu adorava Naomi, minha guerreira que afastava a guerra num ataque de frustração com um simples "foda-se". Mesmo Naomi, que acha que o amor é resposta para tudo, sabe que essa é a verdadeira reação à história. Ela sabia tão bem quanto eu que a história só leva à remissão, continuando a crescer em nós até virarmos pedra e não podermos mais nos mexer. E você desaparece numa peça musical, numa arca de gavetas, talvez em um ou dois registros de hospital, e você vai embora, abandonado até por aqueles que afirmavam mais amá-lo.

~

Quando meus pais vieram para Toronto, perceberam que a maioria dos que imigraram com eles se estabelecera no mesmo distrito do centro da cidade: um quase-quadrado de ruas da Spadina até a Bathurst, da Dundas até a College, com ondas dos mais sólidos chegando para o Norte na direção da rua Bloor. Meu pai não cometeu o mesmo erro. "Eles nem se deram ao trabalho de nos contar entre eles."

Meus pais, ao contrário, mudaram-se para Weston, um bairro que era bem rural e separado do centro da cidade. Conseguiram uma grande hipoteca com uma pequena casa perto do rio Humber.

Nossos vizinhos logo entenderam que meus pais queriam privacidade. Minha mãe acenava com a cabeça uma saudação quando corria para fora e para dentro. Meu pai estacionava o carro o mais próximo possível da porta dos fundos, que dava para o rio, de forma a evitar o cachorro do vizinho. Nossas maiores posses eram o piano e um carro em decadência. O orgulho de minha mãe era o seu jardim, que ela tratava de modo a fazer com que as rosas subissem pela parede de trás da casa.

Eu adorava o rio, embora minhas expedições, aos cinco anos de idade, fossem rigidamente controladas por minha mãe; da janela da cozinha vinha uma barreira de nãos se eu sequer ameaçasse tirar os sapatos. A não ser na primavera, o Humber era preguiçoso, os galhos dos salgueiros dançando na correnteza. Nas noites de verão, as margens viravam uma grande sala de estar. A água pontilhada de luzes das varandas. As pessoas passeavam pelas margens depois do jantar, crianças deitavam-se nas varandas ouvindo a água e esperando o Grande Mergulhão aparecer. Eu olhava da janela do meu quarto, pequeno demais para ficar lá fora. O rio noturno tinha a cor de um ímã. Eu ouvia a batida abafada de uma bola de tênis dentro de uma meia contra a parede e o tênue canto de uma menina no vizinho: "O marinheiro foi para o mar, mar, mar, para ver se sabia remar, mar, mar...". A não ser pelo tapa ocasional de alguém matando um mosquito, o grito ocasional de uma criança brincando, que sempre pareciam distantes, o rio de verão era um cordão abafado. Emanava crepúsculo; todo mundo quieto à sua volta.

Meus pais esperavam que, em Weston, Deus pudesse se esquecer deles.

~

Um dia de outono, não parava de chover. Por volta das duas da tarde já estava escuro. Passei o dia brincando dentro de casa; meu lugar favorito era o reino debaixo da mesa da cozinha, porque dali tinha uma confortadora vista da metade inferior de minha mãe deslocando-se em suas tarefas domésticas. Esse espaço circunscrito era no mais das vezes transformado num veículo de alta velocidade, impulsionado por foguetes, mas quando meu pai não estava em casa, eu deitava o banquinho do piano ao meu lado e girava o assento de madeira como um leme de veleiro. Minhas aventuras eram sempre esquemas engenhosos para salvar meus pais dos inimigos, homens do espaço que eram soldados.

Nessa noite, depois do jantar — ainda estávamos à mesa — um vizinho bateu à porta. Veio dizer que o rio estava subindo e que se soubéssemos o que era melhor para nós devíamos sair depressa. Meu pai bateu a porta na cara dele. Andava de um lado para outro, furioso, lavando as mãos no ar.

O ruído que me acordou foi a batida do piano que flutuava contra o teto, debaixo do meu quarto. Desperto, vi meus pais ao lado da minha cama. Galhos batiam no telhado. Foi só quando a água chegou às janelas do segundo andar que meu pai concordou em abandonar a casa.

Minha mãe me amarrou à chaminé com um lençol. A chuva machucava, agulhas no meu rosto. Não podia respirar por causa da chuva, engolindo água com o ar. Luzes estranhas perfuravam o vento. Piche gelado, meu rio estava irreconhecível: negro, infinitamente largo, uma torrente de objetos voadores. Um planeta noturno de água.

Com cordas, uma escada e força bruta, fomos resgatados. Como que liberada das garras das luzes da margem, ao mergulhar na escuridão, nossa casa foi arrebatada, como todas as outras da rua, corrente abaixo.

Tivemos sorte. Nossa casa não foi uma das que foi embora flutuando com os habitantes ainda presos dentro dela. Do ponto elevado em que estávamos, vi fachos de luz erráticos iluminando o interior de andares superiores, de onde vizinhos subiam para os telhados. Uma a uma as luzes das lanternas se apagaram.

Gritos espoucavam à distância, do outro lado do rio, mas nada se via na negra escuridão.

O furacão Hazel foi para o Nordeste, rompendo diques, pontes e estradas, os ventos quebrando os fios de eletricidade com a facilidade com que os dedos puxam um fio solto de uma manga. Em outras partes da cidade, as pessoas abriam as portas com água pela cintura, bem a tempo de ver um motorista invisível levando seu carro para fora da rua. Outros não tiveram mais que o porão inundado e passaram meses comendo comida-surpresa porque os rótulos de papel, molhados, soltaram-se das latas de suas despensas. Em outras partes da cidade, muita gente dormiu tranqüilamente a noite toda e só foi ler sobre o furacão de 15 de outubro de 1954 nos jornais da manhã.

Toda a nossa rua desapareceu. Em poucos dias, o rio, já calmo de novo, corria pacificamente como se nada tivesse acontecido. Às margens da planície inundada, cães e gatos presos nas árvores. Fogueiras estranhas queimavam escombros. Onde os vizinhos antes passeavam à noite, vagavam agora pelas novas margens, em busca de restos de pertences pessoais. Mais uma vez, pode-se dizer que meus pais tiveram sorte, pois não perderam a prataria da família, nem as cartas importantes, nem as heranças, por humildes que fossem. Já haviam perdido tudo isso.

O governo distribuiu pagamentos de restituição àqueles cujas casas foram destruídas. Só depois da morte de meus pais descobri que não haviam tocado no dinheiro. Devem ter ficado com medo de que algum dia as autoridades fossem pedi-lo de volta. Meus pais não queriam deixar um débito para mim.

Meu pai pegou todos os alunos que encontrou. Desaparecemos num cubículo de apartamento mais perto do conservatório musical. Meu pai preferiu morar num prédio de apartamentos, porque "todas as portas são iguais". Minha mãe tinha medo toda vez que chovia, mas ficou contente de viver no alto e de não ter árvores próximas demais que pudessem ameaçar a nossa segurança.

Quando era adolescente, perguntei a minha mãe por que não saímos antes da casa.

"Bateram na porta e gritaram conosco para sair. Para seu pai, isso foi o pior."

Ela olhou o corredor pela porta da cozinha, para ver onde estava meu pai, depois, com as mãos em concha na minha orelha, sussurrou: "Quem ousa acreditar que será salvo uma segunda vez?".

O fato de minha mãe aceitar Naomi de coração me irritava, ciúmes que se tornaram intensos. Como meu pai, eu estava sendo posto de lado. A primeira vez que a familiaridade delas me chamou a atenção foi quando fiquei esperando Naomi acabar de lavar uma panela. Torci um pano de prato em forma de coroa, truque que minha mãe havia me ensinado. Sem nenhum preâmbulo, inocente, Naomi disse: "Igual a sua prima Minna".

Minha mãe fazia conferências com Naomi na cozinha, fingindo discutir ingredientes ou modelos de vestidos, enquanto eu sentava, mudo, com meu pai na sala, observando as estantes de livros e de discos pela enésima vez. Como minha mãe deve ter apertado a mão de Naomi, contado com ela, conspirado com ela. Naomi saindo da cozinha sorrindo com uma receita de bolo de mel. Toda a amorosa atenção que ela esbanjava com meus pais, o cuidado tão característico de Naomi — sempre obsequiosa, generosa para com os defeitos —, começaram a me parecer insinuação, manipulação, jogo de poder. Depois, eu desconfiava até de suas visitas aos túmulos de meus pais, seus presentes de flores e pedras com orações. Como se Naomi estivesse me comprando uma consciência sem culpa da mesma forma que um homem compra jóias para a amante. Por que faz isso, por quê? — pensando, que bem faz isso? Ela dizia sempre a mesma coisa, uma resposta que me deixava envergonhado, de cabeça baixa como uma ré: "Porque eu amava os dois".

Como podia alguém simplesmente amar meus pais? Como podia um olho não treinado conseguir enxergar através do silêncio de meu pai, sua mal-humorada rigidez e rancor, seu desespero; através do depreciado professor de piano que fora um dia um elegante estudante de regência em Varsóvia? Como podia um coração não treinado ver através dos vestidos estampados de minha mãe e dos broches de vidro lapidado a mulher apaixonada que guardava um par de luvas de couro de luxo embrulhado em papel de seda perfumado numa gaveta, e uma coleção de cartões-postais numa caixa de sapatos no armário, que cozinhava para relembrar as gerações, que cultivava um jardim na sacada para poder ter flores em casa sem que meu pai reprovasse? Que direito tinha Naomi de conquistar a confiança deles?

Comecei a relembrar a brusca afeição que ela evocava em meu pai quando falava do amor que o pai dela sentia pela música. Era tão ruidosa com eles! Durante longo tempo não me dei conta do quanto isso me feria. Na verdade, cheguei mesmo a acreditar que gostava dessa familiaridade, dessa sensação de familiaridade que Naomi trouxe para aquele apartamento vazio. Ela era direta e doce, um *crayon*, quando tudo o que havia diante dela fora escrito com sangue. Ela invadia tudo com a sua abertura, sua boa vontade canadense, aparentemente inconsciente das finas linhas de dor, da amargura mantida com suavidade, do emaranhado de maquinações, das restrições ornamentadas. E mesmo percebendo agora que nada seria capaz de abrir o meu pai ou derretê-lo — mesmo no fim da vida —, começo a acreditar que de alguma forma ele se abria com Naomi. Claro que sim, mas eles não eram o tipo de confidentes que eu suspeitava. Uma estrangeira, uma estranha em nosso meio, Naomi entrou na caixa de fósforos do apartamento e em vez de explodir nossa maneira furtiva, simplesmente trouxe flores, sentou-se no sofá, aceitou nosso jeito, jamais abusando de sua posição. Uma hóspede decorosa, paciente, impecável. O que tomei erroneamente como confidência de meu pai era apenas o alívio de um homem que percebia não ser preciso romper o seu silêncio. É a confiança que a graça de Naomi encoraja em todo mundo. Ela respeitará a privacidade até o fim.

~

As pessoas indagam: você sonha em cores? Mas eu me pergunto: existe som em nossos sonhos? Meus sonhos são silenciosos. Olho meu pai inclinar-se sobre a mesa para dar um beijo de despedida em minha mãe, ela frágil demais para ficar sentada muito tempo. Penso: "Não se preocupe, eu penteio seu cabelo, carrego você para a cama, eu ajudo" — e me dou conta de que ela não me conhece.

Em sonhos, o rosto de meu pai, com a expressão que ele tinha aos domingos, ouvindo música, é confortante; um reflexo na superfície calma de um lago estilhaçada por uma pedra. Em sonhos, não posso deter sua desintegração.

Desde que ele morreu, passei a respeitar os seus esconderijos de comida pela casa como prova de sua engenhosidade, sua autopercepção. *Não é a profundidade de uma pessoa que se tem de descobrir, mas a sua ascensão. Encontrar o seu caminho da profundeza à ascensão.*

Nos fundos do armário de minha mãe havia uma maleta cujo conteúdo minha mãe ia revisando à medida que eu crescia. Essa pequena mala, que eu temia em criança, agora representa para mim a enormidade da sua capacidade de autocontrole.

Minha mãe ficou velha de repente. Virou-se de dentro para fora; a pele escondida pelos ossos. Eu notava o tecido esticado sobre a curva de suas costas, os cabelos finos sobre o crânio. Parecia ser capaz de se fechar, com um estalo, como uma cadeira dobrável. Tudo o que sobrou dela foram as partes que fariam um som aterrador — esqueleto, óculos, dentes. No entanto, ao mesmo tempo em que estava desaparecendo, parecia estar se transformando em algo mais que o seu corpo. E foi então que percebi o quão profundamente as atenções filiais de Naomi estavam me machucando, cada vidrinho de loção perfumada para as mãos, cada frasco de perfume, cada camisola. Sem falar do sofrimento evocado pela futilidade dos objetos que sobrevivem a nós.

Depois que minha mãe morreu, quase instantaneamente meu pai deslizou para uma zona fora de alcance. Ele ouvia coisas, difusas como um sussurro. Quando sua mente estava sintonizada na freqüência dos fantasmas, sua boca era um arame retorcido. Durante uma visita, num domingo de outono, cerca de um ano após a morte de minha mãe e dois anos antes da dele, fiquei olhando para ele da janela de nossa cozinha, enquanto Naomi preparava o chá. Estava sentado em nosso quintal; o livro que não lera caído na grama. Alguém na vizinhança queimava folhas secas. Pensei no enfumaçado ar fresco sobre o seu rosto recém-escanhoado, uma pele que eu não tocava fazia anos. Estranho que essa memória tenha se tornado bonita para mim. Meu pai sozinho no jardim, perdido nas saudades de sua mulher. Ele segurava o cardigã no colo como uma criança a quem mandaram segurar alguma coisa sem saber por quê. O traço de beleza que sinto agora é assim: talvez pela primeira vez em uma longa vida, meu pai experimentava prazer em relembrar uma época mais feliz. Sentado tão quieto que os pássaros não o temiam, mergulhando dos galhos recém-desnudados, soprando um vento sobre o gramado em torno dele. Sabiam que ele não estava ali. Em seu rosto a expressão, que agora reconheço, de todas aquelas tardes de domingo em que sentávamos juntos no sofá.

A última noite de meu pai. Segurando o telefone em meu ouvido, esperando Naomi vir para o hospital. Sempre associarei o sinal do telefone com o horizonte mecânico da morte, do cessar das batidas do coração. Dei-me conta então de que toda a minha vida estivera errado a respeito dele, achando que ele desejava a morte, que esperava por ela. Como foi possível que eu não soubesse, que eu jamais suspeitasse? A verdade cresce em nós gradativamente, como um músico que toca uma peça repetidamente até que de repente a escuta pela primeira vez.

Numa noite de março, cerca de dois meses depois que meu pai morreu, eu estava vasculhando os armários e bolsos de meus pais e as gavetas da arca de meu pai. Tinha deixado a arrumação do quarto deles por último. Na caixa que ele nunca usou para guardar charutos, dentro de um envelope, uma única fotografia. Pensamos em fotos como um pedaço de passado capturado. Mas algumas fotografias são como DNA. Nelas você pode ler todo o seu futuro. Meu pai é tão jovem que mal o reconheço. Está posando na frente de um piano, uma criança na curva do braço. Com a outra mão segura o rosto de uma menina pequena voltado para a câmera. Ela tem talvez três ou quatro anos e está agarrada à perna dele. A mulher parada ao lado dele é minha mãe. Se é possível falar sem abrir a boca, sem fazer um som nem alterar os músculos da face, é isso que meus pais parecem estar fazendo. Nas costas flutuam os garranchos de uma data, junho de 1941, e dois nomes. Hannah. Paul. Olhei durante longo tempo os dois lados da fotografia antes de entender que tinha havido uma filha; e um filho nascido imediatamente antes da ação. Quando minha mãe foi forçada a ir para o gueto, aos vinte e quatro anos, seus seios estavam gotejando leite.

Trouxe a fotografia para casa, para mostrar a Naomi. Ela estava na cozinha. Tudo aconteceu num instante. Estava tirando a foto do envelope e antes que eu pudesse pronunciar uma palavra de explicação, Naomi disse: "É tão triste, tão terrível". Ela viu então o choque que suas palavras haviam produzido em mim e parou de raspar os pratos sobre a lata de lixo.

Meus pais, peritos em segredos, esconderam de mim o mais importante de todos até o seu último suspiro. Porém, num toque de mestre, minha mãe decidiu contá-lo a Naomi. A filha que ela tanto desejara. Minha mãe adivinhou que minha esposa não iria mencionar com facilidade uma coisa tão penosa, mas sabia que se confiasse em Naomi, a verdade acabaria sendo revelada. Naomi sabia o quanto a sua intimidade com meus pais me perturbava. Mas Naomi não sabia que estava guardando um segredo.

Mesmo assim, culpei a ela.

A privacidade é a verdadeira profundidade de um casamento, lugar que a história de minha mãe invadira.

O passado é uma energia desesperada, viva, um campo elétrico. Ele escolhe um momento único, uma oportunidade tão doméstica que nem sabemos que a deixamos passar, um momento que se espatifa atrás de nós e muda tudo o que vem depois.

Meus pais deviam ter feito uma promessa recíproca, que minha mãe cumpriu até quase o fim.

Naomi explicou uma outra coisa que eu nunca soube. Meus pais rezavam para o nascimento do seu terceiro filho passar despercebido. Tinham a esperança de que se não me dessem um nome, o anjo da morte passaria por mim. Ben, não Benjamin, mas simplesmente *ben* — a palavra hebraica para filho.

A neve desapareceu aos poucos de sob as árvores, deixando sombras úmidas. Detritos escondidos todo o inverno surgiam espalhados por gramados e flutuando nas bocas dos esgotos.

Nas semanas posteriores à limpeza do apartamento de meus pais, comecei a vasculhar o Humber, coletando objetos que emergiam das margens no começo da primavera — uma colher de *souvenir*, uma maçaneta de porta, um brinquedo mecânico enferrujado. Lavei-os no rio e guardei-os numa caixa no porta-malas do carro. Não encontrei nada de que me lembrasse.

Um dia, a chuva ensopou meu casaco, minhas mangas e costas encharcadas. Em casa, esvaziei dos bolsos os cacos de porcelana, pequenos como peças de mosaico, e lavei os pratos quebrados na pia do banheiro. Limpei a lama do fundo do rio de sob as unhas. Sentei-me sobre as roupas molhadas na beira da banheira vazia. Após algum tempo, troquei-me e fui para o escritório. Senti o cheiro de sopa — molho de tomate, alecrim, louro, alho, vindo do andar de baixo. Fiquei sentado até não conseguir mais enxergar os telhados da alameda e as cercas dos quintais, só a minha própria lâmpada e as estantes refletidas na janela.

Fui para o quarto e deitei-me. Ouvi Naomi subindo a escada, ouvi que tirava os sapatos. Senti que se deitava ao meu lado em sua posição favorita, costas contra costas, seus pés miúdos, de meias, roçando a barriga da minha perna, um gesto de intimidade que me encheu de desesperança. Imaginei o seu ponto de vista do quarto escuro. Eu podia ter agüentado, por mais vezes que ela me dissesse: "Pensei que você soubesse, pensei que você soubesse". Se ela pelo menos não tivesse posto os pés pequenos na minha perna — como se nada tivesse mudado.

Sabia que não devia abrir a boca. A miséria dos ossos que precisam ser quebrados para se endireitar.

Ao acordar em nossa casinha minúscula, em nossa rua de velhos olmos e castanheiros, eu sabia, sem levantar as cortinas, às vezes até sem abrir os olhos, se estava chovendo ou nevando. Sabia instantaneamente a hora da manhã ou da noite pela quantidade de luz que se filtrava no armário, na cadeira, no aquecedor, na escova de madeira de Naomi em cima da mesa-de-cabeceira.

Diferente no inverno, em março, no meio do verão, em outubro. Sabia que, dentro de meio ano, os dois bordos do quintal mudariam de cor, um diferente do outro, um mais acobreado do que escarlate. Estava enjoado de observar. Os pálidos graus de mudança, a decadência diária.

E existem também os dias em que a atmosfera assinala um aniversário de erro. Um momento inominado que só o clima relembra. O lugar onde estaríamos se tudo estivesse bem.

Pensei em meu pai, que usava a comida para esquecer do próprio corpo. Que só vivia na música, em que o tempo é uma instrução.

~

Você morreu pouco depois de meu pai e não sei dizer qual morte me fez buscar de novo as suas palavras. Na escrivaninha de Naomi estava o seu último livro, *O que fizeram com o tempo*, e na minha *Fundamentos*.

Uma noite, mexendo nervosamente o nosso jantar numa caçarola, Naomi sugeriu que eu ajudasse Maurice Salman a recolher os seus cadernos de Idhra, agora que ele não podia mais viajar. Foi idéia de Naomi: uma separação.

Dias depois, parei à porta da cozinha e falei para as costas dela.

"Arranjei as coisas para só voltar a dar aulas em janeiro."

Naomi apoiou as mãos espalmadas na mesa da cozinha e levantou-se. Suas coxas estavam marcadas com a forma da cadeira. Isso me deixou tão triste que tive de fechar os olhos.

"Mas você vai passar fora o seu aniversário... a hipoteca vai ter de ser renovada logo... já comprei o seu presente..."

Um navio no meio do oceano não percebe o maremoto; o vale entre picos de ondas tem quase cento e cinqüenta quilômetros. Nesse momento, o medo devia ter me tocado, eu devia ter sentido o cheiro do éter, sentido a lâmina da faca. Mas nada. Em vez disso, dissipei nossa vida juntos e disse apenas: "Eu escrevo...".

O corpo de Naomi era para mim tão familiar quanto um mapa, sempre dobrado nos mesmos lugares, esgarçando nas dobras. Nunca mais a desdobrei; abria apenas um pequeno quadrado de cada vez, o distrito a que me dirigia no escuro.

Na noite de junho, véspera de minha partida para a Grécia, o calor estava sufocante. Naomi saiu molhada do chuveiro frio e deitou-se em cima de mim. Fria como areia molhada.

~

Alguns anos após a morte de minha mãe, durante o breve período em que morou comigo e Naomi, meu pai pareceu ter desistido inteiramente de dormir. À noite, eu o ouvia vagando pela casa. Finalmente, o convenci a consultar um médico, que, para meu alívio, receitou-lhe pílulas para dormir. Mas sentindo-se de repente capaz de responder ao dilema da fome que o assolou por tanto tempo, ele tomou todas elas.

TEMPO VERTICAL

Cheguei a Idhra com o *meltemi*, o fresco vento russo que evapora nos Bálcãs, que enche as velas gregas e arranca camisas na tarde de verão. Cheguei com os intrépidos fura-buxos que voam milhares de quilômetros para o Sul, vindos do Círculo Ártico, brancos como lascas de geleiras e icebergs. Eles roçam o mar sussurrante, as asas agudas abrindo o envelope azul do céu. O *meltemi* é um vento como rabo de cavalo, que impede que a umidade assente. Ele limpa o ar até você ser capaz de enxergar a textura de uma porta de madeira debaixo da tinta; até você enxergar os poros da casca do limão e os sulcos do gelo num copo na mesa de um café do porto; até você enxergar a umidade do focinho de um cachorro que dorme à sombra da parede — vinte minutos antes de aportar. Não importa a sua idade, o *meltemi* estica a sua pele, abranda o desespero da testa do viajante, o viajante que ainda não viajou o bastante para deixar para trás o seu futuro. Se você abre a boca no convés, o *meltemi* esfrega e limpa o seu crânio como se fosse uma tigela branca, cada pensamento será novo, e você se encherá de um apetite por clareza, pela força de músculos precisos, por desejos precisos. Dará pitadas de seu passado como migalha de pão aos pássaros marinhos, verá os pedaços se incharem e afundarem, ou serem apanhados por bicos afiados e engolidos em pleno ar.

De todos os ângulos, menos um, Idhra é uma nua rocha azul, crivada de liquens, uma baleia numa poça rasa. O navio faz uma última curva e a ilha de repente levanta a cabeça, abre os olhos.

Um buquê de flores tirado da manga do mágico. Há centenas de anos, seja numa *sakturia* de quinze toneladas, seja numa *latinadika* de vela latina com cinqüenta toneladas, os marinheiros dessa rota que atravessa o golfo Sarônico — vindos de Constantinopla e Alexandria, Veneza, Trieste e Marselha —, ao fazerem a curva para o íngreme anfiteatro do porto de Idhra, vêem os recém-chegados se deslumbrarem. Eles se acotovelam, ignorando o brilhante lamê dourado das redes estendidas nas docas, ignorando os telhados de lava vermelha líquidos de luz, as portas saturadas de azul ou amarelo de uma centena de casas brilhando como tinta fresca. E você se sente tolo pelo aperto na garganta, pela excitação no olhar.

~

Salman me preveniu de que o barco chegaria muito no fim da tarde para que eu pudesse ir a pé até a casa no primeiro dia. Ele escreveu com antecedência a meu respeito para a sra. Karouzos, cujo tranqüilo hotel está instalado na antiga mansão de um almirante e é administrado pelo filho dela, Manos. O hotel da sra. Karouzos fica na metade do caminho até a sua casa; dali, segundo Salman, o restante do caminho podia ser feito facilmente de manhã. Os quartos dão para um pátio central, com uma sala de jantar ao ar livre. Deve estar exatamente como Salman relembra. Meia dúzia de mesas. Lanternas penduradas das paredes de pedra. Lavei o rosto e me deitei. Da cama, a janela era um quadrado de cor porosa, uma pintura azul.

Vozes no pátio lá embaixo me acordaram, a janela agora negra e pontilhada de estrelas. Fiquei ouvindo o tilintar de talheres e pratos.

Pus água em meu copo e o *ouzo* transformou-se em neblina.

Quando cheguei a Idhra estava convencido de que ia conseguir o que Salman queria, perseguido como estava ele pela idéia de que seus cadernos jaziam em algum lugar de sua casa. Você teria pena do seu velho amigo, que sonha com uma última conversa. Ele esperava melhorar o bastante para vir procurar ele mesmo, para visitar a Grécia mais uma vez. A sra. Karouzos mandou-lhe os seus papéis, mas os diários não estavam junto. Salman pensou então que eles devem ter a aparência de livros, com capa dura, porque dissera a ela que não precisava mandar nenhum livro. Prometi a ele que ia fazer a escavação com todo o cuidado.

Eu iria passar semanas na sua casa, um arqueólogo examinando um centímetro quadrado por vez. Procurei em gavetas e armários. Sua escrivaninha e gabinetes estavam vazios. Comecei então a vasculhar a biblioteca: imensa em tamanho e abrangência, subindo por todas as paredes da casa. Livros sobre a aurora boreal, sobre meteoritos, sobre arco-íris de nevoeiros. Sobre topiaria. Sobre semáforos. Sobre a vida em Gana, a música dos pigmeus, sobre as favelas marítimas dos estivadores de Gênova. Sobre rios, a filosofia da chuva, sobre Avebury, sobre o cavalo branco de Uffington. Sobre arte das cavernas, arte botânica, sobre a peste. Memórias de guerra de diversos países. A coleção de poesia mais vigorosa que já vi, em grego, hebraico, inglês, espanhol.

Eu me distraía com as anotações marginais, os pedaços de papel enfiados entre as páginas, as contas usadas como marcadores. Manuseava com cuidado os livros que estavam caindo aos pedaços, que haviam sido lidos e relidos, como o *Guia para a arquitetura clássica*, ele próprio uma ruína que praticamente se esfarelava em minhas mãos.

Perdia uma hora inteira com um livro sobre penteados cerimoniais, outras duas com a vida de um estivador de Atenas que veio a ser organizador trabalhista. Uma vez, tirei da estante o caderno de despesas de Michaela, e um outro com listas de coisas a serem procuradas em várias excursões a Atenas e nas viagens de volta ao Canadá. Um volume grosso, de capa dura, era a tese de mestrado de Michaela, sobre a ética da museologia, focalizada na tragédia de Minik, o *inuit* da Groenlândia transformado em espécime vivo em exposição no Museu de História Natural americano. Minik descobriu que o esqueleto de seu próprio pai fazia parte da exibição. O estilo de Michaela não era acadêmico e a tristeza da história de Minik junto com o calor da tarde subitamente me encheram de uma sensação de inutilidade.

No fim, quando estava claro que eu não ia encontrar com facilidade os seus cadernos, comecei a imaginar que você os escondera entre as rochas, como a brigada do papel que salvou livros preciosos durante a guerra enterrando-os no terreno em torno da Biblioteca Strashoun de Vilna. Como todas as cartas de testemunhas enterradas debaixo dos assoalhos de casas em Varsóvia, Lodz, Cracóvia. Pensei até em escavar seu jardim e as pequenas áreas de solo rochoso em volta da casa. Imaginei quebrar as paredes.

Mas o meu erro foi procurar por algo escondido.

~

Da porta da frente de sua casa, eu via o porto distante — daquela altura, apenas uma pequena abstração de cores, como se um carrinho tivesse derrubado o seu conteúdo na baía.

Um barco, recolhido em seco e precisando desesperadamente de pintura, pousado na beira do penhasco que dava para o mar. Devem ter precisado de uma dúzia de homens fortes e mulas para içá-lo até o alto da colina.

Era uma manhã perfeita. A brisa afastava o calor. Fiquei um pouco na varandinha, depois entrei.

Varas de luz vindas dos cantos das persianas cruzavam-se pela sala. Uma onda de alarme correu-me pela pele. Esperando na penumbra, nua até a cintura, coberta só pelos cabelos, uma mulher relumeava. Fiquei olhando a sala até me dar conta de que era de madeira, uma figura de proa de navio, tão grande que era desorientadora, como se todo o navio estivesse atrás dela e tivesse colidido com a casa.

Voltei para fora e soltei as travas das venezianas das duas janelas, depois entrei pela porta larga pela primeira vez. A luz estava pontilhada de poeira. Parte da mobília coberta com lençóis parecendo deslizamentos de neve, misteriosos no calor intenso.

Um rústico parapeito de madeira circundava a sala principal, como um convés de navio. Desse passadiço podia-se ver a sala de jantar lá embaixo. As paredes superiores debruadas com estantes vergadas, sobrecarregadas. Depois, descobri que por trás dessa galeria ficava o seu pequeno estúdio, escondido num canto do telhado. Estava por demais cheio de livros. Uma lâmpada de pé, feita de um galho, com abajur de papel, uma rede, uma bergère com mais uma pilha de livros, uma janela que parecia portinhola de navio dando para o jardim e para as ondas. Diversas pinturas de fenômenos atmosféricos, inclusive uma adorável gravura antiga de um parasselênio. Na escrivaninha, várias pedras, uma bússola de óleo, um relógio de bolso com um monstro marinho gravado na tampa, um prato raso cheio de uma exótica coleção de botões. Botões com formas de animais, de frutas, botões de marinheiro com relevos de âncoras, botões de prata, vidro, madrepérola, madeira, osso.

A casa era maior do que parecia por fora, circundando a montanha, os quartos cheios de tesouros. Velhos barômetros ornamentais. Cartas de ventos, cartas de marés, sinos. Diversos globos, inclusive um em branco, feito de ardósia, provavelmente para que o estudante pudesse aprender a posição dos continentes e países desenhando sobre ele. Diversas figuras de proa menores, voando das paredes, uma delas de um anjo feito de madeira roída pelo sal, com a mão sobre o seio, o vento do mar nos cabelos emaranhados.

A casa era uma brecha de afeições. Tudo era gasto pelo vento ou pelo mar, velho e desparceirado, a maior parte de valor apenas pessoal.

Uma dúzia de navios em garrafas, um mapa da lua. Uma velha arca marítima com suas costelas de ferro arqueadas na tampa. Uma vitrine numa das paredes com uma coleção sortida de fósseis. Batentes com fantásticas conchas, pedregulhos, garrafas de vidro azul, de vidro vermelho. Cartões-postais. Madeira de naufrágios. Candelabros feitos de cerâmica, madeira, latão, vidro. Lâmpadas de azeite de todo tamanho e formato. Aldravas de diferentes tamanhos, todas em forma de mão.

A sra. Karouzos, velha demais para cuidar da casa sozinha, havia mandado a filha cobrir a mobília. Até as roupas nos armários estavam envoltas em lençóis. Estranha a relação que temos com objetos que pertenceram aos mortos; na trama de átomos, o seu toque fica para trás. Cada quarto emanava ausência, mas estava embebido da sua presença. Quando tirei a coberta do sofá, encontrei os cobertores ainda escorrendo de um lado dele, com as marcas de seus corpos — um peso invisível — ainda sobre os colchões. Cerâmicas de Skyros com penas e espirais cor de melancia e de ondas. Uma ampla mesa de madeira com a cadeira afastada, como se você ou Michaela tivessem acabado de se levantar.

Na cozinha, um livro de receitas greco-judaicas muito usado, aberto na página de uma massa de pastel, e um exemplar também usado e obviamente deslocado da *História natural* de Plínio. Imagino que você deve ter entrado na cozinha para ler uma passagem para Michaela e esquecido ali o livro. Ou talvez ela o tenha chamado pedindo que você pegasse alguma coisa de uma estante alta, ou para pedir o seu conselho sobre um molho, e você a abraçou e o jantar foi provisoriamente esquecido, o livro abandonado.

Quando vi a sua confusão de sandálias na porta, vi os sapatos de meus pais, que depois da morte deles guardavam com fidelidade não só a forma de seus pés, mas a maneira como andavam, o resíduo de movimento no couro gasto. Assim como as suas roupas ainda os tinham dentro, uma história em cada rasgo, em cada remendo, as mangas compridas. Décadas ali guardadas, em um armário ou dois. Uma casa, mais do que um diário, é um lampejo íntimo. Uma casa é uma vida interrompida. Pensei nas famílias petrificadas na erupção do Vesúvio, a última refeição ainda no estômago.

Havia aqui provas de uma vida dolorosamente simples: dias passados em pensamentos e em companheirismo. Leitura solitária; leitura em voz alta. Dias plantando vegetais, nadando, e dormindo no calor das tardes, horas para elaborar uma idéia, para pensar, até chegar a hora de encher os lampiões.

Sentei em seu terraço e olhei o mar. Sentei à sua mesa e olhei o céu.

Senti a força do seu lugar conversando com meu corpo. Imperceptivelmente, minha inveja se apagou. Minhas pernas foram ficando mais fortes com a subida diária até sua casa, com a comida pura que eu levava todo dia — fruta, queijo, pão, azeitonas — para comer à sombra do seu jardim. Uma manhã, meus pesadelos da noite anterior se detiveram no meio da subida do morro e hesitantes deram meia-volta, flutuando de volta para baixo, como se tivessem atingido uma fronteira invisível. Comecei a entender como aqui, sozinho, no vermelho e amarelo das papoulas e giestas, você havia se sentido suficientemente seguro para começar a escrever *Fundamentos*. Como você desceu lentamente para dentro do horror, como descem os mergulhadores, com força de vontade e método. Como, à medida que você descia, o silêncio latejava.

Todos os dias eu descobria mais um talismã de beleza, pistas da vida que você e Michaela partilhavam: tocos de velas, poças duras de cera em abrigos de rocha no jardim onde vocês devem ter se sentado juntos à noite, sem dúvida a sua *fenda de pedra aberta pelo fogo*. Suas imagens por toda parte.

Descobri suas várias estâncias no terraço, seguindo pacientemente a trilha diária do sol nas pedras do piso. Cadeiras arrastadas acompanhando a sombra. O lugar onde pingava óleo cada vez que se enchiam as lamparinas.

Acima da cama, um papel grande com o texto de *O que fizeram com o tempo*, a tradução grega escrita com tinta abaixo do inglês, uma sombra; a tradução hebraica escrita acima, uma emanação. Você escreveu sobre refeições noturnas ao ar livre, refeições em que se vai para a mesa com fome perfeita, a fome de depois de nadar, de escalar, de amar; voracidade que será saciada e retornará. A *linguagem circular* dos braços de Michaela.

À noite, sentado em seu terraço, envolto no manto da lavanda e do alecrim não podados, pensava no sentido do seu *Jardim noturno* e não punha a ênfase na segunda palavra do título. Aquele momento em que você leva sua vida inteira para outro momento. *Tremulando como a agulha de uma bússola.* Um momento de pura decisão.

A casa efetivamente possuía um silêncio que vem na trilha de um acontecimento monumental. Evidente na mobília, no jardim selvagem com suas fragrâncias soporíferas que absorveram mil sonhos acordados. Nas almofadas junto às janelas. Na xícara esquecida no terraço, agora cheia de chuva.

Seus poemas desses poucos anos passados com Michaela, poemas de um homem que sente, pela primeira vez, um futuro. Suas palavras e sua vida não mais separadas, depois de *décadas se escondendo em sua pele.*

Você se sentava a esta mesa neste terraço e escrevia como se todo homem vivesse desse jeito.

Há uma mulher que aos poucos despirá

Bem lá embaixo, o sal empurra o cheiro pesado dos lilases para o mar, a fragrância se afoga, doce púrpura, em ácido azul. A doçura afoga-se sem um som. Extática.

As folhas, um milhão de mãos mais verdes que a energia, silenciosas do lado de fora da janela fechada. A sala quente, o cheiro dos batentes e assoalhos de madeira torrando ao sol. Olhando para as encostas secas, tão brilhantes, o olho manufatura sombras.

Há uma mulher que aos poucos despirá
meu espírito

Se eu soubesse desenhar, seguraria um pedaço de papel contra essa vista da janela e deixaria a paisagem gravar-se a fogo sobre ele, penetrar nele como um abraço que deixa a sua mancha, como um papel fotossensível escurecendo de desejo por um lugar que jamais se apreenderá. As colinas dissolvem-se ao meu olhar; mas a perda que sinto é a de alguém que já passou o ponto de apreensão. Como escrever para um homem que não quer mais ser encontrado.

Há uma mulher que aos poucos despirá
meu espírito, e trará meu corpo

Até o limão pesar no ramo, até o peso de uma sombra separar uma folha de outra, e imprimir esse lugar em você. Até as encostas queimarem os seus olhos, até você desistir. Até *a emenda de densidade que separa a folha do ar/ não ser um espaço, mas um selo.*

Há uma mulher que aos poucos despirá
meu espírito, e trará meu corpo à crença

Até o belo zunir das moscas me acordar.

Durante semanas vaguei no calor, no cheiro dos quartos havia muito fechados, ralentando mais e mais a minha busca por seus cadernos. Pela porta aberta, flutuam os vapores da grama crestada.

Uma tarde, meus olhos se abrem. Senti, com uma descarga de adrenalina, que você e Michaela podiam aparecer na porta.

Uma sombra passara pela casa, breve como um pensamento, apesar de nada haver mudado de um momento para o outro.

A idéia tomou conta de mim: você ainda está vivo. Está escondido, para ficar sozinho com sua felicidade.

Uma energia de intenção que jamais sentira antes dominou-me.

FÓSFORO

Antes do século XVIII, acreditava-se que os raios eram emanações da terra ou resultado da fricção de duas nuvens. Tentar descobrir a sua verdadeira natureza era um passatempo popular, porque ninguém percebia inteiramente o perigo que representavam. O raio não pode ser domesticado. Ele é uma colisão entre frio e quente.

Cem milhões de volts acumulam-se entre a terra e a nuvem, até que a seta branca de tão quente desce, seguida de outra e outra — o ziguezague de íons que formam um canal para o raio subir do solo —, numa fração de segundo. As moléculas de ar circundantes rebrilham.

Na área eletrificada debaixo da nuvem, entre uma descarga e outra, já se ouviram rochas guincharem e metal — um relógio, um anel — fritar como óleo na frigideira.

Raios já fizeram evaporar vidro. Um deles caiu sobre uma plantação de batatas e cozeu-as na terra, o camponês tendo-as recolhido perfeitamente assadas. Já assou gansos em pleno vôo, que caíram prontos para ser comidos.

O calor intenso e súbito pode expandir o tecido. Há gente que se viu nua, as roupas espalhadas em torno, as botas arrancadas dos pés.

Raios podem magnetizar objetos a tal ponto que são capazes de levantar três vezes o próprio peso. Um raio já fez parar um relógio elétrico, depois o fez funcionar de novo, os ponteiros girando em direção anti-horária três vezes mais rápido que o normal.

Já atingiu um edifício, disparando o alarme contra incêndio e atraindo os bombeiros, que vieram apagar o fogo por ele começado.

Um raio restaurou a visão de um cego e também os seus cabelos.

Raios esféricos entram por uma janela, por uma porta, por uma chaminé. Silenciosamente circundam a sala, procuram pela estante de livros e, se não escolherem um lugar onde pousar, desaparecem pela mesma passagem de ar que os fez entrar.

Mil momentos acumulados podem ser fruídos em poucos segundos. Suas células tornam a se arranjar. Atingido, o seu metal derrete. A sua forma queimada imprime-se na cadeira, vazio no lugar que antes você ocupava na sociedade. Pior de tudo, ela lhe parece tudo o que você perdeu na vida. E a coisa de que mais sentiu falta.

Petra escolheu uma mesa na borda do pátio de Karouzos. Sentou-se sozinha. Por suas roupas e maneiras, dava para dizer imediatamente que era norte-americana.

Seus cabelos, uma lustrosa onda de água. A boca larga, os olhos azuis. Tinha o sol na pele, por causa dos longos dias passados ao ar livre. *O vestido branco brilha contra suas coxas como chuva.*

Ela jogou a cabeça para trás. Meu desejo uma áspera lâmina de metal que brilha de repente, lisa, no fulgor da luz.

Às vezes, quando um raio atravessa objetos e depois tecido humano, ele imprime o objeto num braço, mão, numa barriga — deixando uma sombra permanente, uma foto de pele. Paisagens inteiras aparecem nos flancos de animais. Do outro lado do pátio, imaginei que Petra tinha uma tatuagem divina: no meio das costas, uma flor de Lichtenberg. Imagino que lhe foi impressa em criança, que os pneus de borracha de sua bicicleta é que a salvaram. Na curva de suas costas bronzeadas e sedosas, depois de uma penugem invisível, o tênue sopro de eletricidade permanece. Uma flor tão tênue que parece sair com água, como uma flor de gelo desaparece com o hálito. "Dos seus lábios para o ouvido de Deus." Mas sua adoração não terá o menor efeito. A flor é fantasmagórica e permanente: estigma enlouquecedor.

~

Enfeito os pulsos e orelhas de Petra. O farfalhar das folhas de limoeiro, e as pulseiras se juntando em seu braço quando ela levanta os cabelos pesados do pescoço: sons de verde e ouro. Depois das refeições, garrafas e copos, migalhas e pratos, íntimos como roupas espalhadas em volta da cama.

Sua soltura me atinge: "Quando a gente for embora da ilha", "Voltando para casa", "Meus amigos...".

Seu cabelo goteja porque nadou. Em seu corpo molhado, um maiô de grama.

A cegueira goteja em meus olhos. A tarde vira noite, a janela azul, depois azul mais profundo. Como a conversa que sobe do pátio, palavras soltas emergem à consciência: Petra, terra. Sal.

Ela dorme com um abandono que é quase chocante, os cabelos negros espalhados nos lençóis.

De manhã, quando os cabelos de Petra desaparecem sob seu vestido de algodão, sinto o frescor do ar em meus ombros.

Aprendo os cheiros de Petra, a fartura de seus cabelos ainda úmidos, junto ao couro cabeludo, na nuca. Conheço a linha de suor em torno de seus seios, o cheiro de suas mãos e pulsos em meu rosto. Posso identificá-la no escuro, *os gostos que não se apagam no mar*. Conheço o seu corpo, cada suavidade, cada linha entre claro e escuro, cada forma. Cada linha de osso esticando a superfície, cada dobra desenhada antes de nascer — a linha atrás do joelho, dentro do cotovelo, as linhas da palma da mão, do pescoço. Memorizo a curva de suas sobrancelhas, os contornos de seus pés. Conheço seus dentes, sua língua. Minha língua conhece a sua orelha, as suas pálpebras. Conheço os seus sons.

~

Fim de setembro. De noite, o vento levanta as pontas das toalhas das mesas do pátio. A não ser por Stavros, o arquiteto, que estava na ilha para restaurar uma parte do porto, o hotel da sra. Karouzos está vazio. Eu estava em Idhra havia quase quatro meses, conhecera Petra fazia quase três. Todo dia antes de nadar — *as pernas esguias, longas como as caudas das semínimas/ firmes como um peixe na água rasa* — Petra tirava as pulseiras que eu havia comprado para ela, os anéis de Saturno. Depois, punha-as de novo, duas linhas de mel brilhando nos braços bronzeados. Deitava-se nas pedras chatas e deixava as ondas lamberem suas pernas. Talvez quisesse ser atriz, professora, jornalista, não havia decidido. Tinha vinte e dois anos, não queria voltar para casa.

Contou-me dos colegas de escola; da primeira parte de sua viagem, na Itália, na Espanha. Do vendedor de computadores australiano que lhe propusera casamento na pista de dança em Brindisi. "Bem ali, no meio do Café Luna."

Confesso que não ouvi com muita atenção. Enquanto ela falava, eu introduzia pedras pelas tiras de sua roupa de baixo, de seu maiô, até ficarem salgadas e escuras. Peguei-as de volta e pus na boca. Pedaços perdidos.

Seguimos suas pegadas, Jakob, pela ilha. Nas semanas que passamos juntos, como um guia turístico contei a ela todos os fatos que Salman preservara tão fielmente e passara para mim, num mapa de Idhra desenhado à mão: "Foi aqui que Jakob começou *A bússola.* Aqui ele nadava com Michaela. Aqui liam os jornais todo sábado".

Contei a ela como você e Michaela costumavam às vezes tomar o barco para Atenas, para comprar livros e condimentos numa loja que vendia produtos britânicos — molho HP e curry, chocolate solúvel Cadbury's e pudim Bird's —, e passavam a noite num pequeno hotel na Plaka, voltando para a ilha no dia seguinte.

Contei a ela que você escreveu "Em cada cidade estranha" — *em cada cidade estranha torno a aprender/ seu rosto amado e distante* — quando estava sozinho em um hotel de Londres, acima da cama os mesmos nenúfares do cartão-postal da mesa-de-cabeceira de Michaela.

Queria que Petra usasse as roupas que comprei para ela. Adorava vê-la provar comida do meu prato e beber do meu copo. Queria contar a ela tudo o que sabia sobre literatura e sobre tempestades, murmurar em seus cabelos até ela adormecer, minhas palavras inventando seus sonhos.

De manhã, meu corpo ficava amortecido e sensibilizado de prazer. *Livrei-me de um milhão de vidas, de corpo fechado para todos os fantasmas*, sobre a barriga firme de Petra e as coxas bronzeadas e dormia descuidado, enquanto almas se infiltravam na extravagância de lençóis e carne. Tendo me esvaziado inteiramente, dormia como se estivesse cheio demais para me mexer.

Por fim levei-a até sua casa. Petra sentiu que seu lar havia se tornado um santuário e passeou pelas salas como num museu. Admirou-se da vista. Despiu-se no sol da tarde, ainda quente, mesmo em meados de outubro, e ficou inteiramente nua no terraço. Prendi a respiração. Vi Naomi, na véspera de minha partida, à luz esverdeada da chuva em nosso quintal, lençóis molhados nos braços. Na porta dos fundos, Naomi despiu os shorts, molhada até os ossos; a camisa encharcada no balcão da cozinha, pingando na pia. Vi a beleza de minha mulher e não a abracei.

Petra levou-me para dentro, subi atrás dela até o andar de cima. Ela abriu a porta do seu estúdio, depois do quarto ao lado, e descobriu seu quarto de dormir. Abriu as cortinas e o quarto simples ficou esplendoroso; tudo surpreendentemente branco a não ser as almofadas turquesa da cama, como se a maré de sol houvesse inundado tudo, deixando para trás fragmentos de mar.

Petra começou então a tirar a pesada colcha da cama.

Achamos o bilhete de Michaela onde ela o havia deixado. Projetado como uma surpresa para o fim de um dia perfeito. Entre as almofadas, esperando que você descobrisse, na noite em que você e Michaela jamais voltaram de Atenas. Duas linhas em tinta azul.

Se for menina: Bella
Se for menino: Bela

Acabei de tirar a colcha e deitei com Petra no chão.

Petra, perfeita, nem uma mancha, nem uma cicatriz. Mergulhei nela até machucar a nós dois. Lágrimas corriam por seu rosto. Travei as mandíbulas e despejei-me sobre a sua barriga, no ar. Manchei a colcha, deitei-me de costas, suando, e puxei seus cabelos sobre o meu rosto.

Minha mãe cantava para mim uma canção de ninar: "*Shtiler, shtiler* — Sossega, sossega. Muitas estradas que vão, nenhuma estrada que volta...".

O primeiro emprego de meu pai como maestro foi na cidade em que nasci. Pouco antes da guerra, meus pais mudaram-se dali para Varsóvia. Havia, perto, uma velha floresta sossegada. Meus pais iam até lá para piqueniques de fim de semana. Em 1941, os nazistas varreram do mapa o nome da floresta. Depois, ao longo de três anos, assassinaram naquele pequeno bosque. Depois, os prisioneiros judeus e soviéticos que ainda restavam foram forçados a reabrir as covas sangrentas e cremar os oitenta mil mortos. *Eles tiravam os corpos da terra. Mergulhavam as mãos nuas não só na morte, não nos caldos e bactérias do corpo, mas nas emoções, nas crenças, nas confissões. As lembranças de um homem, depois de outro, milhares cujas vidas era dever deles imaginar...*

Os operários ficavam acorrentados uns nos outros. Em segredo, durante três meses, eles cavaram também um túnel de mais de trinta metros. Em 15 de abril de 1944, os prisioneiros fugiram. Treze conseguiram atravessar o túnel com vida. Onze, inclusive meu pai, encontraram um grupo da Resistência escondido no fundo da floresta. Meu pai e os outros tinham cavado o túnel com colheres.

Naomi diz que um filho não tem de herdar o medo. Mas quem pode remover o medo do corpo? O passado de meus pais é molecularmente meu. Naomi acha que pode impedir que o soldado que cuspiu na boca de meu pai cuspa na minha, por meio do sangue de meu pai. Quero acreditar que ela é capaz de lavar o medo de minha boca. Mas imagino Naomi em criança e não consigo impedir que as letras escritas em sua testa vão crescendo enquanto a criança cresce. Não é a visão do número que me espanta, ao surgir na pele. É que de alguma forma o meu olhar é que faz isso acontecer.

Jamais saberei se os dois nomes escritos nas costas da foto de meu pai, se pronunciados, seriam capazes de encher o silêncio do apartamento de meus pais.

Deitado ao lado de Petra, voltei à cozinha para encontrar minha mãe chorando na mesa, cercada pelos ingredientes do jantar. À mesma mesa, Naomi segurava a mão de minha mãe.

Voltei à cozinha onde Naomi reconheceu a foto que meu pai havia escondido durante tantos anos; onde eu e Naomi nos sentávamos em silêncio, os restos do jantar inchando na água da pia.

Na noite em que nos conhecemos, Jakob, ouvi-o dizer a minha mulher que existe um momento em que o amor nos faz acreditar na morte pela primeira vez. Você reconhece aquele cuja perda, mesmo apenas contemplada, levará para sempre consigo, como uma criança adormecida. Toda tristeza, de qualquer um, você disse, tem o peso de uma criança adormecida.

Ao despertar, vi Petra diante da estante; volumes espalhados na mesa, abertos sobre a cadeira, sobre o sofá enquanto ela investigava os seus pertences. Sua nudez perfeita, enquanto violava o que fora durante tantos anos amorosamente preservado.

Levantei-me, peguei-a pelos pulsos.

"Está maluco?", ela gritou. "Não estou fazendo nada. Só olhando..."

Pegou as roupas, enfiou os pés nas sandálias e foi embora.

O calor era espantoso. Gotas de suor caíam sobre o couro precioso das encadernações em minhas mãos. Fiquei à porta, olhando a cabeleira negra de Petra ondulando sobre seus quadris, ouvindo-a xingar ao passar pelas rochas, descendo o caminho.

Olhei os espaços abertos nas estantes.

Era difícil deixar as coisas como ela as havia deixado; não pô-las de volta como estavam antes. Hesitei à porta por algum tempo.

~

O barco chega no fim da tarde, depois volta para Atenas. Petra voltara ao hotel da sra. Karouzos com tempo mais que suficiente para fazer as malas.

Eu era o único hóspede aquela noite. Manos prendeu a toalha da mesa e comi sozinho no pátio cheio de vento.

Manos baixou os olhos, deu de ombros, e eu sabia o que estava pensando: "Quando se trata de uma mulher que não é sua esposa, o que é que um homem pode dizer?".

Lembro-me que um conhecido na universidade confidenciou-me uma vez, com curiosidade quase adolescente — você também não sente isso? —, que depois de fazer amor, sua mente ficava sempre tomada de memórias da infância. Durante anos, ele confundiu esse sentimento profundo com bem-estar, com a restauração da simplicidade da infância, com o amor da mulher. Depois deu-se conta de que era puramente fisiológico. O corpo, dizia, nos engana com perfeição. Na época, senti inveja das mulheres dele. Agora, invejo o consolo da sua nostalgia.

Todas as noites, eu deitado ao lado de Petra, perplexo com complexidades, ela estava só esperando para partir.

Por volta das nove da noite, um vento de Força 5. Frio o bastante para um suéter e meias.

Mesmo moderada, uma tempestade castiga a praia com seiscentas ondas por hora. Todo dia, sua cabeça sofre a pressão de meia tonelada de ar. Quando está dormindo, cinco toneladas o comprimem contra a cama.

~

Durante todo o dia seguinte, sua casa foi ficando mais escura com a tempestade que se aproximava. Acendi lampiões. Finalmente, começou a chover. Olhando o solo que ia ficando cheio e macio: os cabelos de Petra.

Chovia tão forte que pensei que as paredes iam vazar nas juntas. A janela que dava para o mar batia sem parar. Por toda a casa, os retalhos de luz das lâmpadas varavam a penumbra.

A ausência já estabelecida fora substituída por uma perda recente. Mas todo misticismo desaparecera. A casa parecia vazia.

Desejei que o mau tempo atraísse de volta o seu espírito e o de Michaela, que você viesse se abrigar na sombra além das lâmpadas.

Desejei atraí-lo de volta com uma das canções de Naomi: "Quando chegar ao fundo, não se afogue na tristeza. Quando chegar ao fogo, não se queime na tristeza... Pombinho, pombinho...". Naomi contou-me que quando Liuba Levitska tentou contrabandear um pacote de alimentos para a mãe no gueto, foi trancada numa solitária. Logo se espalhou a notícia de que ela estava consolando os outros prisioneiros. "Liuba está cantando na torre." E cada um com a sua dor ouvia "Dois pombinhos" soando detrás dos muros.

Eu não me dera conta da extensão do ataque de Petra. No espaço de uma hora, talvez, ela havia pilhado todos os cômodos.

O maior dano fora feito no estúdio. Os objetos sobre a sua mesa mexidos, as gavetas deixadas abertas, livros examinados e jogados, empilhados ao acaso, abertos sobre uma cadeira. Sua sala parecia ter sido saqueada por um acadêmico que tinha apenas um minuto para encontrar uma referência de que a vida dele dependia.

Arrumei a casa devagar, parando para apreciar cada livro, alisando as páginas, sentando-me para ler alguns parágrafos, para admirar ilustrações de navios e de plantas pré-históricas.

Foi ao repor os livros no quarto ao lado do seu estúdio que os encontrei. Não em uma pilha abandonada por Petra, mas simplesmente revelados pelo espaço aberto na estante. Eram dois cadernos, ambos com os cantos desbeiçados, talvez por terem sido muitas vezes enfiados num bolso ou numa cesta de piquenique. Um deles parecia ligeiramente inchado de umidade, como se tivesse sido deixado no terraço durante a noite, talvez depois de você ter lido em voz alta para Michaela à luz das lâmpadas de emergência. Dentro do primeiro, seu nome e a data, junho de 1992. No segundo, novembro de 1992; quatro meses antes de sua morte.

Sua letra era regular e pequena, como a de um cientista. Mas as palavras não.

No fim da tarde a chuva diminuiu, descendo em meandros pelas janelas negras. Ainda se ouvia o vento. Fiquei longo tempo sentado à sua mesa antes de abrir o primeiro caderno. Li ao acaso.

O tempo é um guia cego...

Ficar com os mortos é abandoná-los...

Podemos nos ver desmanchados por uma fotografia, pelo amor que fecha a boca antes de chamar um nome...

Na caverna formada por seus cabelos...

~

A noite já ia avançada quando pousei seus diários, com o bilhete de Michaela entre as páginas, ao lado da porta de entrada, junto ao meu casaco e sapatos.

Comecei a pôr os lençóis sobre os móveis.

A ciência está cheia de histórias de descobertas feitas quando um erro corrige outro. Depois de revelar dois segredos em sua casa, Petra havia descoberto mais um. Caído no chão, ao lado do sofá, o cachecol de Naomi.

Não se pode ficar no meio do caminho. No primeiro segundo sobre o abismo a sensação é de estar subindo. Mas ele pode ser destruído pela imobilidade.

No Havaí, o silêncio é prenúncio de terremoto. É um silêncio terrível, porque você só nota o som das ondas quando elas param.

Pego o cachecol e o examino à luz. Cheiro o tecido. O perfume não é familiar. Tento me lembrar a última vez em que vi Naomi com ele.

Lembro-me da noite em que você roubou o coração de Naomi. Da sua ternura ao responder para ela: "Parece certo levar alguma coisa bonita para eles de vez em quando".

Sei que o cachecol não é dela; sei que ela tem um igualzinho. O cachecol é um pequeno retângulo de silêncio.

Naomi, que eu conheço há oito anos — não sou capaz de dizer como são os seus pulsos, ou o osso do tornozelo, ou como crescem seus cabelos na nuca, mas sei como está se sentindo mesmo antes que entre na sala. Sei o que ela gosta de comer, como segura um copo, o que vai achar de uma pintura ou de uma manchete de jornal. Sei o que pensa das suas lembranças. Sei do que se recorda. Conheço as suas lembranças.

Naomi descia para começar a preparar o café da manhã, depois vinha para o chuveiro comigo, nossos cheiros ainda em seu corpo, minha pele ensaboada os anulando quando a abraço. Sei que nos últimos meses que passamos juntos ela sentia falta daquelas longas manhãs de inverno em que levantávamos cedo e saíamos de carro, parando em algum lugar fora da cidade para tomar café da manhã, todos os pequenos restaurantes em pequenas cidades — o Driftwood, o Castle, o Bluebird —, passeando pelas ruas, passando pelos campos arados, os recortes das montanhas. Às vezes, passávamos a noite em algum lugar, todas as camas estranhas sobre as quais despertamos, e eu desperdiçava amor, desperdicei.

~

Olhei a casa pela última vez. Os lençóis refulgiam tenuemente. As almofadas e tapetes de cores fortes, as figuras de proa, os batentes cheios de pedaços do mundo colecionados em viagens diversas, sua tenda de sultão, cabine de capitão de navio, estúdio de senhor — tudo devorado.

De seu banquinho você podia ver as luzes da cidade de Idhra, como moedas espalhadas. O vento pungente.

Voltei para dentro, subi até o seu quarto e devolvi o bilhete de Michaela.

Não tenho certeza se fiz isso por você ou para poupar Maurice Salman, seu velho amigo, que tão profundamente sente a sua falta.

~

O vento escuro empurrou a massa de nuvens para o mar e o céu noturno sobre a ilha está incrivelmente claro. No facho da minha lanterna os campos aplainados pela chuva rebrilham.

Circundei a casa, fechando as persianas.

A ESTAÇÃO INTERMEDIÁRIA

Uma torre de cúmulo-nimbo pairava sobre a praça Syntagma em Atenas. A bruma se espalhava sob os limpadores de pára-brisas, o pára-brisa do táxi guinchando.

Chuva numa cidade estrangeira é diferente de chuva em um lugar que se conhece. Não sei explicar, mas a neve é a mesma em toda parte. Naomi disse que isso é verdade também para crepúsculos, que ele é diferente aonde quer que se vá, e contou-me que uma vez perdeu-se em Berlim, no dia de Ano-Novo, tentando encontrar o caminho de volta para o hotel. Viu-se numa rua sem saída, perto do Muro, cimento de três lados, quase noite. Ela contou que começou a chorar porque era o entardecer do dia de Ano-Novo e estava sozinha. Mas acho que foi Berlim que a fez chorar.

Senti uma onda de companheirismo pelas pessoas que comiam à minha volta, confortadas pela muralha de comida quente e bebida. Era o terceiro dia de tempo úmido. As pessoas mastigavam grossas fatias de pão com uma casca que exigia esforço de seus maxilares, molhavam broas e biscoitos em imensas xícaras de café com leite quente.

Taverna, oásis, estalagem campestre no caminho do rei. Estações. Dostoiévski e a mulher caridosa em Tobol'sk. Akhmatova lendo poesia para os soldados feridos em Tashkent. Odisseu tratado pelos faécios na Kérkira.

O cheiro de animais e de campo emanava da lã molhada e do oleado das jaquetas, até no mais popular dos cafés do centro de

Atenas. O restaurante era uma caverna de ruído; a máquina de café expresso, o leite espumoso, a conversa alta. Um brilho chamou minha atenção e vi as duas presilhas de ouro que foram apagadas pelos cabelos quando Petra afastou aquela massa negra do pescoço. E tornaram a aparecer, os anéis de Saturno. Ela se levantou. Com a mão em suas costas, um homem a conduziu por entre as mesas para a rua cheia de gente.

Cheguei à porta do restaurante a tempo de vê-los passar, com as duas pulseiras perdidas em seu cabelo escuro, no meio da parede de luz da beira da praça. Fiquei olhando enquanto desapareciam nas alamedas não iluminadas da Plaka.

Tinha parado de chover. As pessoas já estavam começando a voltar para as ruas. Até a lua estava surgindo. Só o barulho dos cafés penetrava a escuridão e logo até mesmo as vozes dos que bebiam sumiram no silêncio enquanto eu seguia as alamedas escuras para dentro da Plaka, como uma formiga perdida entre as letras pretas de um jornal.

Vi-me subindo a montanha, as ruelas estreitas do mercado aos poucos dando lugar à pavimentação quebrada, grama crescendo entre as pedras, terrenos baldios entre as casas. Logo Atenas estava quase invisível no vale, piscando como luar na água, abaixo da gigantesca proa da escarpa.

Calçadas irregulares, cercas industriais, arame velho e garrafas quebradas, glóbulos de luar. Jardins minúsculos, roupas dependuradas de sacadas, cadeiras de cozinha deixadas fora, restos de uma refeição inundados esquecidos numa mesinha quadrada. Quanto mais eu subia, mais as casas eram construídas na rocha, mais decadentes e vitais eram. O desgaste do uso, não do abandono.

A estrada terminava num campo urbano cheio de mobília quebrada, caixas de papelão, jornais encharcados. O lixo cedia lugar às flores silvestres. Vaguei pela grama molhada e fiquei olhando por um longo tempo a cidade lá embaixo. O ar estava fresco e novo.

Depois me dei conta de que havia mais alguém na escuridão. Percebi pelas vozes que os amantes não eram jovens. Não me mexi. O homem deu o seu grunhido e momentos depois o casal riu.

Não foi a proximidade de sua intimidade que me destravou, foi o seu riso miúdo. Pensei em Petra, virando-se para mim no escuro, os olhos sérios como os de um animal. Ouvi as vozes baixas do casal e imaginei-os arrumando as roupas um do outro.

No barco em que vim de Idhra tinha ouvido um jovem explicando a outro que nos países em que as famílias costumam ser numerosas, marido e mulher muitas vezes têm de escapulir de suas casas pequenas para os campos para fugir aos ouvidos dos filhos. "Nenhum primogênito é concebido na grama, mas todos os outros sim! Além disso, a mulher sempre gosta de olhar o céu."

Ouvi o farfalhar de suas roupas quando atravessaram o campo.

Uma débil luz foi surgindo. Quando cheguei ao meu hotel, o dia gotejava no céu.

Quando nos casamos, Naomi disse: "Às vezes precisamos de ambas as mãos para sair de um lugar. Às vezes os lugares são íngremes, e a gente tem de andar na frente do outro. Se eu não conseguir encontrá-lo, procuro mais fundo em mim mesma. Se eu não conseguir acompanhá-lo, se você estiver lá na frente, olhe para trás. Olhe para trás".

Em meu quarto de hotel na noite antes de partir da Grécia, conheço a exaltação da tristeza comum. Finalmente a minha infelicidade é minha.

Durante horas, encostado na janela fria, sobre o frio e imóvel Atlântico, prevejo o meu regresso.

São cinco e meia, Naomi está chegando em casa. Imagino-a à porta da frente, lutando com as chaves. Um livro, talvez *Cantigas dos sete mares* de Hugill, numa das mãos. Na outra, o saco de compras. Tangerinas, com suas cascas fragrantes, suas doces vitaminas. Pão fendido pelo calor do forno, a massa macia aberta de dentro para fora. As faces de Naomi vermelhas de frio e umidade, a parte de trás de suas meias respingadas de lama de neve.

No táxi noturno que me leva do aeroporto, vejo-me no banco de trás do carro de meus pais, relembrando os domingos de inverno de quando era menino. Passamos pelo vazio assombrado que circunda a cidade iluminada, passamos as fazendas planas sob o céu congelante de novembro. A primeira luz de estrelas é uma película de geada sobre os campos. Meus pés de menino estão frios nas botas. Pequenos jardins urbanos, ruas estreitadas pela neve. O ruído de pás sobre uma calçada em algum ponto das redondezas, um carro solitário.

O táxi passa pelo brilho amarelo de janelas sobre jardins arroxeados; talvez Naomi não esteja em casa, as luzes acesas em todas as casas, menos na nossa...

...Na Grécia vi uma pessoa com um cachecol igualzinho ao seu. Lembrei de você com ele. Você ainda usa?

...Centenas de mulheres devem ter cachecol igual àquele. É de Eaton. O que é que tem o cachecol?

...Nada, nada.

Agora, vinte mil pés lá embaixo, aparece a borda irregular da cidade, incerta fronteira da parede de uma cela.

Na cama, contarei a Naomi dos furacões que em seu trajeto inalam criaturas luminosas, algas marinhas, e se transformam em tubos giratórios, coleando pelo oceano noturno. Contarei do meio milhão de toneladas de água levantados do lago Wascana e do tornado que enrolou uma cerca de arame, com mourões e tudo, como se fosse um novelo de lã. Mas não falarei do casal que se escondeu no quarto até o furacão passar, e quando abriu a porta descobriu que o resto da casa havia desaparecido...

Naomi está sentada na cozinha escura. Fico na porta olhando para ela. Ela nada diz. É novembro, mas as telas das janelas ainda estão nos caixilhos, folhas úmidas pregadas à trama. As telas borram o vidro cinzento e assusta-me a maneira como ela olha as próprias mãos sobre a mesa.

Minha mulher muda a cadeira de lugar, os cabelos cortando ao meio o seu rosto. E quando o seu rosto desaparece assim, o som estará em minha boca: Naomi.

Vou me conter para não confessar que em Idhra estive com uma mulher, que os cabelos dela pendiam da beira da cama até o chão...

Naomi, lembro-me de uma história que você me contou. Quando era pequena, tinha uma tigela predileta, com uma figura pintada no fundo. Você queria comer tudo, para ver a tigela vazia cheia de flores.

O avião desce num arco amplo.

Uma vez, vi meu pai sentado na cozinha azul de neve. Tinha seis anos. Desci a escada no meio da noite. Houvera uma nevasca enquanto eu dormia. A cozinha rebrilhava com a neve nova acumulada nas janelas; azul como o interior de uma geleira. Meu pai estava sentado à mesa, comendo. Sua expressão me fascinou. Foi a primeira vez que vi meu pai chorar por causa da comida.

Mas agora, a milhares de pés de altura, vejo algo mais. Minha mãe está de pé ao lado de meu pai, e a cabeça dele está apoiada nela. Enquanto ele come, ela alisa seus cabelos. Como um circuito milagroso, um dá força ao outro.

Entendo que tenho de dar o que mais necessito.

AGRADECIMENTOS

> Quando o navio estava em perigo, ele se lembrava dos outros...
>
> Nikos Pendzikis

Muitos livros auxiliaram-me na pesquisa da guerra — tanto testemunhos originais quanto obras de historiadores; em particular *The survivor*, de Terrence Des Pres, que renovou meu ânimo durante a escritura. Animaram-me também as obras de John Berger. Quero ainda apontar *The politics of the past*, editado por Gathercole and Lowenthal, e *The worst journey in the world*, de Apsley Cherry-Garrard. As breves citações de Theotokas são de *The experience of occupation, 1941-44*, de Mark Mazower; as citações de Wilson, Bowers e Taylor são de *With Scott, the silver lining*, de Griffith Taylor, e de *Diary of Terra Nova expedition*, de Edward Wilson. As traduções das letras de canções iídiches da parte 1 são de *The Yiddish song book*, de J. Silverman; as da parte 2 são de *Yes, we sang*, de Shoshana Kalisch, que também me forneceu respostas muito procuradas para questões específicas. As citações dos *Salmos* são da tradução de Peter Levi. A citação de George Seferis é da tradução de Rex Warner.

Um obrigada muito especial a Jeffrey Walker por seu inestimável estímulo.

Obrigada a Ellen Seligman por sua acuidade editorial, sua dedicação e apoio. E a Heather Sangster por seu trabalho sensível.

Obrigada também a Sam Solecki, Vivian Palin, Bob e Grace Bainbridge, George Galt, David Sereda. Também a Beth Anne, Janis, Linda,

Herschel, Dor, Luigi e Nan. Obrigada aos Michaels, especialmente Arlen e Jan. E um muito obrigada especial a David Lawrence.

Finalmente, meu agradecimento a Nicholas Stavroulakis do Museu Judaico da Grécia e a Avraam Mordos e sua família pela gentileza com que me receberam em Atenas.

ESTA OBRA FOI COMPOSTA PELA HELVÉTICA EDITORIAL EM GARAMOND E IMPRESSA PELA PROL EDITORA GRÁFICA EM OFF-SET SOBRE PAPEL PÓLEN SOFT DA COMPANHIA SUZANO PARA A EDITORA SCHWARCZ EM ABRIL DE 1997.